JÁ QUE VOCÊ PERGUNTOU

ELISSA SUSSMAN

Tradução Luiza Marcondes

Copyright © 2022 Elissa Sussman
Título original: Funny You Should Ask
Publicado originalmente em Língua Inglesa por Dell Trade Paperback, uma divisão da Penguin Random House.
Tradução para Língua Portuguesa © 2023 Luiza Marcondes
Todos os direitos reservados à Astral Cultural e protegidos pela Lei 9.610, de 19.2.1998.
É proibida a reprodução total ou parcial sem a expressa anuência da editora.

Editora Natália Ortega
Editora de arte Tâmizi Ribeiro
Produção editorial Brendha Rodrigues, Esther Ferreira, Felix Arantes
Preparação de texto Pedro Siqueira
Revisão Andrea Bassoto Gatto, Fernanda Costa e Rodrigo Lima
Capa Kasi Turpin **Adaptação da capa** Tâmizi Ribeiro
Foto da autora John Petaja

Dados Internacionais de Catalogação na Publicação (CIP)
Angélica Ilacqua CRB-8/7057

S965j

    Sussman, Elissa
        Já que você perguntou / Elissa Sussman ; tradução de Luiza Marcondes. — Bauru, SP : Astral Cultural, 2023.
        400 p.

    ISBN 978-65-5566-308-2

    1. Ficção norte-americana I. Título II. Marcondes, Luiza III. Série

23-1699   CDD 813.6

Índice para catálogo sistemático:
1. Ficção norte-americana

BAURU
Avenida Duque de Caxias, 11-70
8º andar
Vila Altinópolis
CEP 17012-151
Telefone: (14) 3879-3877

SÃO PAULO
Rua Major Quedinho, 111
Cj. 1910, 19º andar
Centro Histórico
CEP 01050-904
Telefone: (11) 3048-2900

E-mail: contato@astralcultural.com.br

Para John

*Por sua causa
todas as minhas histórias são histórias de amor.*

O caminho do amor verdadeiro não cria limo.
— *Núpcias de escândalo* [1940]

PRÓLOGO

— ELE PEDIU QUE FOSSE VOCÊ — DIZ ALEXANDRA.

Fico feliz que estejamos falando ao telefone, porque posso apostar que a editora-chefe da revista *Página Dupla* não gostaria muito do olhar mortal que lanço para minha tela. E *sei* que ela não entenderia o motivo.

— Duvido — respondo.

Metade de mim está esperando que ela diga que estou errada, e sinto vergonha ao perceber que estou segurando a respiração enquanto espero a resposta.

— Está bem, está bem — ela admite. — O pessoal dele pediu que fosse você.

Isso, sim, faz sentido. O perfil que escrevi de Gabe Parker dez anos atrás era o sonho de qualquer equipe de relações públicas. Ela deu a Gabe o nível de popularidade pela qual as pessoas pagariam se pudessem. E, essencialmente, é isso que estão tentando fazer agora.

Não posso culpá-los. Acho que até a minha agente publicitária está dando tapas nela mesma por não ter pensado nisso primeiro. Todo esse papo de estrelas se alinhando.

Aquela matéria é a razão pela qual, dez anos mais tarde, não importa o que eu esteja promovendo, não importa pelo que esteja sendo entrevistada, ainda me fazem a mesma pergunta.

E eu sempre dou a mesma resposta.

— Não, nada aconteceu — digo, com um sorriso largo. — Mas bem que eu gostaria, não é?

O meu ego ainda dói quando as pessoas aceitam essa resposta com um aceno tranquilo e aliviado de cabeça. Mas eu entendo. Essa é a minha marca. Ser o tipo de mulher que passou um fim de semana platônico com um galã de Hollywood no auge de sua carreira. Os leitores não precisavam se sentir ameaçados pela minha presença. Em vez disso, podiam se ver em mim — uma "garota comum" que conseguiu uma chance com alguém como Gabe Parker e falhou miseravelmente.

O fato de que a reação imediata de Gabe à publicação do perfil — sair correndo para se casar com sua maravilhosa coestrela e ex-modelo — também ajudou a deixar bem claro para todos que eu não fazia o tipo dele.

Uma rejeição pública dolorida, mas necessária. Que fez maravilhas por mim profissionalmente.

Fez-me adorável. Acessível. Simpática.

Vendeu notícias.

Vendeu livros.

Construiu a *minha* carreira.

— Querem que vocês dois recriem o máximo que puderem aquele fim de semana — Alexandra diz. — Ele vai chegar em Los Angeles em algumas horas.

Reviro os olhos mentalmente. Em toda a minha carreira, uma entrevista dessas nunca aconteceu quando deveria. Até mesmo aquele primeiro fim de semana tinha sido remarcado pelo menos duas vezes. De qualquer forma, a rapidez com que estão tentando organizar a situação é realmente surpreendente. Não tenho tempo algum para pesquisar, para me preparar.

Acho que todos estão presumindo que, até certo ponto, estou me preparando para isso há dez anos.

E eles não estão errados. Porque a verdade é que passei esses anos todos lucrando com aquela entrevista com Gabe Parker e, ao mesmo tempo, fugindo dela.

E do próprio Gabe Parker.

— Seu livro está para sair — Alexandra diz. — O filme dele também.

Ela não precisava me lembrar de nenhuma das duas coisas.

Os benefícios profissionais estão bem claros.

Já os pessoais...

É impossível ignorar Gabe e sua trajetória profissional. O velho ditado que diz que é impossível desviar os olhos de um acidente de carro tem se provado verdadeiro no que diz respeito a ele, por volta dos últimos cinco anos. Todos sabem que ele foi demitido depois de seu terceiro filme como James Bond. Todos sabem que seu casamento com Jacinda Lockwood chegou a um desfecho vergonhoso e banal. Todos sabem quantas vezes ele entrou e saiu de clínicas de reabilitação.

Dizem que esse filme novo poderia tanto reviver sua carreira como enterrá-la de vez.

— Posso te mandar o *screener*[1] — sugere Alexandra. — Veja o que você acha.

Mordo a língua, segurando o que provavelmente teria sido uma resposta ácida e nada bem-vinda. Sei que Alexandra está sendo prestativa. Sei que ela quer que essa entrevista faça tanto sucesso quanto a primeira.

Sei que estou sendo ingrata por nem sequer pensar em recusar, mas a ideia de me sentar frente a frente com Gabe Parker depois de tantos anos, fingindo que não revisito aquele fim de semana incessantemente na minha cabeça, que não penso *até hoje* nos momentos que compartilhamos, que o que

---

[1] Termo usado na indústria cinematográfica à cópia enviada antes do lançamento de um filme a críticos, jurados, imprensa etc.

eu digo a todos é a verdade e que nada aconteceu entre nós... Bom. Essa ideia me faz hesitar um pouco.

— Ouvi dizer que o filme é bom — diz Alexandra.

É um remake de *Núpcias de escândalo*. O meu filme preferido. Uma das dezenas de coisas da qual havíamos conversado.

Naquela época, Gabe teria sido a pessoa perfeita para Mike Connor, o escritor frustrado que compete pelo coração da socialite Tracy Lord. Agora, aos quarenta anos, seu papel é o do ex-marido e ex-dependente químico C. K. Dexter Haven.

Uma dúzia de artigos de opinião já foram escritos a respeito dessa escolha — falando de como ela é tão próxima da vida real de Gabe que ele nem sequer precisou atuar. Que foi uma decisão de elenco puramente baseada em publicidade. Que a carreira de Gabe já acabou e ele não merece mais uma chance.

Da mesma forma, ninguém achou que ele merecia ter sido James Bond.

Não preciso nem ver o filme para saber que ele deve estar perfeito no papel. Assim como sei que tentar discutir com a minha editora, com a equipe de Gabe e (se eu contasse para ela) com minha terapeuta seria inútil.

— Ele vai estar esperando no pub a uma hora — diz Alexandra. — Mas se você não quiser mesmo, posso mandar...

— Eu vou — digo.

Em toda a minha carreira, só amarelei em uma única entrevista — e isso não vai se repetir.

Em vez disso, engulo o gosto da catástrofe iminente. Tem sabor de um hambúrguer muito bom e uma *sour beer* perfeita. De shots de gelatina e pipoca.

De pasta de dentes de menta chique.

Sei que, ao aceitar essa tarefa, vou conseguir as respostas para cada pergunta que não fiz nos últimos dez anos.

Não importa o que aconteça, tudo que Gabe e eu começamos naquele fim de semana, há uma década, em dezembro, *finalmente* vai ter um merecido desfecho.

SEXTA-FEIRA

"GABE PARKER: BATIDO, NÃO MEXIDO (PARTE I)"

POR CHANI HOROWITZ

Gabe Parker está descalço, sem camisa e com uma cachorrinha no colo.

— Desculpe — ele me diz. — O lugar é alugado. Você pode segurá-la um instante enquanto eu cuido disso?

Ela, no caso, é a vira-lata preta dele, resgatada quando ela tinha dez semanas de idade. *Isso* é a bagunça que ela fez no chão, que ele agora está limpando com a camiseta.

Estou de pé na cozinha, segurando uma cachorrinha peluda e agitada, assistindo ao maior galã de Hollywood limpar xixi de um cachorro filhote.

Não é uma fantasia. É a vida real.

Em circunstâncias normais, eu teria que pagar pelo menos vinte dólares (e mais quarenta pela pipoca e pelo refrigerante) para ter uma visão tão privilegiada do tanquinho de Gabe. Hoje, no entanto, sou eu que estou sendo paga para passar algumas horinhas com essas partes do corpo de Gabe — assim como com o restante dele.

"O Gabe é *muito* legal", declarou Marissa Merino, sua coestrela, em outras entrevistas.

"Um cara inspirador", falou Jackson Ritter, outro colega.

Essa é a ideia que querem vender de Gabe Parker: que ele é tão bacana e charmoso quanto parece ser nas telonas.

Sei que você lê isso e, no fundo, espera que eu lhe conte que é tudo uma mentira — que é só o maquinário de Hollywood fazendo hora extra —, que Gabe Parker é um mulherengo nojento com um time de relações públicas excepcionalmente eficaz, a ponto de ter construído uma imagem tão boa de um homem que não tem como ele ser real.

Mas ele é real. E é espetacular.

Gabe termina de limpar a bagunça da cachorrinha, jogando a camiseta na lixeira antes de se aproximar de mim, tomar o rosto dela nas mãos e dizer gentilmente a ela: "Tá tudo bem, eu ainda amo você".

Aliás, já comentei que a cachorrinha ainda está no meu colo? E que ele continua sem camisa? A propósito, o perfume dele é incrível. Tem cheiro de madeira, hortelã e do banco de trás do Ford Focus onde você deu seu primeiro beijo, no acampamento de verão judeu, naquele cara que você sabia já ter beijado todas as suas amigas, mas que tinha um piercing na sobrancelha e que, no fim das contas, era muito bom com a língua.

São só os primeiros cinco minutos da nossa entrevista e eu já estou na desvantagem.

Infelizmente, Gabe veste uma camiseta e nós três — eu, ele e a cachorrinha — saímos para almoçar. Tem um lugar nas redondezas que ele adora. Segundo ele, não é lotado demais e ninguém o perturba muito. O lugar o faz lembrar um pouco de sua cidade natal.

Eu me preparo para o que sei que está prestes a acontecer: uma estrela de enorme sucesso falando passionalmente sobre a cidadezinha onde cresceu, sobre quanto ama Los Angeles, mas, puxa vida, como sente falta de sua cidade natal, onde ninguém ligava para fama nem dinheiro.

Afinal, não sou amadora.

Ele diz tudo isso, é claro, mas o poder de Gabe Parker está no fato de que eu acredito nele.

Falando em inexperiência, sinto em informar que, no caminho para o almoço, o próprio Gabe despedaça parte da fantasia do homem de fivela de Montana ao me informar que nunca tinha montado um cavalo antes de seu papel em *Cold Creek Mountain* — a primeira vez que a plateia pôde vê-lo sem camisa.

— Nada de ranchos, nada de cavalgadas — ele diz. — Cresci numa cidade pequena.

Gabe é o tipo de cara que nasceu para ser uma estrela de cinema. Várias cabeças se viram quando ele passa, graças não apenas ao seu um metro e noventa e três de altura e ao fato de estar carregando uma cachorrinha fofíssima. Ele tem aquela essência indescritível que as pessoas, se pudessem, engarrafariam e venderiam.

E, sim, garotas — ele realmente tem um metro e noventa e três. Não a versão de Hollywood de um e noventa e três, que está mais para um e setenta e oito, mas um verdadeiro armário de homem. Falo com propriedade, porque *eu* sou a versão de Hollywood de um e noventa e três.

Pegamos uma mesa na parte de trás, onde tem um pátio para a cachorrinha. Demoramos quinze minutos para chegar lá, em especial porque o próprio Gabe fica o tempo todo parando e conversando com o pessoal do atendimento.

Vejam bem, todos eles conhecem Gabe. Ele é um cliente fiel.

"Madison, meu amor, você está linda", ele diz quando a garçonete aparece para anotar nosso pedido.

Ela está grávida e radiante e dispensa o elogio.

"Estou falando sério", Gabe diz. "Seu marido deveria te dizer isso. Todos. Os. Dias. De joelhos."

Tenho quase certeza de que se fosse *eu* a grávida, minha bolsa teria estourado naquele exato momento.

Mas Madison simplesmente ri e anota nosso pedido, faz um carinho na cabeça da cachorrinha de Gabe e volta para a cozinha, com mais elegância do que eu jamais teria conseguido, grávida ou não.

Pedimos um hambúrguer e uma cerveja cada um.

Conversamos sobre a infância dele em Montana. Sobre quão próximo ele é de sua família, principalmente da irmã, Lauren. Ela é um ano mais velha e é a melhor amiga de Gabe.

— Sei que é clichê — ele diz. — Mas é verdade.

Falamos sobre a livraria. A que ele comprou para Lauren e a mãe quando conseguiu sua primeira grande oportunidade.

— É uma livraria/loja de artesanatos — ele faz questão de frisar. — A Lauren fica brava se eu não incluir essa parte.

A livraria se chama Aconchego. Eles têm um site. Gabe recomenda livros por lá, embora já tenha dito em entrevistas passadas que não era um grande leitor na infância.

— Minha mãe era professora de inglês, então ter um filho que não gostava de ler era bem constrangedor — ele brinca. — Mas eu só demorei pra pegar no tranco. Hoje em dia, leio bastante. A livraria era um sonho dela. E a Lauren sempre foi boa em fazer as coisas. Cozinha, artesanato, esse tipo de coisa. Até hoje ela tricota uma blusa pra mim todo Natal.

Mordo a língua para não cair na tentação de fazer a piada: "O que ela escreve na blusa? *Namorado perfeito*?"

Caso estejam se perguntando, sim, ele está solteiro.

— Só rumores — ele diz quando pergunto sobre Jacinda. — Somos colegas de cena e amigos.

Jacinda Lockwood — a mais nova *Bond girl* do mais novo Bond. Ela e Gabe já foram fotografados inúmeras vezes saindo de restaurantes, próximos um do outro em calçadas escuras de Paris, até mesmo de mãos dadas em algumas ocasiões.

— Ela é um amor. Mas não tem nada entre nós.

Ele pede uma segunda cerveja. Costumo ser fraca para bebida, então recuso.

Lembrem-se desse detalhe. Aquela história de há dois caminhos e você só pode pegar um.

Pergunto como ele se sente representando um personagem tão icônico — e sendo o primeiro norte-americano a assumir o papel.

— Nervoso — revela. — Ansioso. Eu quase recusei.

Essa é a história que o pessoal dele e também os produtores do filme vêm reforçando, e eu mesma não consegui acreditar quando a ouvi pela primeira vez. Mas o comportamento de Gabe muda por inteiro quando faço essa pergunta. Até então, ele estava aberto e alegre, respondendo às questões com entusiasmo.

Bond traz uma quietude sombria para a conversa. Ele não está mais olhando para mim, mas encarando o próprio guardanapo, que torceu em um nó apertado. Gabe fica em silêncio por um bom tempo.

Pergunto se a repercussão negativa o incomodou.

— Eu me sinto muito abençoado — diz. — Tudo que me importa é fazer jus ao papel.

Ele dá de ombros.

— Mas se fico preocupado com que eles estejam certos? Fico, claro. Quem não ficaria?

"Eles" são os fãs que escrevem artigos furiosos e posts em blogs destrinchando todas as razões pelas quais Gabe é a pior escolha possível para interpretar James Bond. Porque ele é norte-americano. Porque não é Oliver Matthias. Porque o público está acostumado a vê-lo interpretar gostosões burros.

E aí tem toda a história de *Angels in America*[2].

Ele pede uma terceira cerveja.

— Minha agente me mataria se visse isso — diz. — Eu devia parar depois da segunda, mas é sexta-feira! Ei, o que você vai fazer depois daqui?

.

---

[2] Peça de teatro, posteriormente adaptada para uma série de TV, apresentada pela primeira vez em 1991. Trata de temas como a AIDS e a homossexualidade.

Vinte minutos mais tarde, com a cachorrinha a tiracolo, estamos indo visitar uma casa em Hollywood Hills.

Quero perguntar mais a respeito de Bond, mais especificamente se ele teve algo a ver com o vazamento na internet das gravações dos testes para o filme, mas é mais ou menos nesse ponto, queridos leitores, que eu vergonhosamente perco o controle da entrevista.

É quando Gabe começa a *me* entrevistar.

— Você é daqui, certo? Caramba, deve ter sido mesmo uma loucura. Nem consigo imaginar como é crescer em Los Angeles. Foi em Los Angeles mesmo, né? Sei que um monte de gente fala Los Angeles quando, na verdade, estão falando de Orange County, Valencia ou Anaheim, e sei que os nativos legítimos não consideram nada disso Los Angeles de verdade. Não é?

Ele está correto em ambas as coisas. Sim, eu sou de Los Angeles e nós, de fato, ficamos bem irritados com o pessoal de cidades vizinhas que dizem morar em Los Angeles.

— Esse lugar ainda é mágico pra mim — diz ele. — Moro aqui faz quase cinco anos, fiz quase oito filmes, e tudo ainda é mágico. Devo parecer bem meloso falando isso.

Mas não, dizer isso o faz parecer, na verdade, desumanamente charmoso.

A cachorrinha está dormindo no colo dele.

— Ainda não dei um nome pra ela — diz. — Estou esperando que o nome venha até mim.

Estacionamos em frente a uma mansão de pedras brancas maravilhosa.

Gabe deixa a cachorrinha explorar o quintal enquanto nós fazemos um tour pelos cômodos. A corretora está se desdobrando para fechar o negócio, mas, infelizmente para ela, Gabe decidiu que a minha opinião importa bastante.

E, embora a casa seja linda, ela não é muito o meu estilo. O que significa que, hoje, não é o estilo de Gabe também.

Nós nos despedimos da corretora e damos início à nossa própria despedida. Gabe me concedeu várias horas de sua agenda e, ainda assim, não estou pronta para dizer adeus. Fiquei completamente encantada pelo futuro Bond. É a única desculpa que tenho para o que acontece a seguir.

Gabe comenta que precisa ir a uma première na noite seguinte e, no tempo que levo para entregar a linda cachorrinha adormecida a ele, consigo, de alguma forma, arranjar um convite para a *after party*.

NA ÉPOCA

CAPÍTULO 1

CHEGUEI CEDO E TODA SUADA. A BLUSA DE ALGODÃO AZUL, QUE tinha me parecido bonita e profissional no espelho do meu apartamento, estava agora grudada nas minhas axilas em pizzas escuras e molhadas. Erguendo os braços, liguei o ar-condicionado do carro no máximo, esperando que a minha blusa secasse e tentando expulsar o nervosismo do meu corpo à base de choque.

Eu já tinha entrevistado outras celebridades.

Celebridades lindas pra dedéu.

Mas aquilo ali era diferente.

Gabe Parker não era uma celebridade qualquer. Era a celebridade por quem eu era apaixonada, o número um, nível palpitações no coração, mãos suadas e coxas apertadas. Eu tinha imaginado toda uma série de fantasias extensas e detalhadas a respeito dele. Feito um monte de pesquisas à procura de cliques de paparazzi. Até aquela manhã, o papel de parede do meu celular era uma foto dele sem camisa.

Quanto se tratava de Gabe Parker, eu não tinha o menor controle.

Se eu ainda estivesse namorando Jeremy, havia uma grande possibilidade de ele tentar proibir aquela entrevista. Ele sabia dos meus sentimentos em relação ao Gabe. Quando insistiu que nós dois disséssemos quais seriam nossos "passes livres" para celebridades, eu escolhi Gabe. Jeremy ficou emburrado.

Era tudo ridículo, é claro.

Gabe provavelmente seria encantador, gentil e muito amigável. Não porque gostasse de mim, achasse-me interessante ou porque nós descobriríamos alguma profunda conexão emocional, mas porque me encantar era o trabalho dele. E o meu era ser encantada.

Os agentes dele tinham sido muito, mas muito claros a respeito do tipo de perfil que esperavam que eu entregasse, a respeito do que eles queriam em troca pelo acesso a Gabe que a *Página Dupla* estava ganhando antes do início das gravações.

Queriam uma história que se opusesse à repercussão negativa na imprensa que sua escalação para o papel tinha causado. Uma história que convencesse os críticos de que ele era a melhor escolha para James Bond. Queriam que eu o vendesse para os Estados Unidos. Para o mundo.

Eu queria uma história que me rendesse mais trabalhos.

Eu escrevia em blogs e enviava contos para revistas literárias como se jogasse pedrinhas no oceano.

Só tinha conseguido que um deles fosse publicado, e então, exatamente quando estava pensando que talvez devesse desistir de ser escritora, consegui o trabalho na *Página Dupla*.

Fui indicada por um ex-professor que, certa vez, chamou a minha escrita de "popular" — o maior insulto que alguém poderia receber em um mestrado conceituado em Belas-Artes, mas, aparentemente, era exatamente o que a *Página Dupla* estava procurando.

Jeremy chamava aquilo que eu fazia de "matérias puxa-saco". Ainda assim, nós comemoramos quando consegui o trabalho — gastando uma boa parte do meu primeiro pagamento em montes de batata frita e cerveja no happy hour.

Os editores da *Página Dupla* pareciam gostar do que eu escrevia — pelo menos, eles continuaram me passando trabalhos — e cada mês em que eu conseguia pagar minhas contas com o dinheiro que tinha conseguido com a minha escrita era uma nova vitória.

Eu sabia que aquela entrevista era uma oportunidade de mostrar que eu tinha a capacidade de me comprometer com reportagens mais relevantes e que pagassem melhor. As coisas precisavam correr bem.

Mesmo já tendo feito isso cinco minutos antes, conferi minha bolsa de novo para me certificar de que eu estava com uma caneta, o caderninho com as perguntas que tinha escrito na noite anterior e meu gravador com pilhas novinhas. Eu estava tão pronta quanto poderia estar.

Minhas axilas agora estavam geladas e úmidas. Percebi, horrorizada, que não tinha cem por cento de certeza de que tinha passado desodorante. Dei uma cheirada de leve, mas não senti nada.

Já era tarde demais.

Olhei de relance no retrovisor uma última vez, agradecida por pelo menos a minha franja ter resolvido ser obediente.

Gabe estava morando em uma casa alugada em Laurel Canyon. Eu esperava algo grandioso, com um portão imenso e um sistema de segurança forte, mas me mandaram para um bangalô modesto, afastado da rua e com nada para manter as pessoas do lado de fora além de um portão na altura da cintura, que estava destrancado.

No entanto, mesmo que fosse pequeno, eu sabia que aquele lugar devia custar pelo menos quatro vezes mais do que o apartamento que eu dividia com uma estranha e uma meio-amiga.

Sentia meu coração na garganta enquanto atravessava o portão e descia até a frente da casa. Um ataque cardíaco, uma crise de pânico ou qualquer outro tipo de ataque parecia bastante provável.

— Ele é só uma pessoa. Ele é só uma pessoa — disse a mim mesma.

Ergui a mão, mas, antes de bater na madeira, a porta se abriu e lá estava ele.

Gabe. Parker.

Eu já havia feito entrevistas como aquela o suficiente para saber em primeira mão a diferença que uma câmera e uma equipe eram capazes de exercer na figura de alguém. Os atores, em geral, eram mais baixos do que pareciam e a cabeça deles costumava ser maior. Um rosto redondo poderia fazer alguém parecer mais cheio do que realmente era, assim como traços angulosos conferiam uma aparência esquelética na vida real.

Parte de mim rezava para que a beleza de Gabe Parker fosse, em grande parte, manufaturada.

Mas rapidinho eu soube que estava errada.

Ele. Era. Magnífico.

Era alto, bonito — de enfraquecer qualquer par de pernas — e estava iluminado pela melhor luz do sol que a Califórnia podia oferecer em um dia vibrante de inverno. Seu cabelo castanho-escuro estava bagunçado, uma mecha ondulada pendia na frente da testa de uma maneira que o fazia parecer, ao mesmo tempo, inocente e masculino. Ele tinha covinha na bochecha esquerda — o que eu já sabia —, mas ela estava completamente à mostra quando ele me cumprimentou com um sorriso que fez meu coração parar tão de repente que levei a mão ao peito.

Ele era muito lindo.

Eu estava *muito* ferrada.

— É você! — disse ele, como se estivesse esperando por mim. A verdade era que eu é que estava esperando por ele. Literalmente. Essa entrevista tinha sido agendada e remarcada diversas vezes.

Mas nada disso importava agora.

Eu estava nas nuvens.

E não gostei nada disso.

Era profundamente antiético para uma profissional como eu, além de um clichê absoluto. O mundo inteiro acha que toda jornalista transa — ou tenta transar — com seus entrevistados. Eu estava ali para fazer meu trabalho, e não ficar toda animada por causa de uma celebridade sexy.

Esse pensamento foi o suficiente para manter os sentimentos ardentes a certa distância.

Gabe ainda estava me fuzilando com aquele sorriso em força total. Seu poder era tanto que levei pelo menos dez segundos para perceber que ele estava com um cachorrinho nos braços. E eu *amo* cachorros.

— Pode segurá-la um instantinho? — perguntou.

Aparentemente, alguém tinha cortado a minha língua, então só acenei com a cabeça e estendi os braços. Os dedos dele tocaram de leve os meus quando ele me entregou aquela pelúcia agitada. Meu coração parou de novo, e os sentimentos ardentes voltaram.

Merda.

Se as coisas continuassem desse jeito, quando ele apertasse minha mão, era bem provável que eu desmaiasse aos pés dele.

Depois de me entregar o cachorro, ele se virou e entrou na casa. O filhote se revirou nos meus braços, erguendo a cabeça para lamber o meu queixo com sua língua macia e cor-de-rosa. Inspirei fundo, inalando seu hálito de filhote. Puro. Sem filtros. Bom.

Isso me estabilizou.

— Entre! — Gabe disse de dentro da casa.

Segui sua voz, olhando para aquela casa linda, as paredes cobertas de painéis de madeira e a atmosfera calorosa de um chalé. A parte de trás estava aberta — as portas de correr de vidro estavam empurradas para um lado — e dava para ver um quintal amplo com gramado, uma piscina e uma banheira de hidromassagem. A casa em si tinha talvez dois quartos, mas o terreno era espaçoso. Exatamente o tipo de casa de Laurel Canyon em que se podia imaginar os integrantes de The Mamas & The Papas ou de Fleetwood Mac usando drogas, transando e compondo músicas nos anos 1970.

Entrei na cozinha e encontrei Gabe de quatro no chão. Sem camisa.

— Foi mal — desculpou-se ele, usando a própria camiseta de algodão para limpar o chão. — Ainda não tenho ideia de onde ficam os panos de chão e tem sido difícil treiná-la para não sujar a casa.

Ele ergueu os olhos para mim e me dei conta de que estava segurando a cachorrinha na minha frente como um escudo.

Gabe se colocou de pé e encarou a camiseta manchada de xixi que segurava na mão. Fez uma careta antes de atirá-la no lixo. Então veio em minha direção.

— Tá tudo bem — disse ele para a cachorrinha. — Eu ainda amo você.

— Hum — resmunguei.

Ele a pegou dos meus braços e a apertou contra o peito nu. Era liso e lustroso — todos os músculos perfeitamente definidos — exatamente como era nas telonas. Bom... não exatamente. Na verdade, ele era um pouco mais magro do que eu esperava.

Não que eu me importasse.

Ele ainda era bonito. Mais do que bonito.

Entrelacei meus dedos atrás das costas para me impedir de estender as mãos e tocá-lo, mas minha imaginação não hesitou em idealizar como seria sentir sua pele embaixo das minhas palmas. Porque, se fosse para tocar — mesmo que apenas em uma fantasia —, eu colocaria as mãos inteiras nele. Talvez a boca também.

Se eu estivesse com tempo sobrando, tinha uma lista extensa das partes do *meu* corpo interessadas em tocar as partes do corpo *dele*.

Isso era completamente inapropriado, mas estava *só* na minha cabeça. Que mal tinha?

— Desculpe por isso — pediu Gabe mais uma vez.

Por um instante, ficamos ambos parados ali. Ele não fez nenhum movimento dando a entender que vestiria outra camiseta, e eu é que não pediria isso.

Até onde eu sabia, essa era uma oportunidade única na vida de comer com os olhos uma das mais belas estrelas em ascensão da nossa época, e eu comeria até me fartar. Silenciosamente. Secretamente.

Eu sabia que estava tentando justificar meus próprios pensamentos antiprofissionais, mas a verdade é que eu não tinha certeza de se era capaz de pará-los. Ele era bonito demais, e minha pulsação estava acelerada como se eu estivesse fugindo de alguém.

— Uau! — ele disse, quase que num sussurro. — Seus olhos.

Eu pisquei.

— Eles são bem grandes — disse ele.

Era a última coisa que eu esperava ouvir.

E ele falou como se nunca tivesse visto um par de olhos na vida. Como se fosse tomar meu rosto nas mãos e tentar examiná-los de perto, do jeito que um arqueólogo faria com um fóssil. Ergui o queixo e meus olhos — meus olhos *bem grandes* — encontraram os dele.

Meu coração parecia um fio desencapado pulando dentro do peito, disparando correntes elétricas. Seria possível que aquelas correntes fossem mútuas? Será que *ele* acreditava no estereótipo de jornalistas mulheres? Será que pensava que eu ia tentar transar com ele? Será que *queria* que eu tentasse transar com ele?

— Posso te perguntar uma coisa? — perguntou.

Qualquer coisa, pensei.

— Ahã — resmunguei.

Ele inclinou a cabeça, o cabelo deslizando sobre a testa. Eu queria afastar aquela mecha para o lado. Correr a ponta dos dedos pela lateral do rosto dele e traçar o contorno de seu maxilar. Queria lamber...

— Já te disseram alguma vez que você parece um pouco com aqueles relógios em forma de gato?

Como não respondi, Gabe colocou as mãos nos dois lados do rosto e arregalou os olhos.

— Sabe? Tique-taque, tique-taque? — Ele virou os olhos de um lado para o outro.

Entendi o que ele estava falando — foi uma imitação bem o.k. — e senti um alívio esquisito ao ser comparada com um relógio cafona. Fazia mais sentido do que ele — Gabe Parker, a estrela de cinema — me elogiar. Ou querer transar comigo.

E despejou um balde de água fria bem necessário na minha libido desenfreada.

— Como se pronuncia o seu nome? — perguntou, sem esperar uma resposta.

Eu mal havia dito uma palavra completa desde a minha chegada, mas ele não parecia notar.

— Minha agente disse que era *Han-ni*, mas eu queria confirmar.

Muita gente achava meu nome complicado. Na minha última entrevista — com uma atriz jovenzinha bem animada — ela passou o tempo todo alternando entre "Hannah" e "Tawney". Estranhamente, até que fazia sentido, já que meu nome é basicamente uma combinação dos dois e eu não tinha me dado ao trabalho de corrigi-la.

— Está ótimo assim.

Gabe franziu a testa para mim.

— Mas estou falando errado, não estou?

— Eu não me incomodo.

— Mas eu me incomodo — disse. — É o seu nome. Quero saber falar do jeito certo.

Beleza, então.

— Tipo *ní*, mas com um *ch*. Chani. — Usei o fundo da garganta para pronunciar o som correto, meio seco e meio grave.

Ao fazer isso, uma gotinha de saliva escapou da minha boca e desenhou um arco no espaço entre nós. Felizmente, ela caiu no chão antes de entrar em contato com qualquer parte de Gabe, e ele foi educado o suficiente para não fazer nenhum comentário.

Eu queria morrer.

— Chani — disse. — Chani. Chani.

Ele acertou na segunda vez, mas eu poderia ficar escutando-o dizer o meu nome o dia inteiro. Porque ele o pronunciava como se o saboreasse.

— Quando filmei *Tommy Jacks*, minha maquiadora se chamava Preeti — falou. — Mas todo mundo na equipe falava *Pri-tí* em vez de *Prí-ti*.

Ele fez um bom carinho no queixo da cachorrinha e ela se aninhou nele, apoiando a cabeça no peito dele. *Cachorra sortuda*.

— Ela me contou que costumava corrigir as pessoas, mas uma hora ficou cansada de fazer isso. — Gabe deu de ombros. — Sempre penso nisso. Em como deve ser um saco as pessoas pronunciarem seu nome errado o tempo todo.

Ele não estava errado. Assim como Preeti, eu tinha aprendido que a maioria das pessoas não se importava com isso.

Gabe, obviamente, importava-se.

Ficamos ali parados por um instante — ele, sem camisa e segurando a cachorrinha, eu, com minha paixão crescendo a cada segundo e incapaz de fazer qualquer coisa a respeito. Eu me senti de novo como uma adolescente, cheia de hormônios que não conseguia controlar. Era muito confuso.

— O que você estava dizendo antes? — perguntou.

— Sobre o meu nome?

Ele sacudiu a cabeça.

— Não, quando estava vindo até aqui, na calçada. Parece que estava dizendo alguma coisa.

Meu rosto ficou quente e formigando. Ser flagrada falando sozinha não era exatamente a primeira impressão que eu esperava passar.

— Foi mal — disse ele. — Acho que acabei de confessar que estava te espiando um pouquinho pela janela.

Ele deu um sorriso acanhado, embora fosse eu que estivesse quase morrendo de vergonha.

— Tudo bem — falei. — Eu estava, hã... estava só falando sozinha.

Nem sob tortura eu contaria a ele o que tinha falado. Entre isso e ser comparada a um relógio, a entrevista já estava constrangedora o suficiente.

Gabe me encarou por um bom tempo.

— Você faz muito isso? — perguntou.

— Falar sozinha?

Ele concordou com a cabeça.

— Hã... às vezes...? — Eu me contorci um pouco sob seu olhar penetrante. — Acho que me ajuda a organizar meus pensamentos, sabe? Acontece quando eu fico travada em alguma coisa, às vezes. Tipo, falar em voz alta torna as coisas reais...? Ou, então, consigo organizá-las melhor do que se só estiverem na minha cabeça...? Tipo uma lista, sabe? Ou não bem uma lista, mas documentando minhas ideias...? Para a posteridade...?

Eu estava divagando a respeito de falar sozinha. Que maravilha.

Gabe inclinou o corpo para trás e soltou um assobio, como se eu tivesse acabado de dizer algo profundo.

— Você é *mesmo* uma escritora.

De repente, tive a sensação horrível de que uma confusão imensa e esquisita tinha acontecido e ele não sabia que eu estava ali para entrevistá-lo. Ou, então, que eu estava sendo vítima de uma pegadinha.

— Sou...? Foi a *Página Dupla* que me mandou aqui...? — Odiava a forma como o tom da minha voz subia no fim de cada frase, transformando tudo que eu falava em perguntas involuntariamente.

— É, eu sei — ele falou, como se fosse *eu* que não estivesse fazendo sentido algum. — Você também escreve outras coisas, certo? Tipo, ficção?

— Escrevo...?

Ele sorriu para mim como se eu tivesse acabado de dizer que sabia a cura para o câncer.

— Isso é incrível! — disse. — Eu amo livros.

Eu não sabia o que pensar. Por um lado, parecia que todas as pessoas que pensavam que Gabe era apenas um bonitão caipira incapaz de interpretar James Bond tinham razão; por outro, ele era tão fofo que era difícil não ficar completamente encantada por ele e seu comentário sobre amar os livros.

— Vamos começar? — Eu me dei conta de que estava na casa dele havia quase dez minutos, visto-o sem camisa, e ainda não tinha feito uma única pergunta séria. — Onde é o melhor lugar para conversarmos?

— Que tal a gente ir a algum lugar pra poder almoçar? — perguntou. — Tem um pub muito legal em Ventura. Você se importa em dirigir?

— Hã...

— Mas antes — disse, passando ao meu lado — deixa eu te mostrar uma coisa.

Não tive escolha a não ser segui-lo.

A *Página Dupla* tinha me avisado de que eu teria mais acesso à vida de Gabe do que outros jornalistas. Os agentes dele queriam contra-atacar a narrativa anti-Gabe Parker vinda dos fãs de Bond.

Mas, quando ele fez menção de me conduzir para dentro de seu quarto, eu me detive na porta, ciente de que há acessos e acessos.

— Olha só essa vista — disse Gabe, escancarando as cortinas.

Era uma *bela* vista.

A cachorrinha sentou-se aos pés dele, os dois formando uma cena deslumbrante, digna de um filme, banhados na luz do sol de dezembro. Ele ainda não tinha colocado outra camiseta. Suas costas eram incríveis. Puro músculo liso e linhas suaves. Minha vontade era ir para trás dele, envolver a cintura com os braços e apertar a bochecha contra o ombro dele.

O desejo de fazer isso era tanto que praticamente conseguia sentir o calor da pele dele no meu rosto. Ou talvez fosse só porque a minha própria pele estava quente. Bem quente. Pressionei as mãos geladas no pescoço e desviei o olhar.

Já era o bastante.

Para distrair meus pensamentos, analisei o quarto, procurando algo que pudesse usar em meu perfil.

Era um quarto bonito — grande e simples. Agradável, mas impessoal. Claramente uma moradia temporária.

Os móveis eram feitos de madeira clara, e todos os tecidos, neutros. Meu quarto quase todo cabia no espaço entre a cama de Gabe e sua lareira embutida.

Os únicos indícios de individualidade eram as pilhas irregulares em praticamente todas as superfícies disponíveis. Ele não tinha mentido quando disse que amava livros. Ou isso, ou, então, sua agente estava realmente se esforçando para fazer aquela narrativa pegar.

De meu espaço seguro na porta pude reconhecer algumas lombadas. Ficção. Não ficção. Poesia. Diversos best-sellers recentes e livros de clubes de leitura, mas também alguns que me pegaram de surpresa.

bell hooks. Katherine Dunn. Tim O'Brien. Aimee Bender. James Baldwin. Alan Bennett.

Livros que eu tinha na estante de casa. Minhas mãos coçavam de vontade de correr os dedos por aquelas lombadas — algo familiar para me centrar em um ambiente estranho, em que eu me sentia completamente fora de lugar.

Em vez disso, enfiei a mão na bolsa para checar se minhas coisas continuavam ali. Caneta. Caderno. Gravador. Tudo que eu precisava para aquela entrevista estava ali, e ainda assim...

Talvez eu não fosse capaz.

Desde que Jeremy e eu tínhamos terminado, esse pensamento rondava a minha cabeça como uma mosca persistente. O fato de a minha motivação aparentemente ter saído pela mesma porta que ele não ajudava muito.

Fazia semanas que eu não escrevia nada.

Enquanto os meus ex-colegas de classe do mestrado estavam por aí, assinando contratos com agentes, publicando seus contos ou fechando acordos de publicação, eu estava tropeçando para fazer o tipo de tarefa de que todos eles teriam zombado.

Eu não os culpava. Não porque tivesse vergonha do meu trabalho, mas porque sabia que aquilo que eu estava escrevendo era, na melhor das hipóteses, entediante. E na pior delas, era simplesmente ruim.

E se fosse esse o tipo de escritora que eu era? O tipo de escritora que eu sempre seria?

Mas aquele não era o momento para uma crise existencial.

Varrendo as minhas dúvidas para baixo do tapete, foquei a atenção no quarto. Nas pilhas de livros. Também tinha uma pilha de DVDs no aparador ao lado da TV de tela plana que, assim como esperado, era ridiculamente grande.

Embora eu soubesse que provavelmente seria mais profissional ficar esperando na porta, fui em direção aos DVDs. Um deles, bem familiar, encarou-me bem do topo da pilha.

Não quero que me adorem. Quero que me amem.

— Oi?

Gabe tornou a se virar na minha direção, e percebi que havia falado em voz alta.

Corei e ergui o DVD. *Núpcias de escândalo*.

— É do filme.

— Ah, sim. É isso que eu queria te mostrar. Ryan mandou isso aí outro dia — disse Gabe. — Material de pesquisa.

Ryan Ulrich, o diretor de *A raridade de Hildebrand*.

Olhei para o restante da pilha. Todos eram filmes mais antigos — a maioria em preto e branco. *Este mundo é um hospício*, *A ceia dos acusados*, *Boêmio encantador* e *Irene, a Teimosa*.

— Só vi um ou dois até agora. Mas preciso assistir todos antes de começarmos a filmar.

Acenei com a cabeça.

— É bom? — perguntou.

— Se é bom? — Abaixei os olhos para o DVD, para o trio acolhedor formado por Katharine Hepburn, Cary Grant e Jimmy Stewart, todos sorrindo para mim. — É só uma das melhores comédias românticas já feitas. E uma das melhores comédias. — Eu sabia boa parte do filme de cor.

— Não quero que me adorem. Quero que me amem — repetiu Gabe.

Ele tinha uma boa memória.

— Tem diferença entre as duas coisas? — perguntou.

— Acho que sim. Você pode adorar alguém que não conhece, mas não pode amar essa pessoa.

Gabe olhou para mim. Eu o olhei de volta.

Fiquei espantada com a sinceridade das minhas palavras. Se Gabe sentiu o mesmo, bom, ele superou aquele constrangimento bem rápido.

— Acho que o Ryan quer que o nosso Bond seja uma combinação de Cary Grant e William Powell — disse.

Eu conseguia visualizar aquilo. Conseguia ver o ângulo que eles queriam usar.

Porque, mesmo que a persona de Gabe nas telas — e, aparentemente, a de fora delas também — não fosse necessariamente conhecida por sua sofisticação, ele tinha demonstrado certo talento para o humor. Se Ryan Ulrich conseguisse transformar aquilo no mesmo humor seco e estoico pelo qual Powell e Grant eram conhecidos, o Bond de Gabe poderia se tornar algo único.

— É uma ideia boa — falei, mais para mim mesma.

Gabe se aproximou de mim, pegando o DVD da minha mão. As pontas de nossos dedos se tocaram de leve novamente e, mais uma vez, fiz tudo o que podia para ignorar o sentimento tenso e inquietante que aquele contato provocou em mim.

— É bom? — perguntou.

— É incrível!

Eu devia ter parado bem ali, mas não.

— Exceto uma parte horrível do enredo que quase arruína a experiência para mim toda vez.

Gabe ergueu uma sobrancelha.

— Não quero estragar o filme para você — falei.

— Minha irmã já me contou a história. Ela ficou tão brava por eu nunca ter assistido que me contou o final. Já sei quem fica com quem. Qual é a parte que você odeia?

— Não é nada de mais. Só umas coisas que nunca passariam se refilmassem hoje em dia.

Cala a boca, cala a boca, cala a boca.

— Tipo o quê? — perguntou Gabe.

Certa vez, Jeremy chamou os meus desabafos de "furacão do monólogo feminista". Uma vez que eu pegasse no tranco, poderia continuar falando infinitamente. Um vendaval de baboseiras, dizia ele. Protejam-se todos.

Como ele era otário.

Mas ele não estava errado, porque abri a boca e deixei o furacão sair à toda.

— É que o ponto principal que faz o roteiro andar é o pai da Katharine Hepburn ter traído a mãe dela com uma garota do coral. E a Tracy Lord, a personagem da Hepburn, é a única que acha que tem algo de errado nisso. E pelo fato de ela criticar o pai por causa da traição, é considerada fria e indiferente, além de hipócrita, devido a uma noite em que fica bêbada e sobe pelada no teto da casa.

De repente, Gabe estava olhando para o DVD, interessado.

— A Katharine Hepburn aparece pelada no filme?

— Não — respondi. — Eles só mencionam isso.

Continuei falando. Mais porque Gabe parecia curioso, e não completamente entediado ou horrorizado. Pelo menos ainda.

— O pai dela faz todo um discurso horrível sobre como, basicamente, a única razão por que ele escolheu trair é que a filha não o adorava independentemente de tudo, então ele foi obrigado a ir atrás da aprovação de outra mulher mais nova. Em vez de a Katharine Hepburn o xingar de velho devasso, ela acaba *se desculpando* por não ter sido uma filha boa o suficiente. *Ela* pede *perdão* a ele. É um intensivão de gaslighting, e nojento.

Àquela altura, estava ofegante, como sempre ficava ao me envolver muito falando sobre algo que me exasperava.

Gabe ficou quieto por um tempo.

— Então você odeia esse filme.

— Não! — Joguei o DVD em cima da cama. — Eu o amo. É divertido, romântico e tem diálogos incríveis. Mas ele não é perfeito, e eu acho que poderia ser melhor.

Uma vez, Jeremy tinha dito que isso era ridículo.

"Ele já existe — tinha me falado Jeremy. — Está feito. Não se pode melhorar algo que foi feito há mais de cinquenta anos. Você tem que aceitar como ele é."

Talvez ele estivesse certo.

Gabe parecia pensativo.

— Minha irmã não falou sobre nada disso.

— O filme tem muito mais do que isso. E é bom em muitos aspectos.

Nesse momento, Gabe parecia estar em dúvida.

— Você gosta do filme mesmo ele tendo essa subtrama horrível?

— Acho que podemos dizer que eu o amo, mas não o adoro — concluí.

Aquilo tinha soado extremamente inteligente na minha cabeça, mas não fazia muito sentido quando dito em voz alta. O que, de certa forma, era a história da minha vida.

— É um bom filme — falei.

Gabe parecia confuso. Não podia culpá-lo. Jeremy dizia o tempo todo que, mesmo nos meus melhores dias, eu não fazia sentido.

Não que ele não tivesse um pouco de razão. Às vezes.

Mas Gabe, de fato, parecia estar arrependido de ter me mostrado os DVDs.

As coisas não estavam indo bem. A ideia não era oferecer uma palestra para Gabe sobre temáticas misóginas em filmes clássicos — eu devia estar perguntando o que ele achava da produção de enorme orçamento da qual estava prestes a fazer parte.

Antes que eu pudesse fazer isso, no entanto, Gabe bateu as mãos uma na outra, fazendo-me dar um pulo de susto.

— Eu estou morrendo de fome — comentou. — Vamos comer.

CINEFILOS_SERIOS.COM

"CINCO RAZÕES PARA GABE PARKER SER O PIOR BOND DE TODOS OS TEMPOS"

POR ROSS LEAMING

Não será surpresa nenhuma para nossos fiéis leitores que o Cinéfilos Sérios está extremamente decepcionado com as últimas notícias sobre James Bond. Aqui, destrincharemos todas as razões por que achamos que o diretor Ryan Ulrich está cometendo um imenso erro com a escolha de seu novo protagonista.

1. Gabe Parker é norte-americano. É, eu sei que já foi confirmado que ele vai tentar imitar o sotaque britânico, mas por que obrigá-lo a ter todo esse trabalho quando se pode simplesmente escolher alguém mais apropriado?
2. Gabe Parker não é Oliver Matthias. Não sei vocês, mas eu não acredito nem um pouco na história de que Parker foi a primeira e a única opção da produção. Provavelmente, os produtores o viram em *Tommy Jacks*, que é um filme legalzinho, mas em que certamente Parker não demonstra profundidade nenhuma em sua atuação. Principalmente em comparação com sua coestrela que, de fato, tem sotaque britânico, porque é britânico de verdade. O fato de que uma pessoa escolheria Parker em vez de Matthias comprova que ela não devia ser

encarregada de decidir quem vai interpretar James Bond. Em nenhuma circunstância.
3. Gabe Parker é um caipira. Veja bem, não duvido de que ele seja uma pessoa legal. Ele até pode ser inteligente. Mas todos nós sabemos que sua persona nas telas (e em entrevistas) é o exato oposto do que esperamos de Bond. O homem com o martíni precisa ser a encarnação da sofisticação. Não deveria ser interpretado por alguém cujo momento mais famoso em talk shows envolve jogar *beer pong* com outro convidado. E ganhar.
4. Gabe Parker já está transando com sua coestrela. Nenhum deles confirmou, mas qualquer um que vir as fotos de Gabe com Jacinda Lockwood em Paris pode dizer com certeza que eles estão no rala e rola. Mas Ross — alguém poderia perguntar —, isso não significa que ele seria um bom Bond? Afinal, ele já provou que consegue conquistar a garota. Sim, exatamente, eu diria a você. E, então, onde fica a emoção? O flerte? A antecipação? Parece que Gabe Parker é só um macho que não consegue ficar com o pau guardado na cueca. Além disso, é outro indício de que ele sempre fica com os restos de seus colegas.

Aliás: tem alguém surpreso com o fato de Lockwood ter dado um pé na bunda de Matthias por causa de Parker? A modelo afro-britânica conquistou uma reputação e tanto por fazer o que for preciso para sua carreira cinematográfica decolar.

5. Gabe Parker é mole demais. Não estou falando do corpo dele — todos nós vimos as fotos dele sem camisa em *Cold Creek Mountain*, que é mais uma sessão de fotos de um gostosão do que um filme sério —, mas é inegável que ele tem um lado sensível.

E Bond não é sensível. Ele é durão. Talvez seja toda a experiência de Parker no teatro, especialmente seu papel principal em *Angels in America*. Vocês sabem do que estou falando.

CAPÍTULO 2

FUI DIRIGINDO ATÉ O PUB. OUTRA JORNALISTA PODERIA TER SIDO capaz de fazer bom uso do tempo extra em um espaço restrito, mas ser uma motorista nervosa por natureza e ter uma grande estrela do cinema e sua nova cachorrinha no assento ao lado me manteve focada na direção. Em vez disso, foi *Gabe* que teve a oportunidade de me encher de perguntas, o que ele fez quase que ininterruptamente. Como se eu fosse a entrevistada e ele, o jornalista.

— Você é de Los Angeles, certo? Quer dizer, Hollywood *Hollywood*? Uau! Deve ter sido legal crescer aqui.

— Acho que sim? — Eu estava odiando o fato de não conseguir parar de responder em tom de questionamento. — Digo, foi bem normal.

— Loucura. — Ele tamborilou os dedos no porta-luvas.

Tinha algo de irrequieto nele que parecia ficar ainda mais perceptível dentro do carro — como se ele estivesse literalmente transbordando de energia.

— E você morou aqui a vida toda?

Concordei com a cabeça enquanto cruzava a estreita Doñas com os nós dos dedos brancos, rezando para que não déssemos de cara com outro carro seguindo na direção oposta.

Ele abriu a janela, o que pareceu amenizar sua ansiedade, mas pouco fez para ajudar a me acalmar. Agora, tudo em que eu conseguia pensar era na possibilidade de a cachorrinha, que naquele momento estava em pé em seu colo, com as patas no encosto de braço e o focinho se contraindo em meio à brisa, pular do carro em movimento e, aí, eu me tornaria a pessoa que matou a cachorrinha de Gabe Parker.

— É gostoso aqui no inverno — disse ele. — Geralmente estou em Montana com a minha família nessa época, ou gravando em algum outro lugar. Mas você provavelmente está cansada de tanto sol, né? Sempre sinto falta de estações demarcadas quando estou por aqui. Outono. Primavera. Você também sente falta delas?

— Mais ou menos. Acho que estou acostumada.

Ele acenou com a cabeça, e toda a parte superior de seu corpo balançou junto.

— Ahã, ahã, ahã, faz sentido — respondeu. — Você já foi pra Montana?

— Não. Mas ouvi falar que é bonita.

— Bonita? Pfff. É maravilhosa. Não tem nenhum lugar que se compare — afirmou. — Precisamos levar você lá um dia.

Concordei em silêncio, como se aquilo fosse algo que realmente pudesse acontecer.

O pub era bonito, com paredes de tijolos e lâmpadas de filamento pendendo sobre cada conjunto de bancos. Gabe me levou até a parte de trás do lugar, onde uma mesa esperava por nós, junto de uma tigelinha de água para a cachorrinha.

— Você deve amar este lugar — disse ele.

Olhei à minha volta.

— Nunca vim aqui antes.

— Não aqui. — Gabe deu uma batidinha na mesa. — Aqui. — E fez um gesto amplo. — Los Angeles. Você deve amar aqui, já que voltou pra cá depois da faculdade.

— Eu amo, sim.

— Não é tudo o que eu esperava — disse.

Senti meu corpo retesar.

— É, bom, um monte de gente pensa que Los Angeles é só Hollywood. Que a cidade é um lugar superficial e insípido, cheio de gente superficial e insípida, mas, na verdade, ela é muito mais do que isso. As pessoas dizem que Los Angeles não tem cultura, mas a gente tem cultura pra dar e vender, várias culturas, aliás. Tem Chinatown, Little Armenia, Little Ethiopia, Alvarado Street. Temos museus, jardins e parques incríveis. É *lindo* aqui. Às vezes, de manhã, as montanhas ficam cor-de-rosa e douradas, parecendo recortes perfeitos na frente do céu. Tem um monte de história aqui, não só Hollywood. Temos arquitetura, arte, música... É um lugar incrível para se crescer e para morar. E não se encontra tacos melhores em lugar nenhum.

Parecia uma campanha de marketing extremamente agressiva. Mas não consegui evitar. A minha cidade natal era difamada o tempo todo — Jeremy sempre tinha deixado bem claro quanto achava Los Angeles uma porcaria — então, quando tentava defendê-la, eu ia com *tudo*.

Gabe se inclinou para trás.

— Concordo totalmente — respondeu. — Os tacos são ótimos.

Era difícil dizer se ele estava me zoando, mas antes que eu pudesse investigar melhor, a garçonete apareceu.

Gabe se colocou de pé na mesma hora, dando um abraço e um beijo na bochecha da linda moça ruiva.

— Como você está? — perguntou. — Parece a ponto de explodir.

Ela estava extremamente grávida, e passou a mão na barriga.

— Vou contar pra sua mãe que você falou isso pra uma mulher grávida — brincou.

Gabe piscou para ela.

— Você não ousaria fazer isso. — Seus olhos se voltaram rapidamente para mim. — Madison, essa é a Chani.

Ele disse meu nome *perfeitamente*.

— Estão prontos pra pedir? — perguntou Madison. Ela tinha um sotaque sulista pesado e charmoso.

— Dá um momentinho com o cardápio pra gente, pode ser, meu bem? — pediu Gabe, falando com o mesmo sotaque dela ao se sentar de frente para mim.

Madison corou.

— É só dar um grito, tá bom?

— Os hambúrgueres são ótimos — disse Gabe quando ela se afastou. — Mas se pedir um, precisa pegar uma cerveja também. É a regra.

Eu sabia que não era profissional beber em serviço, mas podia bancar uma cerveja. Eu *precisava* de uma. Afinal, até então nossa entrevista tinha consistido apenas em eu reclamando do machismo intrínseco de *Núpcias de escândalo* e dos estereótipos de Los Angeles. E não em eu fazendo o trabalho que tinha sido contratada para fazer.

— Qual a melhor *sour beer* daqui? — perguntei.

Gabe ergueu as sobrancelhas ao encontrar meu olhar.

— *Sour beer*, é?

— É — falei, como se estivesse propondo um desafio. — Alguma sugestão?

Aquele sorriso retornou e, com ele, meus sentimentos ardentes e inapropriados.

— Que tal eu fazer o pedido para nós? Confia em mim?

— Confio — respondi.

Ele voltou os olhos para o cardápio com a alegria de uma criança na noite de Chanucá que ganhou presentes de verdade em vez de meias ou moedinhas de chocolate.

— Já sei — disse ele. — Você vai amar essa aqui.

Madison reapareceu e Gabe fez um gesto chamando-a para mais perto. Ele ergueu o cardápio entre nós dois. Seu olhar alternava entre mim e o que estava indicando no papel. Enquanto fazia isso, a cachorrinha chegou do meu lado e esfregou o focinho molhado na minha mão. Eu me estiquei e fiz menção de fazer carinho nela, o que, aparentemente, foi um convite para que ela se jogasse de costas no chão, mostrando-me a barriga. Fiz um carinho ali, satisfeita com a maciez aveludada da pele dela.

— Ela gostou de você — disse Gabe quando Madison anotou nossos pedidos e se afastou.

— Cachorrinhos filhotes gostam de todo mundo.

Ele negou.

— Essa aqui, não. Ela se assusta com a própria sombra, com os passarinhos do quintal e com sacolas de papel.

— Igual a mim.

Gabe riu. Eu gostava de fazê-lo rir.

A cachorrinha estava com a língua de fora; aquele pedacinho cor-de-rosa, destacado em contraste com seu pelo preto, parecia quase comprido demais para caber na boca dela.

— Eu deveria me preocupar? — perguntei. — Com o que você pediu?

— Não sei. — Gabe se inclinou para trás, entrelaçando as mãos atrás da cabeça. — Você é o tipo de pessoa que gosta de se arriscar?

Encarei a linha de músculos espantosamente íntima que ia de seus bíceps até a parte de baixo dos braços e desaparecia sob a camiseta.

— Não — respondi.

Ele riu.

— Então talvez você deva se preocupar. — Ele arqueou as sobrancelhas para mim. — Mas só um pouquinho.

Ele estava... flertando comigo?

É claro que estava. Da mesma maneira que tinha flertado com Madison. Não era nada pessoal. Provavelmente, Gabe não sabia como falar com mulheres sem flertar de alguma forma. Madison e eu éramos apenas pessoas em sua órbita e, inevitavelmente, a mera existência dele nos seduziria.

Essa era a natureza das celebridades. Da fama.

Tinha momentos em que eu imaginava como era ser alguém famoso. Pensava que eu talvez gostaria de me tornar famosa. Às vezes eu queria a atenção e o interesse que os holofotes proporcionam. Às vezes desejava a validação que a fama trazia.

Gabe provavelmente era bom em seduzir os outros da mesma maneira que eu era boa em observá-los. Eram habilidades para as quais nós dois tínhamos uma vocação natural, mas que, sem dúvidas, tínhamos aperfeiçoado no decorrer dos anos, já que elas eram necessárias para que fizéssemos nosso trabalho.

Era um bom lembrete de que a única razão de eu estar ali, naquele momento, sentada em frente a Gabe Parker, tentando não encarar sua maravilhosa axila, era que aquele era meu trabalho. Um trabalho que eu precisava desesperadamente fazer direito.

Tirei o gravador da bolsa.

— Tudo bem se eu fizer algumas perguntas? — perguntei, colocando o aparelho na mesa.

Ele congelou por um segundo. O corpo dele ficou tão imóvel que parecia ter acontecido uma falha na Matrix. Então, como se estivesse reiniciando, ele sorriu para mim. Um sorriso raso e vazio.

Não era o que eu esperava.

— É claro — disse. — É pra isso que você está aqui, não é mesmo?

Era quase como se ele tivesse se esquecido disso.

Mas a falha que aparentemente tinha surgido sumiu tão rápido quando apareceu.

— O.k. — Gabe estalou o nó dos dedos. — Manda ver.

Baixei os olhos para o meu caderno.

Eu tinha passado a véspera inteira me preparando para este momento. Tinha lido vários perfis dele e assistido a entrevistas antigas.

No entanto, sentada ali em frente a Gabe, percebi, ao analisar as minhas anotações, que o que tinha realmente feito era pesquisar a respeito *dele*.

As perguntas — escritas à mão, com todo o cuidado — eram questões que *eu mesma* podia responder.

Continuei encarando o caderno, um sentimento de pavor se espalhando pelo meu estômago.

Gabe pigarreou.

— Ou a gente pode só conversar — disse ele.

Não sabia se ele estava sendo gentil ou condescendente. De um jeito ou de outro, essa frase indicava que ele achava que eu não era capaz de fazer o meu trabalho.

Vai ficar tudo bem, eu disse a mim mesma. Quando entrevistei Jennifer Evans, eu tinha começado a entrevista perguntando sobre a cidade natal dela e ela acabou falando sem parar por quase vinte minutos.

— Cooper, Montana — falei.

Gabe ergueu uma sobrancelha.

— É, é de onde eu sou.

— Um bom lugar para se crescer.

— É — concordou.

— Você fez faculdade lá.

— Fiz.

— Teatro. Na JRSC.

— Isso — disse.

Seus lábios estavam levemente curvados, só um indício de sorriso, como se ele estivesse se divertindo. Divertindo-se com a minha completa incompetência em entrevistá-lo. Afinal, até o momento, eu não tinha feito uma única pergunta.

Essa estratégia pode ter funcionado com Jennifer Evans, mas com certeza não estava dando certo agora.

Meu navio estava afundando e eu precisava de algo para consertá-lo. E rápido.

A cachorrinha se mexeu embaixo da mesa, deixando escapar um daqueles suspiros geralmente reservados para quando se pensa no significado da vida. Era exatamente o tipo de suspiro que eu tinha guardado no fundo da minha garganta.

— Qual o nome dela? — perguntei.

Gabe olhou para baixo e um sorriso largo surgiu em seu rosto.

— Ainda não decidi — respondeu. — Estou esperando que o nome venha até mim.

— Ela parece um ursinho de pelúcia.

— Parece mesmo. — Ele ergueu os olhos para mim. — Você tinha ursinhos quando era criança?

Por motivo nenhum, meu rosto corou.

— Talvez.

Ele se inclinou para trás.

— Sabia. — Ele sorriu. — Qual era o nome do seu ursinho de pelúcia?

— Ursinho.

Ele ergueu uma sobrancelha.

— Nunca fui uma criança muito criativa.

— Duvido.

Aquele sentimento radiante, elétrico e quente estava ali novamente.

— E *você*, tinha ursinhos de pelúcia quando era criança?

Era a primeira pergunta decente que eu fazia e, tecnicamente, eu a tinha roubado dele. Para a minha tristeza, antes que Gabe pudesse responder, Madison voltou com nossas bebidas.

Ele me esperou tomar um gole da minha cerveja.

— E aí? — perguntou. — Acertei?

Eu não era muito fã de cerveja, mas adorava *sour beer*. E ele tinha escolhido uma muito, mas muito boa.

— Acho que acabou de virar a minha cerveja favorita — respondi, com honestidade.

Ele abriu um sorriso largo e meu coração perdeu o ritmo.

— Saúde! — disse, erguendo o próprio copo e batendo no meu.

Em seguida, eu o observei tomar um terço da bebida em um gole.

— Está com sede?

Soou muito mais acusatório do que eu tinha planejado.

— Ficar respondendo perguntas dá sede — disse ele.

Touché.

Gabe Parker podia até ser um caipira, mas era um caipira com um senso de ironia muito bem polido.

— O que te levou a fazer o teste para *Angels in America*? — perguntei.

Dessa vez foi Gabe quem piscou.

A-há, pensei, triunfante. *Uma boa pergunta, pelo menos.*

— Foi pré-requisito para uma matéria — disse ele. — Escolhi fazer teatro porque pensei que seria uma nota dez fácil de ganhar. Não me dei conta de que fazer um teste para a apresentação de inverno era parte do acordo.

Eu murchei.

Era praticamente a mesma coisa que ele tinha dito para a *Vanity Fair* depois de fazer *Tommy Jacks*.

— Deve ter sido uma surpresa conseguir o papel principal.

— Ahã — disse ele.

E bebeu a cerveja.

Quis bater minha cabeça na mesa. Ele sabia o motivo de eu estar ali — o motivo de estarmos fazendo aquela entrevista. O objetivo do perfil era ajudar a melhorar a visão do público a respeito de ele ter sido escolhido para interpretar James Bond. A ideia era *ajudá-lo*.

— Você ficou muito incomodado? — perguntei. — Com a temática?

— Não — respondeu.

— E sua família?

— Não.

— Eles não se importaram de você beijar outro homem no palco?

— Minha irmã achou hilário — disse Gabe. — Mas é só porque sou o irmãozinho mais novo. Ela acha tudo que faço engraçado. Geralmente, não é minha intenção.

— Você e sua irmã são bem próximos.

Gabe engoliu o resto da cerveja e fez sinal para trazerem mais uma.

Minha caneta congelou sobre o caderno. *Duas* cervejas?

Gabe era um cara grande e duas cervejas podiam não significar nada para certas pessoas, mas eu estava começando a me sentir nervosa. Por ele. Aquilo era ridículo, é claro. Não era o meu trabalho protegê-lo dele mesmo. Ele era adulto. Conhecia seus limites. Além disso, se acabasse bebendo a ponto de ficar mais falante, melhor para mim. *Certo?*

— Ela é minha melhor amiga — disse Gabe. — Só temos um ano de diferença, então somos praticamente gêmeos.

Era quase exatamente a mesma coisa que ele tinha dito na entrevista para a *Entertainment Weekly*. E para a *Hollywood Reporter*.

— E você tem uma sobrinha? — perguntei, mesmo já sabendo a resposta.

— Ela tem três anos. E é o amor...

— Da sua vida — completei a frase antes que pudesse me controlar.

Ele também tinha dito aquilo para a *Vanity Fair*.

— Pelo visto, você pesquisou bastante — disse Gabe.

Não era um elogio.

— É o meu trabalho — retruquei.

Eu sabia que não estava indo muito bem com aquelas perguntas, mas ele era um ator. Não esperava que soltasse alguma revelação surpreendente ou chocante, mas que dissesse *alguma coisa*.

Contudo, ele estava bem quieto do outro lado da mesa. Mas foi só por um momento.

— Eu também fiz as minhas pesquisas — disse ele. — Seus pais são professores. Você tem um irmão e uma irmã mais novos. Todos moram por aqui. Você costuma jantar com eles no Shabat. Fez faculdade na Sarah Lawrence e pós em Iowa. Conheceu seu namorado lá. Na livraria do campus.

— Ex-namorado — frisei.

Gabe me ignorou.

— Você começou na ficção, mas hoje escreve só não ficção. Dizem que sua escrita é perspicaz. Você é de Los Angeles. E odeia Nova York.

— Não odeio Nova York. — Estava aflita.

Eu odiava Nova York.

Eu o encarei. Ele me encarou de volta.

— É esquisito, não é? — perguntou, com suavidade. — Quando alguém acha que te conhece.

Aquilo me lembrou da vez que eu tentei aprender a andar de skate para chamar a atenção de um menino do ensino médio. Eu estava lá, deslizando, quando, de repente, inclinei-me muito para trás e o skate saiu voando de baixo dos meus pés. Fiquei suspensa no ar por meio segundo antes de me espatifar no chão com força, atingindo primeiro o cóccix. Chorei de dor, e as lágrimas fizeram o menino desaparecer.

Eu me sentia um pouquinho daquela forma agora, como se Gabe tivesse arrancado o skate — algo que só de ter tentado usar já tinha sido arrogante da minha parte — de mim.

Eu estava acostumada a fazer uma pergunta simples e aguardar, deixar que meu entrevistado desfiasse seu monólogo até que eu tivesse algumas citações decentes para colocar em destaque nas páginas. Estava acostumada com celebridades felizes em falar sobre si mesmas.

— É o meu trabalho — repeti, com a voz fraca.
— Eu sei.
Então faça esse trabalho melhor, era o que estava implícito.
Folheei meu caderno como se um bote salva-vidas fosse aparecer de repente ali.
— Você sempre foi fã do Bond? — perguntei, vacilando.
— Claro — respondeu. — Que homem não é?
— Costumava assistir aos filmes com seu pai?
O rosto de Gabe ficou inexpressivo.
Se aquela entrevista fosse um barco naufragando, eu tinha acabado de explodir o casco.
Porque tinha um único assunto proibido. E eu tinha sido alertada dele.
Anos atrás, um tabloide nojento tinha revirado a vida de Gabe e escrito um artigo sobre a pessoa de quem ele nunca falava.
O título era "Gabe Parker e a figura paterna ausente".
O artigo era mal escrito, com poucos detalhes, e ainda assim dizia mais do que Gabe ou seus representantes já tinham dito. Eu tinha vergonha de ser uma entre os milhões de pessoas que tinham lido a matéria — e descoberto que o pai de Gabe morreu quando ele tinha dez anos.
A história toda poderia ter desaparecido se o Time Parker não tivesse ameaçado processar o tabloide. Em vez disso, essa atitude só fez as pessoas ficarem mais curiosas. Afinal, se Gabe e o falecido pai tivessem tido um bom relacionamento, não tinha nada a esconder. E algo claramente era escondido. Maus-tratos, alienação ou qualquer outra coisa horrível e interessante nesse nível. Exatamente o tipo de informação que o público parecia sentir que tinha direito de saber. O tipo de informação que qualquer entrevistador mataria para conseguir.
Olhando para Gabe naquele momento, eu podia imaginar o que estava passando por sua cabeça. Que eu era aquele tipo

de jornalista que faria qualquer coisa para conseguir o que queria — que não descartaria uma tentativa de atingi-lo para conseguir uma resposta. Para conseguir uma história.

Eu queria conseguir uma história, mas não dessa maneira.

— Me desculpe. Eu sei das regras.

Se tivesse que me humilhar, eu me humilharia.

— Não tive a intenção...

Ele abanou a mão.

— Vamos seguir em frente, pode ser?

Merda. Quando eu tinha pensado em todas as maneiras como conseguiria tornar aquela entrevista um desastre, não tinha pensado que, sem querer, arremessaria uma pergunta do tipo "te peguei!" nele.

— Não vou incluir essa parte. — Estava ciente de que ele provavelmente não acreditaria em mim.

— Ahã. E o *seu* pai?

— Meu pai?

— Ele é fã de James Bond?

Seus braços estavam cruzados.

— Claro — respondi. — Que homem não é?

Eu estava tentando ser engraçada, devolvendo as palavras de Gabe a ele. Não fazia ideia se meu pai gostava dos filmes de James Bond. As únicas coisas que eu já o tinha visto assistir eram os jogos dos Lakers.

Gabe não disse nada, só lançou um olhar cínico para o meu caderno. Cobri a folha com a mão, como se ele fosse conseguir ler o que estava escrito de ponta-cabeça e do outro lado da mesa.

— Eu...

Mas antes que eu pudesse terminar a frase, Gabe de repente se levantou.

Meu estômago afundou.

— Pode me dar licença um instante? — disse, levantando a cachorrinha do chão.

Sua voz era fria e educada.

Fiz que sim.

Ele saiu do pátio externo e eu fiquei observando-o, aqueles ombros largos maravilhosos, aquela cintura estreita, aquela bunda muito, mas *muito* bonita. Tinha certeza de que aquela era a última vez que eu veria Gabe Parker, então, que fosse um olhar bem demorado.

Quando ele estava fora do alcance da minha visão, tracei uma linha nas gotas condensadas do meu copo de cerveja, ciente de que nossa comida chegaria dali a pouco e seria *bem* constrangedor quando Madison viesse à mesa com dois hambúrgueres e só tivesse uma pessoa sentada ali.

Meu barco tinha naufragado até o fundo do lago.

Baixei a cabeça, apoiando minha testa no caderno.

Pensei em todas as histórias que queria escrever. Pensei em Jeremy e seu contrato de publicação. Pensei em minhas dívidas do financiamento estudantil.

Pensei que, no fim das contas, acabaria levando aquele segundo hambúrguer para casa, afinal, vai saber quando eu conseguiria outro trabalho.

De repente, senti meu tornozelo úmido.

Olhei pelo vidro da mesa e vi a cachorrinha lambendo a pele que aparecia entre meu sapato e o jeans. Erguendo a cabeça, vi Gabe sentado de frente para mim, com uma expressão neutra. Uma outra cerveja estava diante dele. Já pela metade.

— E então? — perguntou. — Vamos continuar?

O_LANCE_PONTO_COM.BLOGSPOT.COM

"O TÉRMINO E O COLAPSO MENTAL"

Acabou. O Romancista esvaziou sua última gaveta ontem à noite, e dessa vez não chorei.

Ele vai se mudar para Nova York, onde as pessoas são criativas, diferentes e interessantes. Não são como as pessoas daqui, que só se importam com *smoothies*, exercícios e assistir a programas de TV ruins.

Acredito que as pessoas em Nova York também assistem a programas de TV ruins. Só fazem isso em apartamentos mais apertados.

Eu disse a ele que nunca me mudaria para Nova York. Ele disse que o problema era esse. Que, porque não sou o tipo de pessoa que iria para Nova York com ele, simplesmente não sou o tipo de pessoa com quem ele pode estar.

Dependendo de para quem você perguntar, já tivemos essa mesma lenga-lenga meia dúzia de vezes desde que começamos a namorar, mas dessa vez tenho certeza de que é pra valer, principalmente porque foi isso que o Romancista disse quando bateu a porta do carro antes de ir embora.

Estou solteira de novo.

Não chorei, mas tomei bastante sorvete.

Um coração partido supostamente faz bem para a inspiração, mas, além deste post, não consegui escrever mais nada.

Essa nova correnteza emocional arrastou com ela todos os meus planos, todos os meus objetivos.

O Romancista sempre disse que eu tenho problemas com foco. Sem dúvidas, ele está agora sentado de frente para a máquina de escrever, com seu copo de gim, digitando furiosamente, transformando essa questão de "crescimento pessoal" (palavras dele) em "fertilizante criativo" (palavras minhas).

Vou ficar profundamente ressentida se ele transformar essa experiência em um livro que acabe virando um best-seller.

bjsdaChani

P.S.: antes disso tudo acontecer, escrevi uma coisinha sobre Jennifer Evans, a estrela em ascensão. Vocês podem conferir na *Página Dupla* deste mês.

CAPÍTULO 3

— SABE, TEM ALGUMA COISA AQUI, NO SEU ROSTO... — DISSE Gabe, indicando o lugar na própria face. — Acho que é tinta.

Minha pele queimava contra minha mão quando olhei para baixo e descobri que as palavras escritas em meu caderno estavam borradas. Óbvio. Conhecendo a minha sorte, eu provavelmente estava com um "Bond" carimbado na testa.

Eu a esfreguei furiosamente.

— Meu Deus! — disse Gabe. — Espera um pouco.

Ele pegou o guardanapo e mergulhou uma ponta no copo d'água. Esperei que me entregasse, mas, em vez disso, ele apontou o dedo na minha direção. Eu me inclinei para mais perto e ele limpou minha testa delicadamente. Não respirei durante todo o processo. Fiquei vesga no esforço de não encará-lo.

— Pronto — disse, e se afastou.

Felizmente, antes que eu pudesse fazer mais alguma coisa vergonhosa, nossa comida e a terceira cerveja de Gabe chegaram.

Além do próprio hambúrguer, Gabe também tinha pedido um disco de hambúrguer simples para a cachorrinha, que ela comeu com entusiasmo, intercalado com várias bufadas de felicidade. Enquanto ele olhava para ela, arrumei meu hambúrguer do jeito que eu gostava, mergulhando as batatas fritas no ketchup e as dispondo cruzadas em cima da carne.

Quando levantei os olhos, percebi que Gabe estava me observando.

— Acho que nunca vi alguém comer um hambúrguer desse jeito.

— Faço isso desde criança — respondi.

— Hum — disse ele, e então abriu o próprio hambúrguer e fez o mesmo. — Assim?

Fiz que sim, sem dizer nada, e o vi dar uma mordida.

— Uau! Isso aí... — disse, deixando escapar um gemido suave. — Fica bom pra cacete.

Um calor se espalhou pelo meu corpo, como se eu tivesse engolido algo picante e delicioso.

Assisti a ele comer por um momento. Ele saboreava cada mordida, lambendo os dedos, os lábios, em dado momento até a palma da mão. Gabe era claramente um homem que gostava de comer.

Uau! Mesmo enquanto afundava minha própria carreira sem a ajuda de ninguém, eu continuava com muito, mas *muito* tesão nele.

— Vai esfriar.

Não vai mesmo, pensei.

Precisei de um instante para entender que ele estava falando do meu hambúrguer.

— Li algumas coisas que você escreveu — Gabe disse quando dei uma mordida no meu hambúrguer.

— Leu?

— É claro.

Era como se toda a gafe envolvendo o pai dele nunca tivesse acontecido. Gabe Parker, sem dúvidas, era alguém com jogo de cintura.

Ele mergulhou uma batata frita no ketchup.

— Gosto do seu blog.

Engasguei com a bebida.

Uma coisa era Gabe ter lido minhas matérias — uma coisa fora do comum, mas ainda assim, elas eram bem embasadas, editadas e corrigidas. Não tão diferentes do tipo de entrevista que estávamos fazendo naquele exato momento.

O meu blog, por outro lado...

Pelo menos agora eu sabia de onde ele tinha tirado todas aquelas informações sobre mim: onde eu tinha estudado e o fato de que odiava Nova York. De um jeito ou de outro, àquela altura meu blog tinha meio que virado, na prática, um diário. Principalmente porque eu achava que ninguém o lia.

— Você é bem divertida — disse Gabe. — Sua escrita. É divertida.

Meu cérebro estava a todo vapor, tentando lembrar que bobagens vergonhosas sobre minha vida eu tinha regurgitado recentemente.

Jeremy tinha lido meu blog uma vez.

"Tem coisa pior do que ficar admirando o próprio umbigo?", perguntou no meio de uma briga. "Porque é isso que aquele blog é."

Eu fiquei me perguntando o que Jeremy iria pensar se soubesse que Gabe Parker tinha chamado a minha escrita de "divertida".

— O que achou do hambúrguer? — perguntou.

— É bom — respondi. — Parece que você vem bastante aqui.

Ele fez que sim.

— Pois é. O pessoal aqui é legal e a comida é ótima.

Olhou para o que restava das nossas batatas com uma vontade enorme.

Eu as empurrei na direção dele. Ele hesitou.

— Já comi bastante — falei, e, já que ele não tinha abandonado a entrevista, não precisava me preocupar em estocar comida feito um esquilo. Não por enquanto.

— Não é isso — respondeu ele, pegando um punhado delas e mergulhando no ketchup. — Eu não devia estar comendo isso, pra começar.

Inclinei a cabeça inquisitivamente.

— James Bond não pode ter pneuzinhos — falou, inclinando-se para trás e dando tapinhas na barriga.

— Não acho que isso seja um problema pra você.— Dei risada, imaginando que ele estava brincando.

Na mesma hora, ficou claro que não estava.

Eu sabia que atores e atrizes faziam diversos sacrifícios pela aparência, mas nunca tinha pensado muito a respeito. Só gostava de apreciar os resultados. Gabe afastou as batatas de si, e eu me senti meio culpada por todos aqueles olhares cobiçosos.

— Meu personal vai ficar puto — disse.

Sua expressão estava tão triste que, por um momento, fiquei sem palavras.

— Quando é a próxima vez que você vai poder comer hambúrguer e batata? — perguntei.

Ele olhou de relance para o gravador, como se ele fosse uma cobra pronta para dar o bote.

— Depois do Bond — disse ele. — A não ser que a gente comece a gravar o segundo filme logo em seguida. Nesse caso, só *shakes* de proteína e alface até terminarmos.

Ele ergueu o copo de cerveja quase vazio e olhou com carinho para ela.

— Adeus, minha amiga — disse, antes de tomar o resto.

Fez-se um longo silêncio e, então, ele sorriu — mas não um sorriso verdadeiro. Achei engraçado o fato de já conseguir distinguir.

— Não que eu esteja reclamando — comentou.

Sua voz estava um pouco mais baixa e ele falava um pouco mais devagar. Não bêbado, mas quase.

— Está animado? — perguntei. — Com o Bond?

— Eu tenho sorte — disse ele, como se fosse a mesma coisa.

— Pode ser o papel da sua carreira — falei.

— Fui a segunda opção deles. Queriam o Ollie.

Congelei.

Agora, sim, estávamos chegando a algum lugar. Eu sabia que era disso que eu precisava — era para isso que tinha ido até ali —, mas, ainda assim, não conseguia ignorar aquele sentimento extremamente desagradável de que talvez estivesse me aproveitando do fato de Gabe estar mais embriagado do que deveria.

Mas, no fim, era tudo trabalho — para mim e para ele — e, na verdade, as circunstâncias tinham equilibrado o jogo. Além do mais, se eu fosse um cara, era possível que esse sentimento de culpa nem existisse. Provavelmente, estaria pedindo outra cerveja para Gabe ou me oferecendo para pagar umas doses.

Eu não podia permitir que minha paixãozinha por ele me impedisse de conseguir uma boa história.

— Ah — falou Gabe, inclinando-se para trás. — Você também preferiria o Ollie.

— Não.

— Não?

— Não tenho uma preferência — concluí.

Era mentira. É claro que eu tinha uma preferência. Na minha vida — nas minhas fantasias — sempre seria Gabe.

Mas eu sabia o que os críticos estavam dizendo por aí. Afinal, por mais que Gabe fosse maravilhoso, ele não era uma escolha natural para interpretar Bond. Não como Oliver.

Oliver Matthias era sofisticado. Culto. Tinha o fator do sotaque, é claro, mas ele também era intelectual. Formado em Oxford. Um ator que tinha se apresentado no West End e encenado Shakespeare e Beckett. Ele tinha anos de experiência e estrelara uma versão de comédia adolescente de *Orgulho e preconceito* na BBC aos dezesseis anos, e então voltara às telinhas para uma adaptação em minissérie de *Cyrano de Bergerac* depois da faculdade. Nem mesmo uma prótese nasal tinha conseguido minimizar seu apelo para o público feminino — incluindo a mim. Era possível até que, na pré-adolescência, eu tivesse um pôster dele como Darcy.

Oliver era um protagonista de corpo e alma.

No entanto, de acordo com entrevistas de Ryan e os produtores de James Bond, Oliver não tinha sequer sido considerado para o papel. Meu instinto jornalístico, mesmo imaturo, estava apitando.

— Minha mãe também prefere ele — disse Gabe.

— Mentira! — exclamei.

Ele ergueu uma sobrancelha.

— Minha mãe *ama* o Bond. Ela falou: "O Oliver não estava disponível?". Com essas palavras.

Eu me retraí.

— Sei o que estão comentando. Ao contrário do que dizem por aí, eu *sei* ler.

— Ninguém acha que você não sabe ler — falei.

— Acham que num sei ler direito — retrucou, com um arrastar pesado e caipira na voz.

Eu não sabia o que responder, porque dizer a ele que aquilo não era verdade seria uma mentira. As pessoas realmente pensavam que Gabe era meio caipirão. O fato de sua equipe ter reforçado essa imagem até o momento antes de ele conseguir o papel de Bond não tinha ajudado.

As entrevistas amplificavam suas características de "bom menino do interior" — ele podia ser um cara simplório, formado numa faculdade sem prestígio, mas seu talento era igualmente caseiro. Enquanto Oliver era alguém treinado e aprimorado, Gabe era completamente natural. Genuíno.

Mas isso também significava que era difícil emplacá-lo em papéis que contrariassem essa identidade.

Bond tinha *mesmo* sido uma surpresa.

— Tá tudo bem — disse Gabe. — Um fonoaudiólogo está me ajudando e ele prometeu que vamos reduzir as minhas "caipiragens" o máximo possível.

— Acho que você vai fazer um ótimo trabalho.

— Você é a única.

Claramente a história ia além do que ele estava contando. Todo mundo já presumia que existia uma rivalidade entre os dois. Jacinda Lockwood fora apontada como possível affair de Oliver antes dos boatos de estar namorando Gabe surgirem — será que era tudo parte de uma competição mais ampla e mais profunda entre os dois?

Se Oliver realmente era a primeira opção, por que ele não tinha conseguido o papel?

— Já viu o filme novo dele? — perguntei. — Do Oliver?

Era um filme de época — romântico e épico — e a Chani de treze anos, que era totalmente apaixonada por Oliver, mal podia esperar para ver.

— Vou à estreia amanhã — disse Gabe. — Estou ansioso para assistir.

— Que inveja — falei sem pensar.

Não é que eu quisesse ir àquela première em particular — é que estreias de filmes ainda tinham algo de mágico para mim. Eu havia entrevistado celebridades o suficiente para ouvir inúmeras histórias a respeito das festas a que iam e era difícil não sentir uma pontinha de inveja da perspectiva de passar uma noite toda arrumada, cercada de gente bonita.

— São bem entediantes — disse Gabe. — Essas premières.

— Talvez para você. — Tentei trazer o foco de volta para a conversa antes que um de nós se distraísse. — Vocês mantêm contato? Você e o Oliver?

— Somos amigos.

Tinha alguma coisa que ele não queria dizer, mas antes que eu pudesse perguntar, ele acenou para chamar Madison.

— Pode me trazer mais uma? — perguntou.

— É claro, meu bem — ela respondeu. Depois, virou-se para mim. — E você?

Fiz com a cabeça que não queria nada. Aquela seria a quarta cerveja de Gabe, que definitivamente estava mais do que um pouquinho bêbado. Ele relaxou o corpo ainda mais na cadeira. Suas pálpebras estavam pesadas, os olhos voando pelo ambiente, incapazes de focar.

Era a minha chance. Engoli a culpa e a aproveitei.

— Ainda são amigos, mesmo depois da decisão sobre o Bond? — perguntei.

Gabe ergueu o rosto para mim, estreitando os olhos. Por um instante, eu esperei, segurando a respiração, preparando-me para que ele reagisse de forma negativa. Que gritasse ou atirasse alguma coisa em mim.

Em vez disso, ele só riu e balançou o dedo na minha direção.

— Nã-não — respondeu. — Eu sei o que você tá fazendo.

Eu não disse nada.

— Nós somos amigos — disse ele, enunciando cada palavra com clareza. — E ele disse que não se importava.

— Ele disse que não se importava com o papel? — disse, sentindo que me aproximava de algo bem interessante.

Mas então, como se tivesse se autonomeado a guardiã da língua solta de Gabe, Madison reapareceu segurando a cerveja.

— Vocês querem mais alguma coisa? — perguntou.

Podia jurar que ela estava me lançando um olhar de alerta.

— Estamos bem — respondi por nós dois.

Mas ela esperou até que Gabe balançasse a mão na direção dela, confirmando que estávamos mesmo bem.

— Estamos bem — repetiu ele. — A Chani só está arrancando o meu couro.

Até meio bêbado ele conseguia fazer o *ch* perfeito do começo do meu nome.

— Ele é um cara legal — disse Madison.

Não era a minha imaginação: aquele olhar tinha *mesmo* sido de alerta.

— Acredito que seja.

— Tá tudo bem — disse Gabe, sorrindo para nós duas, agora definitivamente bêbado.

Ele tomou outro longo gole.

— Tá tudo bem — repetiu, dessa vez para Madison, com a voz suave.

— Certo — ela falou e se afastou, mas não sem antes jogar os lindos cabelos sobre o ombro de um jeito bem insinuante.

— O pessoal cuida bem de você aqui — falei, quando ela tinha se afastado.

Gabe deu de ombros.

— Você e o Oliver... — tentei de novo.

— Somos. Amigos — falou Gabe, e cruzou os braços como se fosse uma criança prestes a fazer birra.

Estava claro que ele não ia falar mais nada — nem mesmo bêbado. Eu estava decepcionada, mas não derrotada. Mudei de estratégia.

— Então você está vendo um fonoaudiólogo. Já decidiram qual sotaque você vai usar?

— Um sotaque britânico bem refinado. Com um toque de escocês. Uma pequena homenagem ao meu Bond favorito.

— O Sean Connery.

— Isso — confirmou.

— Seria o maior desafio em um papel como esse? — perguntei. — O sotaque?

Ele me encarou e bebeu sua cerveja. Sem pressa alguma.

— O maior desafio em um papel como esse é interpretá-lo mesmo sabendo que você não o merece.

FÃS DE CINEMA

"CRÍTICA DE TOMMY JACKS" (TRECHO)

POR DAVID ANDERSON

É possível encontrar um filme sobre a Segunda Guerra Mundial em cada esquina. Parece que todo diretor pensa que o atalho para ganhar um Oscar é fazer um filme em que jovens bonitos em roupas de época e com o rosto sujo olham para um céu cheio de aviões inimigos e atravessam campos lamacentos com bombas explodindo ao seu redor.

O mais irritante é que a maioria desses diretores está correta. Esse tipo de filme é, sem dúvida, uma isca de prêmios Oscar. No entanto, se realmente são merecedores dele, ainda é uma discussão em aberto.

Tommy Jacks contém todas as armadilhas de um filme do estilo. Temos homens bonitos, rostos sujos, campos lamacentos. Temos a obrigatória história de amor entre um soldado zeloso e sua futura e honrada noiva. Temos patriotismo o bastante para fazer uma bandeira dos Estados Unidos chorar.

E se fossem essas as únicas coisas que o filme traz, ele seria tão clichê e esquecível quanto boa parte de seus companheiros de batalha na indústria.

Mas *Tommy Jacks* tem algo que esses outros filmes não têm. Ele tem Oliver Matthias.

No papel do Tommy do título, Matthias quer deixar para trás uma cidade pequena, onde ele está sempre entrando em conflito com as expectativas da família. Logo de cara fica claro que ele é mais esperto do que deveria — que acredita estar destinado a algo melhor.

Gabe Parker faz o papel do irmão mais novo, seu oposto em todos os aspectos. Ele não é inteligente; na verdade, largou o ensino médio para trabalhar na fazenda de leite da família, em que, aparentemente, passa o tempo todo sem camisa e cintilando nas campinas douradas atrás da casa. Ele entra para o Exército porque "acredita que pode ser capaz de fazer uma pequena diferença".

Temos um triângulo amoroso — eu sei, eu sei, mas podem confiar em mim, por favor — com os dois irmãos apaixonados pela mesma garota. Ela deixa o personagem de Matthias cortejá-la com poesias e promessas de uma vida longe daquele fim de mundo, mas aceita uma aliança de Parker antes de os dois irmãos partirem, porque, como diz ela, "ele não dá muito o que pensar, mas dá bastante pra se olhar".

Fica claro que a situação sempre foi essa — o Tommy de Matthias é intenso demais, inteligente demais, simplesmente *demais* para todo mundo; enquanto seu doce e simplório irmão pode não ser a escolha certa, mas, com certeza, é a mais fácil.

Obviamente, isso significa que ele precisa ser sacrificado no altar da guerra.

Isso não é um spoiler — o Billy de Parker nos deixa nos primeiros vinte minutos do filme.

Um roteirista e um diretor inferiores poderiam ter transformado essa história em uma redenção de Tommy — em que ele deixaria suas ambições para trás e percorreria o mesmo campo de batalha em que o irmão morreu. Poderiam mostrar que ele se colocaria no lugar de Billy e aprenderia que, talvez, ele estivesse certo o tempo todo — que são as "pequenas diferenças" que realmente importam.

Mas não é essa a história de *Tommy Jacks*.

CAPÍTULO 4

GABE BEBEU O RESTO DE SUA CERVEJA. AINDA FAZIA SOL, MAS O tempo tinha esfriado. O suficiente para eu precisar pegar meu suéter da bolsa. Sabia que estávamos chegando ao fim da entrevista — que, provavelmente, uma vez que aquela cerveja tivesse terminado, Gabe pediria a conta e tudo acabaria.

Eu queria que aquele perfil fosse algo especial. Não só para impressionar meus editores e conseguir mais trabalho — apesar de isso também ser parte da história —, mas eu também queria *me* impressionar. Queria provar algo.

Queria que aquela matéria fosse especial porque *eu* queria ser especial. Queria ser o tipo de escritora que consegue pegar uma entrevista abaixo da média e transformá-la em ouro.

Àquela altura, eu teria sorte se conseguisse não regurgitar as outras histórias que já haviam sido escritas sobre Gabe.

Estava ferrada, para dizer o mínimo.

Não podia nem usar a declaração de Gabe de que Oliver realmente *tinha* sido a primeira opção da produção. Não era o suficiente para provar nada. Ryan Ulrich poderia simplesmente negar a coisa toda e eu ia ficar parecendo uma idiota.

Contudo, mesmo que a minha tentativa de entrevistar Gabe tivesse sido um desastre completo e retumbante, o interrogatório dele para mim ia às mil maravilhas.

— Então você e aquele Romancista já eram, hein? — ele perguntou.

Era assim que eu chamava Jeremy no blog quando escrevia sobre ele. E como tínhamos acabado de terminar — de novo —, eu tinha escrito sobre ele recentemente.

— Pois é. — Encarei as minhas anotações, rezando para ter deixado uma carta na manga em algum lugar por ali. — Terminamos.

O Romancista. Que pseudônimo idiota. Talvez Jeremy tivesse razão sobre as minhas habilidades de escritora.

Afinal, ele era um romancista cujo primeiro livro muito aguardado já estava a caminho. Eu escrevia um blog sobre meu próprio umbigo e entrevistava celebridades. Coisa que aparentemente eu fazia bem mal.

"Nossas sensibilidades são discrepantes demais", tinha dito ele quando terminamos da última vez. "Estamos indo em direções opostas."

— Que bom — disse Gabe.

Ergui a cabeça de supetão.

Gabe deu de ombros.

— Ele parecia um imbecil.

— Ele tinha os momentos dele.

Não sabia por que tinha a necessidade de defender Jeremy quando tudo que eu fazia recentemente era *me* defender dele.

— Claro — disse.

Era esquisito, mas Gabe achar que meu ex-namorado era um imbecil não me fez sentir melhor. Afinal, era Jeremy que tinha terminado comigo. O que o fato de eu ter me relacionado com um imbecil e levado um pé na bunda dele dizia a meu respeito?

Provavelmente, que eu era patética e ingênua.

Eu me mexi na cadeira, desconfortável.

Quem Gabe estava pensando que era, julgando os *meus* relacionamentos?

— E você e a Jacinda? — perguntei, sabendo que meio mundo estava tentando confirmar que os dois estavam juntos.

Gabe podia ter sido uma escolha inesperada para Bond, mas não foi surpresa para ninguém quando Jacinda Lockwood foi anunciada como seu interesse romântico no filme. A modelo, nascida britânica, era elegante, glamorosa e estava no início da carreira de atriz. Ainda que a imprensa não tivesse estranhado a decisão, eles certamente aproveitaram para serem sarcásticos, proclamando que ela era "ambiciosa demais".

— Jacinda e eu somos só amigos — disse Gabe, rápida e categoricamente demais para soar ao menos um pouco crível.

— Claro. — Mordi uma batata frita fria. Nós dois sabíamos que ele não estava sendo completamente honesto.

Eu não entendia. Se Gabe e Jacinda estavam namorando, por que manter aquilo em segredo? Não tinha nada que os tabloides amassem mais do que a notícia de que duas pessoas bonitas estavam transando. Mesmo se ambos fossem solteiros.

Se eu conseguisse uma confirmação do relacionamento deles, ou alguma citação admitindo que os dois já tinham sido mais do que amigos, *isso*, sim, poderia salvar o perfil. Não seria especial, mas teria algo de novo, no mínimo. Faria as pessoas lerem. E provavelmente me renderia mais trabalho.

— Ela é só uma amiga — disse Gabe.

Tentei lembrar de todas as vezes em que fui fotografada com a mão de um amigo na minha bunda enquanto saíamos de um bar em Paris aos tropeços. Eu também nunca tinha passado os braços em torno do pescoço de um amigo, apoiando o rosto na bochecha dele. Nem tinha mordiscado o lóbulo da orelha dele enquanto deslizava a mão por baixo de sua camisa.

De repente, eu não tinha mais tanta certeza se queria que Gabe confirmasse que tinha dormido com ela.

Ainda assim, eu precisava tentar. Pelo perfil.

— Uma *grande* amiga, pelo que ouvi dizer.

Infelizmente, para mim, Gabe tinha sido salvo pelo gongo. Madison apareceu com um copo d'água extra, que não tinha sido pedido. Ele acabou a cerveja e bebeu a água toda em um longo gole.

A cachorrinha tinha adormecido embaixo da mesa — eu podia vê-la através do vidro do tampo. Ela tinha rolado para lá e para cá algumas vezes, tentando achar uma posição confortável, e, finalmente, apoiado o queixo no pé direito de Gabe.

— Ela vai te acompanhar no set? — perguntei.

— Considerando que ela está no filme, sim, ela vai me acompanhar no set.

Levou um momento para eu entender que ele achava que eu ainda estava falando de Jacinda.

Apontei para baixo da mesa.

— Quis dizer a sua cachorra.

Ele olhou para baixo e o corpo e o rosto dele inteiros relaxaram.

— Vai — disse. — Ela vai me acompanhar.

— Foi por isso que a adotou? — perguntei. — Ouvi falar que acaba sendo bem solitário no set. Ficar longe da família e dos amigos por meses.

— Também por isso.

Ele encarou o copo de água vazio, como se ele fosse se encher novamente sozinho.

Eu reconhecia uma brecha quando via uma.

— E por que mais? — perguntei.

Ele ergueu a cachorrinha e a aninhou no colo. Ela continuou cochilando, a cabeça embalada no braço de Gabe, o focinho enfiado em seu cotovelo.

— Tenho uma lista — comentou. — De coisas que queria fazer se alcançasse o sucesso. Adotar um cachorro era uma delas.

Ele me olhou com expectativa. Olhei de volta.

Eu tinha ouvido falar de sua lista. Todo mundo tinha. Toda vez que Gabe dava uma entrevista em que mencionava alguma novidade em sua vida, aquilo geralmente estava relacionado a ela. A lista aparentemente infinita de "coisas que Gabe Parker quer fazer quando alcançar o sucesso".

A livraria, é claro, era sempre mencionada nesse contexto.

Tinha também todas as viagens que ele fez com a família — para o Havaí, para Bali, para a Cidade do Cabo, para Paris (onde todos supunham que a mãe de Gabe tivesse sido formalmente apresentada a Jacinda Lockwood).

Ele comprou carros para a mãe e a irmã. Abriu uma poupança para os custos da faculdade da sobrinha.

Eu não duvidava de que Gabe tivesse feito todas essas coisas, mas também sabia que falar sobre elas em entrevistas era publicidade das boas. Era algo pessoal, mas não tão pessoal assim.

Da mesma forma, eu sabia que ele estava esperando que eu fizesse a pergunta que todos sempre faziam: o que mais está na lista? E por que ele não esperaria isso? Até o momento, eu tinha demonstrado ser uma entrevistadora completamente sem originalidade.

Era provavelmente uma das últimas perguntas que eu poderia fazer a ele.

— Quer saber sobre a viagem para a Itália que estamos planejando? — perguntou ele, com educação. — Vou levar a família toda: minha mãe, a Lauren, a Lena e o meu cunhado, Spencer. Ele nunca saiu do país.

Eu sabia que era o que qualquer outro entrevistador perguntaria a ele.

— E como você sabia que ia alcançar sucesso? — Foi o que eu acabei perguntando. Mas a pergunta soou completamente errada. Eu a arremessei nele como uma acusação. Como se eu não acreditasse que ele, de fato, *tinha* alcançado sucesso.

E foi dessa forma que ele interpretou.

— Você acha que eu poderia estar fazendo algo melhor do que James Bond? — perguntou Gabe.

Seu tom de voz era calmo, mas parecia haver dúvida.

Que coisa ridícula. Gabe Parker não precisava de uma massagem no ego.

E não era exatamente aquilo que eu estava perguntando. Sacudi a cabeça.

— O que estou tentando perguntar é... como você sabia que já era hora de começar a ticar a lista?

Ainda não era bem isso, mas pelo menos tinha feito um pouco de sentido.

Ou talvez não.

Gabe me encarou, visivelmente confuso.

— Acho que o que estou querendo dizer é... o que faz você, Gabe Parker, se sentir um sucesso? — perguntei. A expressão em seu rosto não mudou, então continuei: — Sabe, para algumas pessoas, sucesso pode significar honras e louvores. Meu ex, por exemplo, disse que nunca se sentiria bem-sucedido se não ganhasse o National Book Award, ou algum outro prêmio com o mesmo prestígio.

— O Romancista.

A sombra de um sorriso estava no canto de sua boca.

Eu o ignorei.

— Já eu penso que ter sucesso é ser capaz de trabalhar quando e quanto eu quiser. Ser capaz de me sustentar com conforto só com a minha escrita.

Gabe se inclinou para trás em sua cadeira, a cachorrinha agora apoiada em seu peito, a versão mais linda e esquisita de *Madona e o menino* que eu já tinha visto.

— Ninguém nunca me perguntou isso — comentou.

— Acredito que todo mundo quer saber o que tem na lista.

Ele fez que sim. A cachorrinha bocejou.

— E então? — perguntei. — O que é o sucesso para Gabe Parker?

Ele me olhou, e não disse nada por um bom tempo. Se não fosse pelo contato visual ininterrupto, eu talvez pensasse que ele tinha dormido ou algo do tipo.

Mas ele estava bem ali, pensando. Pensando muito.

Então, sem desviar os olhos, Gabe ergueu a mão, pedindo a conta.

— Quer ir para outro lugar? — perguntou.

— Quero — respondi.

O_LANCE_PONTO_COM.BLOGSPOT.COM

"I'M NOT GOOD. I'M NOT BAD. I'M JUST WRITE"

Alguém disse certa vez que escolher ser escritor era como escolher levar um tapa na cara, um atrás do outro.

Foi Salinger? Hemingway? Não, foi uma garota na oficina de ficção no meu primeiro ano, que foi para a aula bêbada de licor de pêssego, atirou seu conto em nosso professor, vomitou na lata de lixo e foi embora.

Penso bastante nela. Porque ela estava certa.

Também é o motivo por que tenho praticamente certeza de que ninguém *escolhe*, de fato, ser escritor. É uma decisão terrível.

O que também é terrível? O título deste post.

Espero que Stephen Sondheim possa me perdoar pelo trocadilho horrível. Quer dizer, espero que Stephen Sondheim não leia blogs.

Quis aprender algo com ele, então tentei escrever deitada.

Caí no sono antes de conseguir escrever um musical digno de um Tony. Antes de conseguir escrever qualquer coisa que fosse.

Seria de esperar que tantas ideias brilhantes correndo pela minha cabeça me mantivessem acordada. Mas não. A única coisa que me mantém acordada é o medo de não ser uma boa escritora. De não ser sequer uma escritora ruim.

Não. Minha preocupação é que eu seja só uma escritora entediante.

E essa parece a pior opção de todas.

bjsdaChani

CAPÍTULO 5

A CASA ERA LINDA. E GIGANTESCA.

— Tem oito quartos — disse a corretora. — Além de uma edícula perto da piscina que pode facilmente ser reformada para virar uma casa de hóspedes de dois quartos. Aproximadamente doze mil metros quadrados, com uma piscina e uma banheira de hidromassagem. Uma sala de cinema no porão, ao lado da academia de ginástica. Quatro banheiros. Uma cozinha. Uma adega.

Eu nunca tinha estado em uma casa tão grande. A quantidade de espaço era obscena. Oito quartos? Academia? Uma sauna?

Até onde eu sabia, Gabe era uma pessoa só. Para que precisaria de tudo aquilo?

Olhei de relance para ele, mas Gabe estava ganhando aquele belo salário de ator por um motivo — sua expressão era indecifrável. Eu não saberia dizer se ele tinha amado o lugar ou se estava a cinco segundos de pegar uma cadeira e a arremessar contra as portas de vidro porque queria nove quartos, caramba!

Mesmo tendo ficado mais do que um pouquinho bêbado durante o almoço, ele não parecia ser o tipo que fazia escândalo por causa do número de quartos de uma casa.

— Você se importa se eu der uma olhadinha? — perguntou Gabe à corretora.

— É claro que não — disse ela, entendendo a deixa e saindo do cômodo.

Estávamos na cozinha. Era minimalista e moderna, com superfícies cromadas brilhantes por todos os lados e janelas enormes que davam para um jardim magnífico e impecavelmente bem cuidado. Parecia o gramado de um museu.

— O que achou? — perguntou Gabe.

— É linda — respondi com sinceridade.

Ele me olhou e cruzou os braços.

— Mas...?

— Como você sabe que tem um "mas"? — Engasguei e me arrependi imediatamente do jeito que tinha falado.

Ele riu. Era uma risada incrível; grave, intensa e aveludada. Se um bolo de chocolate pudesse rir seria daquele jeito.

Eu não parava de levar a mão em direção à bolsa. Meus dedos estavam coçando para pegar meu gravador de novo, mas temia que, se fizesse isso, a expressão feliz e relaxada de Gabe desaparecesse.

Em vez disso, eu me esforcei para memorizar tudo que fosse possível, esperando poder usar tudo que eu lembrasse na minha matéria.

— Você não está apaixonada.

— O quê?

Ele gesticulou.

— Pela casa. Dá pra ver.

A cachorrinha estava brincando na grama do lado de fora, seu rabinho se agitava enquanto ela se jogava de um lado para o outro.

— Do que você não gostou? — perguntou.

— Não faz diferença. Não sou eu que vou comprar a casa.

Por que Gabe se importava com o que eu pensava de uma mansão de milhões de dólares que ele talvez estivesse interessado em comprar? Eu não ia aparecer para passar um tempo na piscina dele aos fins de semana. Quase sugeri, sarcasticamente, que ele ligasse para Jacinda e perguntasse a ela, mas fiquei quieta.

— Mesmo assim, quero saber sua opinião. Compraria esta casa?

Gargalhei.

— Não existe uma realidade em que eu estaria em posição de comprar uma casa como esta. Ela é imensa!

Gabe fez que sim.

— É bem grande mesmo.

— Sua mãe e sua irmã vão se mudar para Los Angeles? — perguntei.

Dessa vez, foi ele que riu.

— Consigo trazer minha família para cá para estreias e premiações, mas só. Nenhuma das duas nem cogitaria se mudar para Los Angeles. Elas amam Montana demais para sair de lá. Além do mais, tem a Aconchego.

Balancei a cabeça. Pensei em dizer que tinha comprado uns livros de lá pela internet, que recebi junto de um bilhete escrito à mão me agradecendo pela preferência, e uma recomendação de outro livro com base naqueles que comprei. A sugestão tinha sido certeira, e eu o acabei comprando lá também.

No entanto, comentar tudo isso com Gabe ia parecer puxa-saquismo.

— Você as visita bastante? — perguntei.

Gabe fez que sim, ainda observando os arredores.

— Comprei uma casa para a minha mãe, depois ajudei minha irmã e meu cunhado a quitar o pagamento da casa deles. Costumo ficar em um apartamento no andar de cima da loja quando vou visitá-las. — Ele colocou as mãos na cintura. — Meu agente disse que é um desperdício de dinheiro alugar uma casa aqui, que eu deveria era comprar uma logo.

— Você teria bastante espaço para sua família quando eles viessem te visitar.

— Falei que queria uma piscina e quartos de hóspedes, mas, agora que estou vendo, não sei se preciso de tanto espaço assim. — Ele parecia pensativo. — Gosto bastante do lugar em que estou morando agora.

— É muito bonito — concordei. — Combina com você.

Ele sorriu para mim como se eu tivesse dito algo profundo.

— Engraçado — ele comentou. — Mesmo nunca tendo morado aqui antes, aquele lugar me traz um sentimento meio nostálgico. Como se fosse parte de uma memória coletiva de Los Angeles. — Apoiou-se nos calcanhares. — Tem uma energia muito boa, sabe?

Sim, eu sabia.

— Desculpa — disse. — Acho que esse papo todo soa bem meloso. É que eu consigo imaginar o Brian Wilson dando um mergulho na minha piscina, ou o Dennis Hopper fuçando a minha geladeira.

Acenei avidamente.

— Eu entendo. Dá pra praticamente sentir o cheiro da maconha e da revolta.

Ele riu.

— Você devia arranjar uma casa assim — respondi. — Não uma enorme e imponente feito esta. Um lar.

Infelizmente, eu disse isso exatamente no momento em que a corretora estava entrando no cômodo de novo.

— Acho que você tem razão — disse Gabe, antes de se virar para ela. — Acho que preciso repensar o que estou procurando.

— É claro — disse ela, com um sorriso, mas no instante em que Gabe virou as costas, fuzilou-me com o olhar.

Eu não podia culpá-la. Também ficaria furiosa se perdesse a comissão daquela casa.

Dirigimos de volta para Laurel Canyon. A cachorrinha dormiu no colo dele, mas apoiou o focinho no suporte de braço entre nós dois. Sua respiração fazia cócegas no meu cotovelo. Ele não disse muita coisa no trajeto de volta para sua casa. Ficou observando pela janela, e eu só me perdi uma vez.

— Ei... — disse quando parei em uma placa de pare. — As montanhas.

Olhei para a direção que ele estava apontando. Estávamos quase chegando em sua casa, prestes a entrar em uma das muitas curvas do penhasco. O sol começava a se pôr.

— Dourado e cor-de-rosa — comentou.

Era lindo — uma sombra cortava o vale ao meio, o resto dele parecia ter sido pintado com uma aquarela vibrante.

Um carro buzinou atrás de mim.

Enquanto estacionava na entrada da garagem dele, eu sabia que tinha arruinado completamente a entrevista. Que teria de voltar para o meu apartamentinho que dividia com duas pessoas de quem não gostava muito e tentar escrever um perfil que eu já sabia que não ficaria muito legal.

Ela iria cumprir seu papel — encontraria um jeito de fazer Gabe parecer a escolha perfeita para interpretar James Bond —, mas não seria nada além disso. Não seria especial, e eu queria desesperadamente escrever algo especial.

Desliguei o carro e me virei para Gabe, pronta para agradecê-lo pelo tempo e ir embora com a maior elegância possível.

— Acho que preciso de um café — disse, antes que eu sequer abrisse a boca. — Quer um café?

— Não bebo café.

Foi uma coisa muito idiota de se dizer. Se tomar um café significasse mais tempo com Gabe, eu tomaria. Engoliria uma jarra inteira.

— Eu tenho chá — disse Gabe.

VANITY FAIR

"GABE PARKER: O HOMEM QUE QUERIA SER BOND" (TRECHO)

POR TASH CLAYBORNE

Ele não para de falar de sua família. Parker é o mais novo de dois irmãos, embora "tenhamos sido criados praticamente como gêmeos", segundo ele.

"Dividimos festas de aniversário, o quarto, praticamente tudo, até ela começar a escola. Sei que, tecnicamente, só se chama de gêmeos irlandeses irmãos que nascem no mesmo ano, mas nós só temos treze meses de diferença entre nós. Talvez possamos nos chamar de gêmeos de Montana ou algo do gênero."

Ele também diz coisas carinhosas sobre a sobrinha, que tem dois anos.

"Ela é o amor da minha vida", diz, mostrando a foto de uma criança de bochechas cheias e cachos escuros. "É muito mais esperta do que eu, mas, tirando essa parte, somos bem parecidos. Quando vou visitar minha família, geralmente ficamos só nós dois na mesa das crianças, rindo do quão engraçadas são as ervilhas. Você também não acha?"

Conversamos sobre o que ele sempre quis fazer quando alcançasse o sucesso — e a maioria dos itens são presentes para sua família.

"Minha mãe era professora do ensino médio", diz ele. "Não tínhamos dinheiro para fazer viagens e tirar férias como as outras famílias. Eu queria levá-la para todo lugar a que ela já sonhou ir."

Eles já haviam visitado Bali, Paris, Argentina e Quênia. O próximo da lista?

"Ela quer atravessar a Itália comendo de tudo", diz Parker. "Acho que vamos com a família inteira dessa vez."

Sem mencionar a livraria que ele comprou para a mãe e a irmã.

"A Aconchego." Ele se certifica de que anotei o site corretamente. "Tem de tudo. Livros, artesanato, qualquer coisa. E se não tiver certeza do que está procurando, pode escrever um e-mail. Elas são ótimas em recomendações."

CAPÍTULO 6

— EU TINHA UMA RECEITA ÓTIMA DE CHAI — DISSE GABE AO mesmo tempo em que vasculhava a cozinha. — Mas sempre esqueço onde guardei.

— Uma receita de *chai*? — perguntei.

— Da Preeti — disse ele. — Ela levava para o trabalho todas as manhãs e o cheiro era incrível. No nosso último dia juntos, ela me deu a receita.

Ele tirou a cabeça de dentro do armário, mostrando uma caixa de saquinhos de chá cor-de-rosa na mão.

— Pode ser de pêssego?

Fiz que sim com a cabeça, perguntando-me para quem ele tinha comprado chá de pêssego.

— Por que você odeia Nova York? — perguntou Gabe.

— Não odeio Nova York — respondi, assim que entendi que ele estava retomando a conversa que tivemos no pub, em que ele basicamente tinha me destruído verbalmente por ser arrogante e pouco profissional.

— Eu acho que odeia, sim — afirmou.

Ele estava colocando colheradas de pó de café no coador. Café era um assunto sério para Jeremy — ele era bem específico com o que bebia e com a preparação. Eu admirava todo aquele ritual. Gostava de rituais.

— Só não é para mim — falei. — Igual café.

Gabe inclinou a cabeça.

— É legal de se visitar. — Senti que precisava me explicar. — E eu gostava de ir para o centro para assistir espetáculos na época em que estava na faculdade.

— Em Sarah Lawrence.

— Em Sarah Lawrence.

— Que não é uma universidade exclusivamente feminina — disse Gabe, como se quisesse provar que tinha mesmo pesquisado.

— Que não é uma universidade exclusivamente feminina. Desde os anos 1950 ou 1960.

— Que tipo de espetáculos você assistia?

— Musicais, na maioria das vezes. Gosto de musicais.

A chaleira começou a chiar. Gabe a desligou, mas a cozinha não caiu em silêncio. Levei um momento para entender que o próprio *Gabe* tinha começado a assobiar. E que estava assobiando uma melodia familiar.

— Você conhece *Into the Woods*? — perguntei.

— Talvez — comentou.

Ele estava cantarolando "Last Midnight".

— Então você gostava do teatro de lá — disse Gabe. — Mas de mais nada.

— Não só do teatro. Eu gostava da comida. Não tem nenhum *bagel* e nenhuma pizza melhor do que os de Nova York. A comida chinesa deles também é mais gostosa. Ainda não encontrei um lugar aqui que faça uma panqueca de cebolinha decente.

— E isso é tudo — falou.

O aroma do café preenchia a cozinha. Eu amo esse cheiro — o que é irônico, já que não gosto nem um pouco do sabor do café. Jeremy sempre me dizia que é algo com que a gente se acostuma, mas eu nunca consegui. Ficava satisfeita em só sentir o cheiro quando ele fazia uma xícara.

É um aroma que sempre foi aconchegante para mim — e era como eu me sentia nesse momento: Gabe e eu juntos em sua cozinha enquanto a cachorrinha deitava de bruços, lembrando um pouco uma prancha de surfe, o queixo apoiado no chão.

— Entre Nova York e Los Angeles, eu escolho Los Angeles.

— Você é fiel à sua cidade natal.

— Sou. Principalmente porque os nova-iorquinos são uns otários quando o assunto é Los Angeles. Acham que são superiores em questão de cultura, de verdade.

— Mas eles não têm tacos — disse.

— Mas eles não têm tacos — repeti.

Gabe derramou água quente em minha xícara e eu a vi se tornar cor-de-rosa vivo e brilhante. Mergulhei o saquinho de chá mais vezes do que era preciso e o deixei lá, a água se tornando totalmente fúcsia.

— Quando ele vai se mudar? O Romancista?

Dei de ombros enquanto dava um gole de meu chá para experimentar. Era esquisito que Gabe tivesse lido o meu blog. Que ele soubesse da existência de Jeremy. Que soubesse que ele se mudaria para Nova York.

— Logo, provavelmente — respondi.

Eu sabia que ele achava que precisava se assentar na cena literária para conseguir escrever o tipo de livro que queria escrever. O livro que ele tinha prometido à sua editora.

— Acho que eu também escolheria Los Angeles — disse Gabe. — Como está o chá?

— Bom.

— Você precisa muito provar a receita de *chai* — disse, virando-se para procurar de novo.

— Se você a encontrar...

— Pensei que estivesse aqui. — Sua voz soava levemente abafada de dentro do armário. — Você vai ter que me passar seu número e eu te mando ela depois.

— Rá! — gracejei, mas quando ele se voltou para mim, a mão esticada e indicando a minha bolsa, percebi que estava falando sério.

— Eu te mando por mensagem quando encontrar.

Eu não disse nada. Cacei meu celular dentro da bolsa e o entreguei a ele, extremamente grata por ter me lembrado de remover a foto dele do meu papel de parede.

Ainda assim, ele ergueu uma sobrancelha para o meu aparelho caquético, mas não falou nada enquanto digitava seu número. Algo zumbiu e ele sacou o *próprio* celular — o iPhone mais moderno que o dinheiro poderia comprar — e salvou o meu contato.

Quando me devolveu meu pobre celularzinho com tela quebrada, vi que ele tinha salvo seu número como *Gabe Parke*r (*Time Los Angeles*).

Isso me fez sorrir.

Estava ficando tarde e meu chá estava esfriando.

— Acho que eu devia ir.

Gabe balançou a cabeça.

— E eu devia assistir a *Núpcias de escândalo* — disse Gabe. — Mesmo que tenham me dito que o filme é machista.

Abri a boca para me desculpar, mas ele sorriu, mostrando que estava brincando comigo. O calor que senti emanar do centro do peito não vinha do chá.

— Só parte dele — falei. — De resto, é um bom filme.

— O Oliver gosta — comentou. — Ele disse que conversaríamos sobre isso depois da estreia.

Parecia que os tabloides estavam completamente enganados a respeito da tal rivalidade entre Gabe e Oliver. Comparecer à estreia do filme de um ex-colega de cena eram só ossos do ofício, mas planejar uma discussão sobre um filme designado como lição de casa para um papel para o qual, possivelmente, ambos tinham sido considerados? Aquilo parecia uma amizade verdadeira.

Talvez os rumores de que os dois tinham namorado Jacinda também estivessem errados. Talvez todos os rumores estivessem errados.

— Aposto que vai ser legal — falei.

Ele encolheu os ombros.

— Se para você é legal ficar andando por aí com roupas desconfortáveis enquanto todo mundo diz pro Oliver como ele é lindo e talentoso, então, sim, vai ser demais.

Seu tom de voz era leve.

— Pelo menos você não vai precisar usar salto alto — eu disse.

— Você não sabe qual roupa escolhi.

Ri.

— Você não precisaria usar saltos — disse ele — se estivesse livre amanhã à noite.

O restante da minha risada foi totalmente arrancado da minha garganta. Gabe Parker estava me convidando para ir a uma première com ele?

— Eu...

O celular de Gabe vibrou.

— O que foi? — perguntei, feliz por não precisar responder ao que provavelmente não era um convite de verdade para a première do filme de Oliver Matthias.

— Só o meu agente — respondeu.

A expressão em seu rosto indicava que, o que quer que seu agente quisesse, não era algo que Gabe estava animado para fazer.

— Posso te perguntar uma coisa?

— Claro — respondi.

Gabe guardou o celular no bolso.

— Você já viu *Angels in America*?

— Eu li a peça, mas nunca assisti ao espetáculo.

— Mas você conhece a história — comentou.

— Conheço.

Gabe baixou os olhos para o chão, e então os ergueu de novo para mim.

— Você acha que é um problema eu ter beijado outro homem no palco?

— Não — respondi bem rápido.

Ele ergueu uma sobrancelha.

— Não?

— Não — confirmei.

Gabe cruzou os braços e inclinou o corpo contra o balcão, como se estivesse se acomodando. Eu não deveria ter tomado aquele gesto como um convite.

Mas tomei.

— *Angels in America* é uma peça incrível — comecei. — Provavelmente uma das melhores peças contemporâneas já escritas. As pessoas deveriam levar esse fato como um indício de que você é um ótimo ator, não ficarem obcecadas com o detalhe de ter beijado um cara. No palco. Digo, mesmo que você tivesse beijado outro cara no beco ao lado do teatro, não é importante, não é? Se você é um bom ator, deveria ser capaz de interpretar o Bond, e quem está surtando por causa de uma peça que você fez na faculdade tem tempo livre demais e se interessa mais do que devia pela sua vida pessoal. Se o conceito de masculinidade deles é tão frágil que só a ideia de você lascar um beijo em alguém do mesmo gênero faz a cabeça deles explodir, então eles têm problemas maiores do que discutir qual ator deveria interpretar o James Bond num filme.

Fiquei sem ar e parei para tomar fôlego enquanto Gabe me encarava.

— Desculpe. Encarnei a palestrinha de novo.

Gabe parecia um pouco atordoado; não como se eu o tivesse acertado com um taco de beisebol, mas como se tivesse lhe mostrado os peitos. Estava mais surpreso, mas isso não era necessariamente algo ruim.

— Não achei que tantas palavras podiam sair da boca de alguém tão rápido — zombou. — E olha que fiz teste para *Gilmore Girls*.

— Eu fico meio empolgada, às vezes.

— Gosto disso.

Ele parecia estar sendo sincero, mas, para mim, era difícil acreditar que uma estrela do cinema feito Gabe Parker realmente gostava de ouvir os sermões de uma mulher judia magrela e falastrona que estava ali para entrevistá-lo, não para esbravejar sobre a homofobia estrutural.

— Preciso ir — falei.

Ele não discutiu, o que basicamente confirmou minhas suspeitas. Eu me ajoelhei para fazer carinho atrás das orelhas da cachorrinha ainda sem nome. Ela rolou e mostrou a barriga, que afaguei como se fosse uma lâmpada mágica antes de me levantar.

— Agradeço pelo seu tempo — eu disse, dando-me conta de quão formal isso tinha soado.

Era assim que eu deveria ter conduzido aquela entrevista inteira, mas já era tarde demais para isso agora.

Os cantos da boca de Gabe se ergueram de leve, tentando esconder um sorriso.

— A seu inteiro serviço.

— Beleza. — Comecei a andar de costas em direção à porta. — Tchau, então.

— Tchau — falou.

— Tchau. — Acenei quando alcancei a porta, finalmente dando as costas a ele.

— Chani.

Merda. Ele era muito bom em pronunciar o meu nome.

— Oi. — Girei de volta rapidamente.

Rápido demais para fingir que estava calma, mas tentei, de qualquer forma.

— Fala.

Dessa vez, ele sorriu de verdade.
— Me liga se você quiser ir na première — Gabe disse.
— Seria legal.

GO FUG YOURSELF[3]

"A MODA NA PREMIÈRE DE CORAÇÕES COMPARTILHADOS"

Um azul de verdade

O ex-colega de cena de Matthias compareceu para oferecer seu apoio, mas não foi sozinho. A acompanhante de Parker era desconhecida, mas seu vestido azul cintilante foi um deleite para os sentidos. Será que ela o escolheu para combinar com o terno azul favorito de Parker? Como todas as leitoras sabem, o verdadeiro caminho para conquistar um homem é por meio de suas escolhas de alfaiataria.

---

3   Go Fug Yourself é um blog estadunidense que comenta sobre moda e looks de celebridades.

AGORA

CAPÍTULO 7

O PUB AINDA EXISTE, O QUE É UM FEITO POR SI SÓ. EMBORA EU tenha passado dirigindo por ele em inúmeras ocasiões desde que me mudei de volta para Los Angeles, desviava os olhos toda vez que passava pela quadra. Uma atitude nada madura. E, com certeza, nunca cheguei a entrar ali de novo, mas sempre me lembrava daquela cerveja, e minha boca salivava.

Estaciono em uma rua lateral e confiro três coisas antes de sair do carro. Se a minha camisa — com o botão do meio eternamente rebelde — está fechada adequadamente; se meu caderninho ainda está na bolsa; e o meu queixo, em busca do pelinho preto que estou sempre arrancando e que, ainda assim, sempre arranja um jeito de crescer de novo nos momentos mais inconvenientes. Mas hoje ele decidiu não se fazer presente, e me sinto grata por isso.

O lado de dentro do pub está igual. Impressionantemente igual.

Eu me vejo procurando pela garçonete — Madison — enquanto atravesso o lugar. Parte de mim está esperando vê-la — ainda grávida. É ridículo, eu sei, mas a situação toda já parece surreal. E essa impressão só aumenta quando me dou conta de que, mesmo que Madison ainda esteja trabalhando aqui, ela é agora mãe de uma criança de dez anos.

A passagem do tempo, de repente, acaba me parecendo real e opressiva.

Faz um ano desde que voltei para Los Angeles e, desde então, estou constantemente esperando que a cidade se torne um lar para mim de novo. Em vez disso, a sensação é a de ter encontrado um suéter antigo no fundo do guarda-roupa, um que lembro de servir perfeitamente em mim, mas, ao vesti-lo, vejo que está endurecido e com aspecto de plástico, amassado para sempre por ter sido esquecido durante tanto tempo. Às vezes me pergunto se essa é a minha penitência por ter abandonado Los Angeles por Nova York. Aí lembro que judeus não acreditam em penitência. Não dessa maneira, pelo menos.

Faço um desvio para o banheiro antes de me dirigir ao pátio. Aperto as mãos contra a porcelana fria da pia e digo a mim mesma que é só mais uma entrevista.

Fiquei muito boa em mentir para mim mesma quando o assunto é Gabe.

Da última vez que nos vimos, éramos jovens, ousados e idiotas. Repito para mim mesma que duas pessoas podem passar pela mesma experiência de maneiras completamente diferentes. Relembro que, hoje em dia, sou uma pessoa mais sensata.

Meu celular vibra.

É uma mensagem de Katie.

Você pode dizer sim, escreve ela.

Ela leu recentemente um livro a respeito de dizer sim às coisas. À vida. Às oportunidades. A tudo.

"Gosto de dizer não", respondi quando ela ofereceu esse conselho a mim a primeira vez.

"Só porque você não sabe dizer sim", contra-argumentou ela.

Katie Dahn era uma pessoa que amava mantras, celebrava o início de períodos astrológicos do mesmo jeito que as pessoas comemoram o início da temporada de beisebol, e que uma vez vi usando enxaguante bucal com o mindinho levantado.

Era a melhor amiga que já tive.

"Ela é uma doida", sempre dizia Jeremy, com carinho. "É aquele tipo de pessoa que se juntaria sem querer a um esquema de pirâmide e conseguiria ou ganhar dinheiro ou dominar o esquema todo."

Ele não estava errado.

Katie foi a única coisa pela qual Jeremy e eu brigamos de verdade no nosso divórcio. Jeremy dizia que tinha mais direito do que eu a mantê-la como amiga, porque a tinha conhecido na faculdade, que a única razão por que *eu* a conhecia era ele. Eu retruquei que Katie era uma mulher adulta, capaz de tomar suas próprias decisões quando o assunto era amizade.

Katie prometeu que continuaria amiga dos dois, mas, no fim, veio para Los Angeles comigo. Nós duas morávamos no mesmo prédio, como se fôssemos estudantes dividindo um dormitório na faculdade. Em alguns dias, eu chegava em casa e encontrava um saquinho de cristais na minha porta, ou um bilhete me lembrando de que era Mercúrio retrógrado.

Parecia que, nos últimos tempos, era sempre Mercúrio retrógrado.

Mas Katie é um lembrete de que, mesmo que as coisas tenham ficado bem ruins entre mim e Jeremy mais ou menos no último ano, também existia algo de bom.

— Vocês deram o melhor de si — tinha me dito ela. — Mas estavam lutando contra as estrelas.

Era o jeito dela de dizer que nossos signos astrológicos não eram compatíveis. Eu não acreditava muito nisso, mas tirava certo conforto da crença de que alguém pensava que o fim do meu casamento era, de alguma forma, inevitável, que não tinha sido minha culpa.

Diga sim, diz outra mensagem dela, como se não tivesse sido clara o suficiente na primeira vez.

Reviro os olhos e guardo o celular.

Ela poderia estar se referindo a várias coisas, mas é mais provável que esteja falando do e-mail que recebi da minha agente depois de aceitar esse trabalho.

Ela quer que eu escreva outra coletânea de ensaios literários. Minha editora está disposta a pagar. Sei que ambas estão pensando que esse perfil seria a peça central desse livro hipotético.

Estou há um bom tempo pedindo a elas para esperarem um pouco. Mas não sei o que estou pedindo que esperem.

Ambas estão animadíssimas por eu estar fazendo essa entrevista. Todos os envolvidos estão esperando o mesmo resultado de um em um milhão que aconteceu da primeira vez — quando o meu perfil de Gabe fez dele um Bond crível e, de mim, um nome vendável.

Não quero ser ingrata, mas também sei que a principal razão pela qual consegui meu primeiro contrato literário foi porque eu era *aquela* autora. Aquela que não transou com Gabe Parker (ou que sim, transou com ele, dependendo de qual parte da internet você frequenta).

Não era exatamente o motivo por que eu queria ser conhecida. Mas não tenho muita escolha.

Saio do banheiro e me dirijo ao pátio.

Há dez anos, era um dia ensolarado de inverno. Hoje está nublado.

É um bom dia para escrever — para se enclausurar em casa com uma xícara de chá, trabalhar até a visão ficar turva e se esquecer de jantar.

Coloco meu cardigã nos ombros, insegura a respeito das roupas que escolhi. Sei que, na maior parte, minha aparência continua a mesma. As mudanças são pequenas: meus jeans não são mais tão justos; minha visão não é tão boa quanto antes. Alguns fios brancos de bruxa estão espalhados pelo meu cabelo, e não uso mais franja há alguns anos.

Eu me pergunto o que Gabe vai pensar disso — de mim — agora.

Preferia que não fosse assim. Preferia não me importar. Queria que aquela entrevista fosse como os outros perfis de celebridades que escrevo hoje em dia — em que não ligo para o que o indivíduo em questão pensa sobre mim. Em que não me pergunto o que ele lembra daquele fim de semana. Daquela noite em Nova York. Daquela ligação.

Queria não ficar me perguntando "e se?".

É claro, eu sei como Gabe está hoje em dia. Fiz minhas pesquisas. Tecnicamente, nunca parei de pesquisar sobre ele, mas foi bom dizer a mim mesma que agora eu tinha um pretexto para procurar fotos dele.

A última foto dele era de alguns meses antes, quando estava filmando *Núpcias de escândalo*. Ele estava com uma aparência respeitável e asseada, misturando os anos 1940 e a modernidade em uma releitura charmosa de seu predecessor, Cary Grant. Estava bonito, o maxilar ainda afiado, a quantidade certa de branco salpicando o cabelo escuro.

Tem algumas pessoas aqui e ali no pub, mas não vejo aquele famoso maxilar em lugar nenhum.

Meu coração está na minha garganta. Odeio o quanto estou nervosa.

Será que Gabe se sente do mesmo jeito que eu — do jeito que eu queria não me sentir —, como se aqueles três dias, dez anos atrás, estivessem suspensos no tempo? Perfeitamente congelados, como um mosquito em âmbar.

Estou prestes a entrar quando sinto uma mão em meu cotovelo.

Eu me viro, já sabendo que é ele.

— Chani — diz Gabe.

Ele está de barba agora.

Mas ainda sabe dizer o meu nome.

CONTE PARA MIM
ALGO QUE EU NÃO SAIBA

CRÍTICAS

A tão aguardada coletânea de Horowitz reúne parte de seus melhores trabalhos — incluindo, é claro, a famosa entrevista com Gabe Parker —, além de materiais inéditos. Sua escrita brilha com humor e sagacidade. Durante a leitura, você vai se sentir conversando com sua melhor amiga — se essa melhor amiga fosse o tipo de pessoa que sai de fininho da casa do mais novo James Bond na calada da noite.
— *Página Dupla*

Os fãs dos perfis de Horowitz vão amar *Conte para mim algo que eu não saiba*. Uma leitura leve e efervescente, é o livro perfeito para estar na sua bolsa de praia. Você vai se bronzear enquanto gargalha com os maiores sucessos da autora — seu perfil de Gabe Parker é, obviamente, a estrela da coletânea — e sorrir com as adições.
— *Publishers Weekly*

Conte para mim algo que eu não saiba é um banho de espuma em forma de livro — tranquilo e relaxante, o bálsamo perfeito para encerrar um longo dia. A coletânea gira em torno de seu sucesso viral, "Gabe Parker: batido, não mexido", e os leitores vão sofrer mais uma vez de vergonha alheia com seu

relato de como arruinou uma chance única com a estrela de Bond depois de comparecer a uma festa na casa do ator e apagar no quarto de hóspedes.
— *Kirkus Reviews*

Ao que tudo indica, Horowitz é uma entrevistadora de celebridades bastante querida. O comentarista que vos fala não conseguiria explicar como ou por que — até mesmo os perfis de celebridades incluídos em sua coletânea de ensaios são egocêntricos e autocentrados. Tudo é sobre *ela*. À primeira vista, é até fofinho, da mesma forma que é fofinho quando seu filho faz uma pergunta precoce como "Papai, por que a grama é verde?". Mas quando essa questão é feita mais uma, duas, três vezes, deixa de ser bonitinho. Em vez disso, acaba parecendo bem provável que seu filho tenha algo de errado. Não é preciso mais do que ler sua famosa entrevista com a estrela de James Bond, Gabe Parker, para entender exatamente por que ela conseguiu toda essa atenção com sua escrita medíocre.
— *Goodreads*

Chani Horowitz é uma piranha.
— *Reddit*

CAPÍTULO 8

— OI — ELE FALOU.

Eu o encaro.

Estava esperando uma versão de Gabe das fotos. Uma combinação disso e de quem ele tinha sido dez anos atrás. Jovem. Aberto. Despreocupadamente bonito.

Ele continua bonito — de tirar o fôlego —, mas não mais daquela forma desleixada.

A barba esconde a parte inferior de seu rosto e o boné de beisebol tenta disfarçar o restante. Mas quando ele inclina um pouco a cabeça para trás consigo enxergar seus olhos. Sua fisionomia parece cansada e desgastada, mas é algo que combina com ele. Ou melhor, combina comigo. A fadiga atenua sua beleza um pouco; ela o faz parecer mais real, mais tocável, o que, por sua vez, também o torna mais distante.

— Bom ver você — diz Gabe.

Ele ainda está segurando meu cotovelo e sinto o calor de seus dedos atravessando meu suéter.

— Hum — digo.

E sei, naquele instante, que todo o processo de amadurecimento que pensei ter atravessado depois de seis anos de casamento e o que, desde então, tem sido uma dor emocional constante, são praticamente inúteis contra aquilo. Também sei a resposta para a minha pergunta. Sobre o que e quanto ele se lembra.

Âmbar, deixe-me te apresentar o mosquito.

Nós nos sentamos, e ele tira o boné.

Ele já usou barba uma época — há um tempinho dava para vê-la brevemente nas fotos granuladas dele sendo conduzido para uma clínica de reabilitação. Pela primeira vez. Os tabloides tinham feito questão de focar em seu ganho de peso e na perda do tanquinho de James Bond, mas muita gente reclamou da barba e do cabelo desalinhado. Atualmente, suas mechas estão muito mais cinzas do que eu esperava, muito mais do que tinha visto nas fotos. Mulherzinha contraditória que sou, prefiro daquele jeito.

Não me importo que ele tenha ganhado peso. Não me importo de ver um tufinho de pelos escapando do primeiro botão aberto de sua camisa. Não me importo que ele tenha envelhecido.

Eu gosto mais dessa versão dele.

Não quero gostar dele. Não do jeito que eu gostava naquela época; aquela garota perdidamente romântica que tinha pulado de cabeça — e de coração — no que acabou se revelando a armadilha genérica da fama. Gabe é uma estrela de cinema. Um ator. Fazer as pessoas se apaixonarem por ele é seu trabalho.

Pelo menos não tinha me apaixonado por ele. *Não tinha.*

Porque isso, sim, teria sido ridículo.

Há anos tenho tentado — do meu jeito — escapar dessa atração magnética que ele exerce na minha vida e na minha carreira. E, hoje, estou entrando novamente nesse campo de força.

Uma parte de mim quer se levantar e sair correndo.

Não gosto de como meu coração está acelerado nem das minhas palmas suadas. Não gosto de estar tendo praticamente a mesma reação que tive há dez anos. Eu tinha tanta certeza de que, a essa altura, teria mais juízo. Talvez a minha mente esteja mais ajuizada, mas meu corpo não recebeu o aviso.

Gabe levanta os olhos e sorri.

E, sim, meu coração perde o ritmo.

Merda.

Ele continua ali, sentado de frente para mim, e as pessoas ao redor estão nos encarando. Afinal, ele é impossível de se ignorar.

Aliso a frente da minha camisa, conferindo aquele botão com os dedos uma última vez. Seus olhos seguem meu gesto e se detêm ali por um instante.

De início, penso que talvez ele esteja encarando meus peitos, mas, então, percebo que está olhando para meus dedos. Para o meu dedo anelar para ser mais específica. Na última vez que ele fez isso, eu estava usando minha aliança de casamento.

Deixei de usá-la depois da festa com Jeremy no Brooklyn, quando eu soube que meu casamento tinha acabado, muito embora tenhamos arrastado a situação por quase um ano, com terapia e promessas de mudar.

Devolvo o olhar de Gabe, encarando suas mãos. Nada de aliança.

Ainda assim, ele as levanta, como um mágico fingindo que não tem nada a esconder.

Dez anos atrás, no entanto, não tinha sido esse o caso.

Gabe tinha mentido para mim sobre Jacinda.

Quando pegou um voo para Las Vegas dias depois de a nossa entrevista ter viralizado, ele me fez parecer uma idiota.

Não apenas porque eu tinha repetido a mentira a respeito deles para o mundo inteiro, mas porque *eu mesma* acreditei nele. Se eu soubesse...

Tive muitos sentimentos quando soube da notícia, mas, acima de tudo, fiquei brava e me senti humilhada. Foi o que me permiti sentir. Porque essas emoções eram fortes e protetoras.

Elas me ajudaram a manter Gabe e minhas lembranças dele a uma distância segura. Era mais fácil ter raiva dele.

Tento convocar aquela raiva novamente.

Gabe, é claro, não tem ideia do que está se passando na minha cabeça. Está me olhando, estudando-me, enquanto faço tudo o que posso para manter a expressão neutra.

— É você — diz ele.

Como se ele não estivesse com a mão no meu cotovelo há pouco. Como se não tivesse atravessado o pub para me encontrar. Como se não tivéssemos vindo até esta mesa e nos sentado juntos. Como se não fizesse dez anos que eu saí de sua casa alugada em Laurel Canyon, com os olhos apertados por causa da luz do sol, o chão abaixo de mim, de alguma forma, mais longe do que estava no dia anterior.

Se eu não tiver cautela, vou cair. Vou sorrir para ele. Vou derreter.

Vai ser como se eu não tivesse aprendido nada.

Em vez disso, apoio-me em minha raiva.

— Senhor Parker — digo.

Ele franze a testa.

— Tão ruim assim, é? — perguntou.

Pego o meu celular. Aperto o botão de gravar.

— Vamos começar?

FÁBRICA DA FOFOCA

"GABCINDA CONFIRMADOS... E CASADOS"

Poucos dias depois de um perfil na *Página Dupla* ter advogado em favor do mais novo James Bond, Gabe Parker surpreendeu os fãs ao viajar de última hora para se casar com sua coestrela, Jacinda Lockwood, em Las Vegas. O perfil, agora viral, negou qualquer envolvimento entre os dois, mas está óbvio que a jornalista Chani Horowitz não conseguiu a história inteira.

O casamento tinha sido confirmado pelos agentes tanto de Parker como de Lockwood, que, então, soltaram um comunicado dizendo que "o relacionamento de Gabe e Jacinda — e o casamento deles — continuará privado, mas estimam a manifestação de amor e apoio dos fãs".

É uma bela reviravolta em relação às declarações recentes de que eram apenas amigos.

Quanto a Lockwood, ela conquistou uma reputação de destruidora de corações e lares, já tendo sido apontada como suposta amante do antigo colega de Parker, Oliver Matthias, e de mais de um diretor casado. Ela sempre negou todos os rumores, mesmo depois de seu nome ter sido citado em um acordo de divórcio particularmente escandaloso.

"Fiquei tão surpresa quanto qualquer um", disse Horowitz quando contatada para comentar o acontecido. "Desejo apenas o melhor a eles."

CAPÍTULO 9

GABE INDICA COM UM GESTO PARA QUE EU PEÇA PRIMEIRO.
Eles ainda têm aquela mesma *sour beer*, que peço com um hambúrguer.

— Espera — digo para a garçonete quando Gabe pede um hambúrguer e uma água. — Sem cerveja.

Sua sobriedade é um dos assuntos dos quais falaremos hoje. Uma das coisas que ele tem sido bem transparente ao discutir.

— Não tem problema — diz Gabe.

A garçonete — não Madison, mas uma moça de cabelos escuros exuberante e jovem — para um momento, a caneta pairando sobre a caderneta.

— Tem certeza? — pergunto.

— Fico lisonjeado de você ainda gostar dessa — diz ele.

Tinha esquecido de quão irritantemente encantador ele era.

— O.k. — digo. — Pode trazer a cerveja.

Já consigo perceber que vou precisar de uma.

A garçonete acena e, mesmo que tenha ficado impressionada com a presença de Gabe, a celebridade, não tinha demonstrado. Ela se afasta e confiro o aplicativo de gravação.

— Vamos começar? — pergunto novamente.

— Se você quiser — diz Gabe.

— É para isso que estou aqui — digo.

Ele me olha longa e minuciosamente.

— Está bem — diz ele, quando se dá por satisfeito.

Sinto o impulso de me contorcer sob seu olhar e reúno todas as minhas forças para não me mexer na cadeira. Em vez disso, endireito as costas e dou uma batidinha com a caneta no caderno aberto.

Desta vez vim preparada.

Porque sinto que tenho algo a provar. Para o Gabe. Para mim mesma.

Estou nervosa, mas não é o mesmo tipo de nervosismo. Naquela época, eu abordava meus entrevistados com certa arrogância, com a confiança de que conseguiria criar algo a partir de qualquer material que recebesse.

Às vezes, olho para a minha eu de vinte e seis anos e fico atônita com a coragem dela diante do mundo. Às vezes, olho para ela e tremo de vergonha por sua confiança infundada.

Neste momento, estou tremendo.

— Sua carreira passou por algumas reviravoltas interessantes desde a última vez que nos falamos — digo.

— Maneira generosa de dizer que constrangi a mim mesmo bêbado na frente do mundo inteiro e fui demitido de um papel que ninguém achava que eu merecia, pra começo de conversa — diz Gabe. — E isso foi só o início.

— Você ainda acha que não merecia interpretar James Bond? — pergunto, mesmo que a resposta seja óbvia.

Quando veio à tona o fato de que Gabe estava parcialmente certo — que os produtores e Ryan Ulrich tinham mentido sobre ele ser a primeira opção, ocasião em que a verdadeira razão por que tinham o escolhido em vez de Oliver foi revelada —, fiquei pensando sobre isso. Sobre como fazia sentido que alguém que conseguiu o papel de sua vida ficasse tão triste com isso como Gabe estava.

É por isso que não me surpreendi quando seu papel como Bond terminou do jeito que foi.

Ele está com os olhos fixos nas mãos, as palmas viradas para a mesa.

— Quem é que sente que merece de verdade as coisas boas que consegue? — pergunta ele.

Não tenho uma resposta para essa pergunta, e a entrevista já está mais filosófica e vulnerável do que a nossa última conversa.

Naquela época, eu tive a impressão de que Gabe preferia arrancar o próprio braço a dentadas do que falar livremente sobre qualquer assunto que fosse. Agora, ele parece estar decidido a se expor — sem nenhum filtro.

Não sei se devo ou não levar isso para o lado pessoal.

— Vamos falar de sobriedade — digo.

Mesmo que ele tenha falado sobre isso em inúmeras entrevistas, sei que ainda é o assunto que a maioria das pessoas quer ler a respeito. Sei que a *Página Dupla* vai querer uma ou duas citações sobre isso.

— Vamos lá — diz Gabe.

— Há quanto tempo você está sóbrio?

— Vai fazer dois anos — diz. — Já tentei outras vezes, mas esse é o meu recorde até agora.

Eu me pergunto quanto Gabe se lembra de tantos anos atrás. Se ele nem sequer sabe com quem falou na noite antes de ser internado pela primeira vez.

Assim como em relação à pergunta sobre Jacinda, estou dividida entre querer saber e ignorar propositalmente aquele elefante na sala.

— Como você se sente? — pergunto, em vez disso. Mesmo que eu queira saber a verdade, não é esse o momento. — Agora que está sóbrio por tanto tempo?

Ele se inclina para trás.

— Sinceramente?

— É claro — digo.

— É a conquista de que mais me orgulho — diz. — James Bond não é nada comparado a isso.

Ele ergue os olhos para mim.

— Do que você mais se orgulha, Chani?

Boa pergunta.

— Não sou eu a entrevistada — digo, irritada por ele estar tentando inverter os papéis da entrevista. De novo.

Ele dá de ombros.

— Manter-se sóbrio é um desafio, agora que você está trabalhando de novo? — pergunto.

— Às vezes — diz ele. — Mas tenho um padrinho e um terapeuta ótimos, e posso contar com eles quando sinto o impulso de beber. Precisei ressignificar minhas vontades, me treinar para ir atrás do celular em vez da garrafa. Ou para uma reunião de alcoólicos anônimos, mas é um pouco mais complicado quando você não é exatamente um desconhecido.

É meio que uma piada, mas não sorrio. Porque, mesmo não tendo dado uma resposta à pergunta de Gabe, ainda estou pensando a respeito.

E me dou conta de que, de alguma maneira, *aquele* perfil é a coisa de que mais me orgulho.

Não porque fez sucesso e me trouxe a possibilidade de ter um agente e fechar um contrato de publicação. Mas porque foi especial. Porque eu o tornei especial.

Desde então, nada nem sequer se aproximou de ser tão satisfatório ou triunfante quanto. E, ainda assim, o orgulho que senti pelo trabalho diminuiu pela maneira como ele foi recebido. De como *eu* fui recebida.

Não há como negar que a minha carreira está intrinsecamente ligada à de Gabe. Ao próprio Gabe.

Não importa o que eu faça — não importa o que eu escreva —, vai sempre ser uma nota de rodapé na minha carreira, se não a nota de rodapé.

Tudo isso torna mais difícil discernir se meu orgulho por aquele perfil é merecido ou se ele só fez sucesso por conta do conteúdo.

Trazem nossas bebidas e ambos encaramos a minha cerveja.

— Não tem problema, de verdade — diz ele. — Não sou um grande frequentador de bares nem baladas hoje em dia, mas consigo lidar com alguém bebendo uma cervejinha no almoço.

Tomo o gole mais minúsculo do mundo.

— Como a sobriedade mudou sua vida? — pergunto.

Os rumores sobre os problemas de Gabe com o consumo excessivo de álcool surgiram durante as gravações de *Assassinato sobre rodas* — seu segundo filme como Bond — há seis ou sete anos, mas seus representantes os negaram e usaram artifícios e distrações até o último instante possível.

— Como *não* mudou, não é? — pergunta ele. — A sobriedade, assim como o vício, tange tudo que faço. Quando estava afundado no meu vício, só pensava em ficar bêbado.

— O que a bebida oferecia a você?

— Distância — diz Gabe.

— Distância.

— Era um jeito de evitar as coisas que eu não queria confrontar — diz ele. — Beber era um jeito de fingir que elas não estavam acontecendo. Um jeito de escapar do que eu estava sentindo. Das minhas inseguranças. Dos meus medos. Da minha vergonha. Das minhas falhas como ator. Como pessoa.

É, então, que percebo quão calmo Gabe está. Ele está sentado ali, de frente para mim, sem qualquer preocupação, sem movimentos nervosos.

— Estar sóbrio me dá força — diz. — Força para encarar aquilo de que eu queria me esconder.

— Como o seu casamento? — pergunto.

Quis dizer "sucesso". Não "casamento". E definitivamente não quis falar naquele tom raivoso e amargo.

No fundo, eu não queria conversar sobre ele e Jacinda.

Essa entrevista já está ficando perigosamente pessoal, com Gabe vulnerável e aberto como está. É mais difícil sentir raiva dele assim. Mas é essa raiva que está me protegendo. Preciso dela.

— Chani — diz Gabe, e seus olhos parecem muito tristes.

Mas antes que ele possa dizer algo a mais, nossa comida chega.

Ele me observa colocar as batatas fritas dentro do hambúrguer, e depois de eu dar uma mordida, engolir e olhar meu caderno, procurando outra pergunta para fazer, retoma exatamente de onde paramos.

— Fiz muita merda — diz. — E o meu casamento...

Gabe faz uma pausa.

— Foi complicado. Mas não me arrependo.

Aquelas palavras são como um soco no estômago.

— E por que você se arrependeria? — pergunto. — *Jacinda Lockwood é a mulher mais linda do mundo.*

Essa tinha sido a manchete quando ela estampou a capa da *Vogue* na última primavera.

— Ela foi uma boa amiga para mim — diz Gabe. — *Ainda é* uma boa amiga.

— Uhum — digo, baixando os olhos para o caderno, procurando perguntas que nos afastem desse assunto.

— E quanto a você? — pergunta.

— Não fui eu que casei com a Jacinda — digo.

— Você casou com o Romancista — afirma.

— Jeremy.

— *O homem que domina todas as tendências da literatura moderna* — diz Gabe.

Era uma citação da resenha do *The New York Times* do primeiro livro de Jeremy.

Foi um dia bom, aquele em que ele soube a respeito disso.

Escrever aquele livro tinha sido um grande desafio para ele. Quando me mudei para Nova York, a data de lançamento já tinha sido adiada duas vezes e ele mal tinha um manuscrito. Dessa vez, era *ele* quem estava tendo dificuldades para focar. Àquela altura, eu estava trabalhando bastante e dei um jeito de convencer Jeremy a seguir um cronograma rígido para conseguir terminar o livro.

A princípio, ele resistiu, mas, no fim, o método foi um sucesso.

Quando soubemos da notícia, nós dois estávamos em momentos extremamente atarefados — ele, preparando-se para o lançamento do livro; e eu, com uma avalanche de projetos que estava feliz por ter conseguido, mas ainda mais feliz por terminar. Tínhamos tirado um dia para aproveitar a cidade; passamos a manhã no Metropolitan Museum de Nova York, caminhamos pela ponte do Brooklyn e compramos sorvetes do outro lado. O passeio todo, na verdade, era uma tentativa de nos distrair das notícias da editora de Jeremy que estavam para chegar. E foi ali, na base da ponte, com sorvete derretido escorrendo pelo meu pulso, que Jeremy descobriu que o *The New York Times* tinha amado o livro dele.

Demos um beijo grudento e cheio de alegria, e então, com a bochecha suja de sorvete de pistache, Jeremy se ajoelhou.

— Você me inspira — disse ele. — A cada dia que estamos juntos, você me inspira. Chani Horowitz, você aceita ser minha esposa e minha musa pelo resto de nossas vidas?

Uma multidão estava ao nosso redor e, quando eu disse sim, todos aplaudiram. Escondi meu rosto quente e feliz no pescoço de Jeremy enquanto ele sorria abertamente para Manhattan. Pegamos um táxi para a Grand Central Station e fomos comer ostras — aquela ideia parecia muito nova-iorquina e glamorosa — e voltamos para casa caminhando, com Jeremy me dizendo que me amava e me amava e me amava.

Essa memória, sobreposta ao momento atual, é como um choque térmico emocional. Gabe interpreta a expressão no meu rosto de maneira equivocada.

— Você sempre se surpreende quando vê que estou preparado — diz.

Volto a focar, tentando esquecer o amor de sorvete derretido que se foi e que, às vezes, parece nunca ter existido de verdade.

— Sempre? — pergunto. — Essa é só a segunda vez que fazemos isso.

Gabe ergue uma sobrancelha.

Sinto que estou pisando em um terreno instável, porque não sei o que pensar daquele fim de semana. Em alguns aspectos, parece que foi há muito tempo; em outros, acho que aqueles dias — e aquelas noites — que passamos juntos ainda me assombram.

— Você voltou a morar em Montana por um tempo — digo.

Ele concorda com a cabeça.

— Minha família queria que eu estivesse por perto — diz ele. — E Hollywood não faz muito bem para quem está se recuperando. Mesmo que eu estivesse pronto para começar a trabalhar de novo, e mesmo que alguém estivesse interessado em me contratar, toda a cultura cinematográfica, todas as festas e eventos, envolvem muito álcool. Entre outras coisas.

Lembro de ter presumido que teria cocaína na festa na casa dele.

— Você se mudou para Nova York.

— É isso que escritores fazem.

Gabe provavelmente pensou que, após ter lido a respeito do casamento dele com Jacinda Lockwood em Las Vegas logo depois que meu perfil foi publicado, eu tinha corrido atrás de Jeremy e me mudado para Nova York a fim de tentar vencer o jogo de felizes-para-sempre.

— Você odeia Nova York — diz Gabe.

Dou de ombros. Não quero falar dos nossos ex.

Só fui para Nova York quase um ano depois do casamento de Gabe e Jacinda. E só para fazer uma visita. A trabalho.

Jeremy e eu tínhamos mantido contato e ele me convidou para um jantar.

Ele tinha mudado. Eu tinha mudado.

O jantar acabou levando a drinques na casa dele tarde da noite e, depois, a um brunch na manhã seguinte. O fim de semana virou uma semana inteira e, de repente, eu estava voltando para Los Angeles para arrumar as malas. Ficamos noivos um ano mais tarde.

Eu nem lembrava que Gabe existia.

— Você voltou — diz Gabe.

Dou de ombros de novo.

— Gosto da sua newsletter.

— Obrigada — digo, porque parece rude não agradecer.

Há mais ou menos três anos, eu tinha trocado o blog por uma newsletter mensal. Estaria mentindo se dissesse que não tinha pensado se ele continuava lendo o meu blog depois daquele fim de semana. E também que não checava de vez em quando os e-mails dos assinantes para ver se ele tinha se inscrito.

Nunca encontrei o nome dele, mas não seria surpresa se ele tivesse um e-mail privado.

Comemos os nossos hambúrgueres e, depois de comer batatas fritas o suficiente, empurro o restante na direção dele. Ele dá cabo delas sem dizer uma palavra.

— Então — digo. — *Núpcias de escândalo*.

— É — responde. — Uma vez me disseram que o filme precisava de uma atualização.

Sei o que ele está fazendo. Sei que está esperando que eu faça um comentário bonitinho e lisonjeado, tipo "Ah, disseram, é?", e então ele vai aproveitar essa brecha, vamos rir e as coisas ficarão amigáveis e casuais.

Não posso fazer isso de novo.

Aquela garota — a garota corajosa, assertiva, ousada, idiota — precisa se proteger. Esta entrevista precisa continuar profissional. Do começo ao fim.

— É o seu terceiro filme com o Oliver Matthias — falo.

— Com o Ollie, sim.

— Aparentemente, sem ressentimentos — comento.

— Ele é mais compreensivo do que deveria — diz Gabe. — Não sei se eu faria o mesmo no lugar dele.

— Faria, sim.

Ele sorri.

Quase cedo — o sorriso dele é bom e familiar *demais* para mim —, mas lembro a mim mesma de como me senti quando soube a respeito dele e Jacinda. De como me senti quando o vi em Nova York.

Pago o almoço, já sabendo que o pessoal da *Página Dupla* vai ficar decepcionado com o que vou entregar. Vai ser uma boa entrevista — escrita com competência e tecendo elogios a Gabe —, mas não vai ser nada nem de perto do perfil que escrevi dez anos atrás.

Porque não somos as mesmas pessoas que éramos dez anos atrás. Vai ter que ser o suficiente para a *Página Dupla*. E para o mundo.

Saímos do pub e eu estendo a mão, esperando encerrar o encontro em tom profissional. Como se um aperto de mãos fosse me dar a resolução que estive buscando.

— Espere — diz Gabe.

Não quero esperar. Na última hora fiquei olhando de relance para a porta de saída, imaginando-me saindo correndo do pub. Escapando dali. Escapando dele.

Recolho a mão.

— Chani — diz ele.

Ele ainda pronuncia meu nome com perfeição. E isso ainda me causa arrepios.

Odeio isso. Pelo amor de Deus, sou uma mulher divorciada bem crescidinha que morou em Nova York, não uma fã de vinte e seis anos obcecada com o futuro James Bond.

— Conseguiu o que precisava? — pergunta Gabe.

— Consegui o suficiente.

Ele passa a mão sobre a nuca. Seu boné de beisebol está enfiado no bolso de trás, os óculos de sol dobrados e pendurados na frente da camisa. Consigo enxergar os pelos de seu peito.

Desvio o olhar.

— Queria te mostrar uma coisa — diz ele.

— Não acho que seja uma boa ideia.

— Provavelmente não — concorda. — Mas o que você tem a perder?

FÁBRICA DA FOFOCA

"OS QUILINHOS DO PÓS-BOND"

É a primeira vez que avistamos o ex-James Bond desde que ele caiu em desgraça. Mesmo em fotos com pouca qualidade, está na cara que Parker ganhou uma quantia significativa de peso desde que foi oficialmente demitido da franquia Bond.

Rumores de problemas com álcool têm atormentado o ator há anos, mas recentemente ele foi visto em diversas boates e bares e, em mais de uma ocasião, flagrado por paparazzi vomitando pela janela de seu carro antes de ser levado embora.

A bebida também trouxe tensão para o relacionamento de Parker com Jacinda Lockwood. Burburinhos de uma potencial separação ganharam força quando Lockwood decidiu permanecer em Londres durante a estreia de Parker na Broadway com *O sol tornará a brilhar*, e há meses os dois não são fotografados juntos. Fontes próximas ao casal insistem que eles vão se divorciar antes que o ano termine.

Os comentários acerca do mau comportamento de Parker datam da época de *A raridade de Hildebrand*. Enquanto seu segundo filme como Bond, *Assassinato sobre rodas*, estava em produção, o ator Dan Mitchell alegou que Parker teria mexido os pauzinhos para que ele fosse demitido. A estrela em ascensão — que depois veio a conseguir o papel principal no hilário *Ivan, o não tão terrível* — contou à *Entertainment*

Weekly que Parker tinha inveja do fato de ele ser mais jovem e estar em melhor forma, e que exigiu pessoalmente sua exclusão do projeto.

Mas, aparentemente, a gota d'água para Parker, rotulado anteriormente como "difícil" e "combativo", foi um incidente regado a álcool no set do terceiro filme de Bond. O filme já havia sido adiado uma vez devido ao comportamento do ator, mas parece que o período de afastamento não foi o suficiente para amenizar o clima de tensão nas filmagens. Um vídeo do momento em que Parker confronta o diretor, Ryan Ulrich, espalhou-se pela mídia. Embora a maior parte da gravação esteja fora de foco e o diálogo seja difícil de compreender em alguns momentos, diversas fontes confirmaram que as coisas já estavam tensas entre Parker e Ulrich desde o primeiro filme de Bond que fizeram juntos.

Após a demissão, a equipe de Parker soltou uma declaração: "Gabe tem orgulho do trabalho que fez como o primeiro Bond norte-americano e está ansioso para saber quem será o próximo a interpretar o ícone".

No dia seguinte, o ator foi internado em uma clínica de reabilitação.

CAPÍTULO 10

NÃO HÁ NENHUMA RAZÃO NO MUNDO PARA EU ESTAR SEGUINDO Gabe de carro neste momento. A entrevista acabou. Eu deveria estar indo para casa jantar com Katie e passar minhas anotações para o computador. No entanto, como não aprendi literalmente nada com a última vez que fiz isso, estou dirigindo na direção oposta à que preciso ir.

Leva um tempo até que eu consiga reconhecer a estrada ventosa que estamos subindo. Assim como o pub, algumas coisas estão diferentes, mas são diferenças sutis. A fachada de algumas casas mudou e há algumas estruturas novas e pinturas inesperadas. A casa dele, contudo, está igual.

Ele estaciona no quintal e faz um gesto para que eu faça o mesmo. Embico o carro cuidadosamente no espaço, deixando uma boa folga entre meu Honda Civic e seu Tesla de última linha.

Apenas mais um lembrete de quão diferentes nossas vidas são. Quão diferentes elas sempre foram.

Estou sentindo raiva. Uma raiva que não entendo por completo, mas que sei que esconde alguma coisa. Pelo menos, é isso que minha terapeuta diz.

"Recorrer à raiva é o seu impulso primário", disse ela. "É o seu lugar seguro quando as emoções estão à flor da pele."

Se isso é realmente verdade, faz sentido. Porque não é tão simples quanto dizer que estou brava com Gabe por ter mentido para mim sobre Jacinda dez anos atrás. Estou repleta de mil emoções conflitantes e misteriosas neste momento. Sendo justa comigo mesma, elas estão se sacudindo dentro de mim desde que recebi essa tarefa.

E a raiva é mais fácil.

É mais fácil ter raiva de Gabe pelo que aconteceu dez anos atrás. Não apenas pela vergonha que senti quando percebi que tinha sido sugada por sua atração magnética e depois cuspida de volta; também posso culpá-lo pelo fato de nunca saber com certeza se o sucesso que alcancei foi graças às minhas próprias habilidades ou a ele. Eu empilho toda essa culpa nele. Esses sentimentos me dão a sustentação de que preciso — sentimentos seguros, poderosos, raivosos.

— Continua alugando o mesmo lugar? — pergunto.

As palavras saem apenas um pouquinho amargas.

— Eu comprei — diz Gabe. — Você tinha razão. Eu não precisava de nada enorme e imponente.

Estamos parados em seu quintal, como se fôssemos vizinhos. Como se eu tivesse dado um pulo para pedir uma xícara de açúcar, ou para tomar um chá, e estivéssemos contando as novidades um ao outro.

Percebo, uma vez que estamos dentro da casa, que estou procurando alguma coisa.

Ou melhor, alguém. A cachorra de Gabe.

Ela era um filhote — tinha poucas semanas de idade quando nos conhecemos há dez anos. Literalmente, uma vida toda em anos caninos. É bem possível que ela já tenha partido.

Sigo Gabe pela casa, na direção do mesmo lugar a que fomos na primeira vez em que estive aqui: a cozinha. No caminho até lá, não vejo nada que indique que um cachorro mora ali. Nada de tigelas de comida, nenhuma coleira pendurada na porta, nenhuma cama de cachorro na sala.

Olho para o quintal, mas também está vazio.

A tristeza que me abate é insuportável. A passagem do tempo me atinge como um caminhão de tijolos. Dez anos. Dez anos se passaram.

Tanta coisa aconteceu. Madison, do pub, tem uma criança de dez anos. Gabe está divorciado, sóbrio e planejando retornar às telas. Estou divorciada, desejando desesperadamente não estar sóbria no momento, e com medo demais para escrever qualquer coisa que fuja da zona de conforto que criei para mim mesma.

E, para completar, a cachorra de Gabe morreu.

Quero chorar.

— Quer água? — pergunta Gabe.

— Quero — respondo, com a voz embargada.

Pigarreio antes de tentar falar de novo.

— Não posso ficar muito tempo — lembro.

É provavelmente a quinta vez que digo isso. A essa altura, não sei se estou dizendo isso a ele ou a mim mesma. Minha versão do "só mais um" de um viciado.

A verdade é que não sei o que estou fazendo. Nem o que está acontecendo.

Pego a água que Gabe me estende e nós dois bebemos, de pé, na cozinha dele; as lembranças da última vez em que estivemos ali se fechando ao meu redor até eu sentir que não consigo mais respirar.

— Sinto muito — diz ele.

Pelo quê?, penso. *Por alimentar a fantasia absurda e irreal de uma fã que eu tinha criado na minha cabeça? Por ser bom demais para ser verdade e também humano e falível, o que só tornou mais difícil não gostar de você? Pelos efeitos cascata infinitos, ao que tudo indica, que a nossa entrevista teve na minha vida — tanto profissional como pessoal? Por todos os momentos que revivi na minha mente centenas de vezes e todas as coisas que não consigo esquecer?*

Por todas as coisas que não quero esquecer?

Pelo meu coração idiota e traidor que não aprendeu nadica de nada em dez anos?

— Pelo quê? — pergunto.

Gabe pisca, como se não estivesse esperando por essa pergunta.

— Por... — Ele pausa.

E pensa.

Eu espero.

— Por mentir — finalmente diz ele. — Eu devia ter te contado sobre a Jacinda.

— É — digo. — Você devia.

Vi Jacinda pessoalmente três vezes. Uma vez na première. Uma vez em Nova York. E, por fim, uma vez em um restaurante, a mais ou menos trinta quilômetros de onde estamos neste momento.

Eu estava morando em Nova York na época, mas ainda viajava para Los Angeles para fazer um perfil aqui e ali, sempre usando isso como pretexto para passar o fim de semana aqui e ver minha família.

Tínhamos saído para jantar, todo o clã Horowitz, e pedido o menu inteiro em nosso restaurante taiwanês favorito em Mar Vista, e foi, então, que a vi do outro lado do salão.

Ela estava de saída e, mesmo que fosse um restaurante pequeno, em uma região em que era comum encontrar celebridades tentando comer em paz, as pessoas ainda a encaravam. A mulher mais linda do mundo, de fato. Ela tinha se apoiado no balcão do bar, claramente íntima do barman, e os dois trocaram beijos no rosto. Quando se afastou, seu olhar encontrou o meu. Eu e o restante dos clientes estávamos encarando-a. Pelas mesmas razões, e também por uma razão diferente.

Olhamos uma para a outra e, então, ela colocou a cabeça de lado, exatamente como o esperado de uma famosa modelo internacional que sabe seu melhor ângulo.

— Aquela é...? — perguntou minha irmã.
— Ahã — falei.
— Uau! — disse minha irmã. — Ela é maravilhosa.
— Ahã — repeti.

Quando ela me viu, o tempo parou um momento. Uma pausa, e um vinco — um lindo vinco — tinha aparecido entre seus olhos. Tenho certeza de que a expressão em meu rosto era a mesma que todos no restaurante estavam exibindo — de choque e admiração —, o resultado de estar na presença de um ser humano realmente espetacular. Mas, talvez, ela tenha me reconhecido. Talvez tenha identificado que, por baixo do meu choque e da minha admiração, havia algo a mais. Algo que ela, talvez, tenha visto nos bastidores de um teatro em Nova York não muito tempo antes.

Em ambas as ocasiões, fui a primeira a desviar o olhar.

Gabe passa a mão no cabelo.

— Não foi justo.
— Com ela — respondo.
— Com vocês. — Ele corrige. — Com vocês duas.

Dou de ombros, embora a resposta me machuque. Não sei dizer o que quero dele neste momento, mas suspeito que não seja isso.

Só serve para me lembrar de como me senti idiota quando soube do casamento. Quando todos os rumores a respeito deles foram confirmados. Rumores que eu estava decidida a ignorar.

E também como me senti ridícula — mais uma vez — quando fui vê-lo em Nova York. Na época, eu ainda não tinha aprendido a lição, mas agora, estava fazendo o melhor que podia para não cometer o mesmo erro uma terceira vez.

— Eu devia ter percebido — é o que digo.

Arrumo a minha bolsa — a merda da alça está sempre escorregando, lembrando-me de que preciso endireitar as minhas costas.

— Devia ter percebido? — pergunta Gabe. — O que isso quer dizer?

Eu o encaro.

— Devia ter percebido que tinha algo entre vocês dois. Que você contou uma mentira deslavada quando me disse que eram só amigos.

Ele vacila.

— Era complicado.

— Ah, não duvido que fosse — falo. — É sempre complicado quando se está planejando fugir para Las Vegas com sua coestrela *barra* namorada secreta, mas a menina que mandaram para escrever um perfil seu é uma burra fanática e fácil.

— Você não era burra — diz Gabe. — Não é burra.

— Só fanática e fácil.

— Essas palavras são suas.

Estou a ponto de fazer mais um comentário imbecil e erguer os braços e esganá-lo.

Ele passa a mão pelo próprio rosto. Suas mãos são tão bonitas que me irritam. Fortes e robustas. Tem algumas cicatrizes nos dedos. Não me lembro de elas estarem ali naquela época.

— Jacinda e eu... — Ele faz uma pausa. — Foi um acordo, de certa forma.

Cruzo os braços na frente do corpo.

— Eu devia ter te contado.

— Contado o quê, exatamente? — pergunto a ele. — Sobre o seu "acordo"? É esse o termo hollywoodiano para um casamento aberto? Já ouvi falar desse conceito, sabia? Não é exclusivo de celebridades com tesão, e algumas pessoas até praticam de forma ética.

Gabe parece cansado e parte de mim pensa que eu deveria pegar mais leve com ele, mas a outra parte acha que já passei tempo demais na vida pegando mais leve com homens.

Sei que Gabe não é Jeremy. Sei que as falhas dos dois não são as mesmas, que a dor que eles me causaram é diferente, mas, neste momento, não me importo nem um pouco. Só quero ficar com raiva de algum homem e Gabe serve perfeitamente bem.

— Não é o que você está pensando — responde. — Não foi nenhum plano maquiavélico. Minha equipe, minha família, todos ficaram tão surpresos quanto você.

— Não exagera.

Isso parece irritá-lo.

— Eu era jovem, impulsivo e idiota — diz Gabe. — *De fato*, a gente transava. Algo tipo amizade colorida. Algo casual.

— Acredito — digo.

Se ele pensa que está melhorando a situação, está muito, mas *muito* enganado.

— Achei que eu estava resolvendo vários problemas ao mesmo tempo porque, naquela época, nós dois queríamos a mesma coisa.

— Bom, espero que tenham conseguido — respondo.

Gabe não para de esfregar a nuca. Imagino que ela esteja igual a uma pedra de rio, com todo aquele contato físico deixando-a lisa e pelada. Meus dedos já tinham tocado ali uma vez, mas não lembro mais qual era a sensação.

Isso não é verdade — não exatamente. Não lembro da sensação específica dessa parte específica do corpo dele, mas lembro de ter gostado de tudo que toquei. E também lembro de quanto gostei de tocar.

— As pessoas fazem isso às vezes, sabe?

— Casar por motivos idiotas? — pergunto. — É, eu sei.

— Foi... — Ele gesticula.

É um movimento vago — mais como se estivesse atirando pedrinhas num lago do que indicando algo específico —, mas entendo o que ele está tentando dizer.

— Não — digo. — Eu gostava do Jeremy de verdade.

Isso é apenas parcialmente mentira. Às vezes, eu gostava dele. Às vezes, até mesmo o amava.

— O Romancista.

— Jeremy.

Gabe concorda com a cabeça.

— Eu também gostava da Jacinda — diz. — Na verdade, ainda gosto.

— Ótimo! — digo. — Devo esperar ler uma matéria sobre um ex-casal misterioso que vai reacender a chama da paixão renovando os votos em Las Vegas na semana que vem?

— Não — diz Gabe. — Eu não faria isso com você.

— Não me importo — digo.

— Claro que não — rebateu Gabe.

Ele sabe que estou mentindo, e eu odeio isso.

Dessa vez, sou eu que faço o gesto de atirar pedrinhas, porque só quero que ele ande logo e termine aquele pedido de desculpas imbecil para que eu possa ir embora para casa e chorar pela cachorra que morreu. Porque, se for para chorar por alguma coisa, que não seja por uma sensação idiota e infundada de tempo perdido e chances desperdiçadas.

— Acredito que você tenha lido o que escreviam sobre ela naquela época — diz Gabe. — Sobre os diretores casados. Sobre aquele que citou o nome dela no processo do divórcio.

— Ahã.

Estou me blindando, porque não quero de jeito nenhum começar a sentir empatia por qualquer que fosse o acordo que Gabe e Jacinda tinham, mas a verdade é que lembro, sim, do que os tabloides diziam a respeito dela.

— Ela nunca fez nada disso. Nunca dormiu com eles, quero dizer — explica. — Nunca foi recíproco. Eles a abordavam, mas ela os rejeitava.

Aceno com a cabeça.

— Mas, ao que parece, não fez diferença alguma — diz Gabe. — Ninguém acreditava nela. Para os tabloides, bastava que ela fosse solteira e bonita e, portanto, culpada de alguma forma.

Tinham me pedido para entrevistá-la. Foi anos atrás — quando surgiram rumores de que o relacionamento dela e Gabe estava acabando — alguém tinha sugerido a pauta para a *Página Dupla*. Eles me imploraram para que pegasse o trabalho sabendo que, com o meu nome envolvido, a matéria com certeza chamaria atenção.

Eu tinha cedido à pressão, mas então, na noite anterior à que deveria encontrar Jacinda Lockwood no lobby do St. Regis, dei para trás. Outra pessoa conduziu a entrevista. No fim, o resultado não passou de aceitável.

— Foi Oliver quem tinha nos apresentado — diz Gabe. — Pensamos que seria um esquema vantajoso para todos os lados, mas...

Ele faz uma pausa.

— Eu não estava esperando você — diz Gabe.

Congelo.

— Não esperava que você aparecesse em casa com esses seus olhos enormes, suas perguntas ruins, sua impertinência...

Estou me agarrando ao balcão atrás de mim como se ele fosse a borda da parte funda de uma piscina, e eu, alguém nadando pela primeira vez na vida, que não sabe se vai afundar de uma vez só se soltar as mãos.

Gabe ergue os olhos para mim, e eu me seguro com ainda mais força.

— Você foi uma surpresa para mim — diz ele.

Ele dá aquele sorriso devastador — o mesmo que deu origem a milhares de memes.

— Minhas perguntas não eram ruins — argumento.

— Eram, sim.

Ficamos olhando um para o outro uma eternidade.

— O que é isso? — finalmente pergunto.

Gabe olha de relance para o copo que está segurando.

— Água?

Olho feio para ele.

— O que é *isso*? — pergunto mais uma vez, gesticulando enfaticamente entre nós dois. — O que você quer de mim?

Essa pergunta parece deixá-lo sem palavras, e sinto que anos se passam enquanto espero uma resposta dele.

— Eu queria ver você — diz ele, finalmente.

Jogo as mãos para cima, exasperada, derrubando meu próprio copo do balcão. Água e vidro se espalham no chão inteiro.

— Merda — digo.

— Não se preocupe.

Ele não se mexe.

Ficamos parados ali, água e cacos de vidro aos nossos pés, sem dizer nada.

— Quero te levar num lugar — diz Gabe.

— Em *outro* lugar?

Ele faz que sim com a cabeça.

— Montana.

Eu o encaro.

— Você quer me levar para Montana? — pergunto.

— Quero.

— Você é maluco.

Ele sorri.

— Provavelmente sou mesmo.

— Não posso ir com você para Montana — digo.

— Pode deixar tudo por minha conta.

— Não é esse o motivo, você sabe — respondo.

— Eu sei.

Ficamos nos encarando por um longo tempo.

— Não posso ir.

Ele acena com a cabeça.

— Não posso — falo mais uma vez.

Nós dois sabemos que estou mentindo.

ENTERTAINMENT WEEKLY

"MATTHIAS E PARKER: A DUPLA DINÂMICA"(TRECHO)

POR ROBIN ROMANOFF

Eu já tinha sido alertada anteriormente de que tentar entrevistar Gabe Parker e Oliver Matthias juntos ao mesmo tempo era um feito por si só. Os dois amigos se conhecem há tanto tempo e são tão apaixonados pela companhia um do outro que não demora muito para que a entrevista recaia na dupla trocando algumas piadas internas e conversando daquele jeito que só funciona quando duas pessoas são tão próximas quanto eles. Fica claro que a tão comentada amizade dos dois é para valer.

"Bom, o Gabe é a única pessoa que considerei para o papel de Dex", conta Matthias.

"Só porque você decidiu não estrelar o filme", intervém Parker. "Nós dois sabemos que você faz um Cary Grant muito melhor do que eu."

"É por isso mesmo", diz Matthias. "Eu não queria que o filme fosse um remake idêntico ao original. Tinha que ser diferente."

Essa tal diferença é algo que tem sido discutido há um bom tempo.

"Queríamos atualizar algumas coisas", diz Matthias. "E Gabe contribuiu muito nesse aspecto, especialmente na questão entre Tracy e o pai dela."

"Essa parte é nojenta e machista pra caramba", diz Parker. "Ele *a culpa* pelo caso e é *ela* que acaba se desculpando? Achamos que dava para melhorar isso."

Não tenho certeza se os fãs do filme original vão concordar com essa opinião, mas é uma surpresa ouvir Parker se pronunciar com tanto ardor e amabilidade sobre o machismo da história original.

Claramente, o filme não vai ser o que o público espera.

SÁBADO

"GABE PARKER: BATIDO, NÃO MEXIDO (PARTE II)"

POR CHANI HOROWITZ

O mundo é diferente do outro lado do cordão de veludo. Nós, meros mortais, não gostamos de ouvir isso, é claro. O que queremos é a confirmação de que estrelas, bom, são iguaizinhas a nós.

Sinto em dizer, mas não são, não.

Nem de perto.

Sabe, quando tenho que me arrumar para uma noite requintada, se estou com sorte, uma amiga me empresta uma roupa, ajuda-me com a maquiagem, e talvez até arrume meu cabelo em casa, só para me transformar em uma versão levemente mais chique de mim mesma.

Quando alguém como Jacinda Lockwood sai de sua casa de um milhão de dólares para ir à *academia* que seja, ela tem toda uma equipe de estilistas para garantir que esteja com cara de alguém que não precisa ir à academia.

Todos vocês já viram as fotos a essa altura. De mim, com o braço de Gabe Parker envolvendo minha cintura, sorrindo corajosamente para a multidão em um vestido azul cintilante. O Go Fug Yourself achou que eu tivesse escolhido a peça para combinar com o terno de Gabe, mas essa ideia presume ou que eu sabia o que ele ia vestir (não sabia) ou que tenho um closet lotado de vestidos de festa chiques para escolher (não tenho).

A combinação foi pura sorte.

A noite toda, na verdade, foi pura sorte.

Porque, querido leitor, eu e você sabemos que não era para eu estar ali.

Até mesmo naquelas fotos pareço um peixe fora d'água. O sorriso de Gabe está ligado na potência máxima e eu estou só tentando fazer uma cara normal enquanto os flashes das câmeras queimam minhas retinas e uma multidão de desconhecidos grita para nós: "Olhe para cá e sorria". Minha mão apoiada no braço dele? Sou eu me agarrando como se aquele fosse um caso de vida ou morte, incerta sobre se vou ser capaz de enxergar aonde estou indo quando precisarmos continuar andando, e ainda mais incerta de que não vou cair de bunda no chão depois de cambalear naqueles saltos desconfortáveis.

Meu lugar não é ali, mas não me importo. Por uma noite estou passeando na terra dos seres humanos lindos. E Gabe, lindo ser humano que é, faz o papel de meu guia turístico galante e encantador.

Ele me apresenta para todo mundo. E o mais importante de tudo, ele me apresenta ao homem da noite, Oliver Matthias.

Muito se especula acerca da decisão de escalar Gabe para o elenco de *A raridade de Hildebrand* quando seu colega de *Tommy Jacks* parece ser uma escolha muito melhor. E fofocas de que a escolha teria feito surgir certa hostilidade entre os dois se proliferaram.

A verdade é exatamente o oposto.

Presencio em primeira mão a total inexistência de antipatia e de um clima de competição entre eles. Gabe está animadíssimo por comparecer à estreia de *Corações compartilhados* para dar apoio ao amigo e fala longamente sobre quanto Oliver é talentoso.

Assim como eu, Gabe acompanha o trabalho do amigo na BBC há anos, já que Oliver praticamente cresceu diante de nossos olhos. E esse novo longa-metragem evidencia ainda mais como seu talento evoluiu. É um deleite para os sentidos — uma taça de champanhe em forma de filme.

"Ele é uma lenda", Gabe me diz. "Vê-lo nas telas pode ser uma experiência espiritual, mas atuar ao lado dele? É o aprendizado de uma vida toda."

Como fã de longa data do Darcy de Matthias (é, gosto mais dele do que de Colin Firth e Matthew Macfadyen — e daí?), precisei de toda a minha força de vontade para não desmaiar aos pés dele quando Gabe nos apresentou.

"É ótimo que ele vá fazer o papel de Bond", diz Oliver. "Finalmente vai poder mostrar para o mundo que é mais do que um rostinho bonito."

"Só sou bonito quando não estou do seu lado", faz questão de acrescentar Gabe.

Eu me sinto como Melissa Williams deve ter se sentido no set de *Tommy Jacks*, junto a dois dos homens mais lindos de Hollywood, um fazendo o papel de braço direito do outro.

Enquanto conversam — faz quase seis meses desde a última vez em que se viram, quando estavam divulgando *Tommy Jacks* —, fico parada, tentando não hiperventilar com a comédia absurda e maravilhosa que minha vida se tornou.

Não vejo nem uma faísca de inveja. Eles estão felizes de ver um ao outro, e quando as obrigações de Oliver na première terminam, ele convida Gabe — e, por extensão, a mim — para ir com ele na *after party*.

Somos arrastados para um restaurante nas proximidades, inteiro reservado para nós. Para Oliver.

Ele é o centro das atenções, encanta todos os presentes, e eu bebo um pouquinho demais dos coquetéis customizados que estão circulando — cada bebida traz uma orquídea, uma sombrinha de seda de verdade ou um mexedor incrustado de cristais Swarovski.

A noite toda é encantadora e luxuosa, e Gabe é a companhia platônica perfeita.

"Que coisa maluca, não?", pergunta-me ele a certa altura, como se tudo aquilo fosse novo para ele também. Como se ainda o deslumbrasse.

É difícil não se encantar pelo futuro Bond.

Tenho consciência, o tempo todo, de que aquele é um acontecimento completamente estranho ao meu dia a dia. De que tenho muita sorte por passar a noite escutando Oliver Matthias e Gabe Parker falarem sobre seus filmes favoritos e sobre os atores que são seus ídolos. De que eles usam ternos feitos por estilistas e de que meu vestido está preso no sutiã com alfinetes. Nós nem sequer pertencemos à mesma espécie, mas, só por essa noite, eles me deixam fingir que sim.

NA ÉPOCA

CAPÍTULO 11

— ELE VAI TENTAR TE COMER — DISSE JO, DANDO OS TOQUES finais no meu rosto. — Mas eu não levaria para o lado pessoal.

Em resumo, aquela era Jo. Se qualquer coisa boa ou emocionante acontecesse comigo, eu não deveria levar para o lado pessoal. Não era eu — eram só as circunstâncias. O trabalho na *Página Dupla*? Só estavam fazendo um favor para o meu antigo professor. Meu relacionamento com Jeremy? Estar comigo era mais fácil do que encarar a vida de solteiro em Los Angeles. A entrevista com Gabe Parker? Provavelmente os outros estavam ocupados demais para fazê-la e era impossível eu estragar tudo.

Jo e eu não éramos bem amigas.

Éramos colegas de apartamento que fofocavam bastante e usávamos uma à outra quando precisávamos de algum favor.

Não era saudável, mas eu não tinha mais ninguém além de Jeremy.

Meus amigos do ensino médio tinham ou perdido contato comigo ou se mudado, e os da faculdade tinham voltado para suas respectivas cidades ou ficado em Nova York. Além de Jeremy, eu não tinha me aproximado de ninguém na pós-graduação. Ainda via minha família, mas não era esse o tipo de relacionamento de que eu mais precisava. Eu estava sozinha em Los Angeles, incerta de como ser uma adulta na cidade onde tinha crescido.

Jo era ciumenta e exigente. Ela não gostava de Jeremy.

— As calças dele são justas demais — dizia ela. — Isso significa que ele é inseguro com o tamanho do pau.

Ela sempre tentava fazer com que eu confirmasse ou negasse essas declarações e me chamava de puritana quando me recusava a discutir sobre o tamanho do pênis do meu namorado.

No entanto, Jo sabia fazer um olho esfumado melhor do que ninguém, e eu precisava estar incrível naquela noite.

— Você vai ter que me contar todos os detalhes — ela brinca. — Aposto que ele é um doido completo na cama. Celebridades sempre são. Ouvi uma história daquele cara que era ator na infância, Don sei-lá-o-quê. Dizem que ele pede para o guarda-costas escolher mulheres nas baladas e levá-las para uma suíte de hotel. Chegando lá, elas precisam assinar um acordo de não divulgação, depois têm que raspar o pelo do corpo todo antes de *entrar* no quarto, e ele fica lá, deitado na cama, de fone. Elas não podem falar nada, só montar nele e trepar olhando para outro lado. Quando ele termina, elas vão embora. Sem uma palavra.

Eu teria considerado aquela história como mais um dos "segredos de Hollywood" duvidosos dela, mas já tinha ouvido o mesmo relato de outra pessoa que sequer conhecia Jo.

— Acho que não vou ter história nenhuma para contar. Não sou o tipo dele.

Ela revirou os olhos.

— Esses caras não vão te comer porque se sentem *atraídos* por você, sabe... — disse ela. — Vão te comer porque podem. Porque sabem que *você* quer. É isso que excita eles. O tipo deles é qualquer um que seja capaz de massagear o ego deles. E eles se importam muito mais com carinho no *ego* do que no pau.

Eu sabia que se dissesse "o Gabe não é assim" ela riria da minha cara até o dia seguinte. Porque, apesar de eu acreditar mesmo naquilo, também sabia que era ridículo. Mesmo depois de termos passado horas juntos, eu não *conhecia* Gabe. Ele era um trabalho. E um artista. Eu não podia, de jeito nenhum, confiar de verdade em nada que ele me dissesse.

— Ele vem te buscar? — perguntou Jo.

— *Alguém* vem me buscar — respondi.

Quando mandei uma mensagem para Gabe na noite anterior, tentei soar tranquila e casual: *Se a proposta estiver de pé, eu adoraria ver o filme novo do Oliver*, escrevi.

Ele respondeu quase em seguida, dizendo que ajeitaria tudo. Logo depois, fui colocada em contato com uma tal de Debbie, do escritório da agente dele, que me disse que um carro passaria na minha casa às seis horas.

— Hum — disse Jo, o rosto contorcido em uma careta.

— O quê?

— Talvez isso seja só por causa da entrevista — disse ela. — Talvez não seja um encontro.

Eu não tinha pensado que seria um encontro — afinal, estávamos falando de Gabe Parker —, mas também não tinha pensado no convite como uma continuação da entrevista.

— Ou talvez você nem veja ele — falou Jo. — Pode ser que ele pensou que você escreveria algo de bom se te convidasse para a première.

Senti o meu estômago afundar lentamente, a mesma sensação que tive quando descobri que todo mundo sabia que Jeremy estava me traindo em Iowa. A compreensão de que você é a última a saber e de que é uma completa idiota.

Talvez Jo tivesse razão.

Essa coisa toda poderia ser só um jeito de Gabe me adular para que eu escrevesse um perfil o enaltecendo. Esse pensamento me irritou, porque já tinha planejado escrever algo elogioso. Não precisava ser subornada para isso.

— É provável que ele venha te dar um oi — disse Jo. — Mas aposto que você não vai sentar-se do lado dele durante o filme, e com certeza não vai andar junto dele no tapete vermelho. — Ela olhou para mim pelo reflexo do espelho. — Você não estava pensando que ia, estava?

— Não.

Talvez eu estivesse.

— Você deve estar de volta lá pelas dez — disse ela. — Vou esperar acordada.

Não respondi nada, só fiquei ali, chafurdando nos meus próprios sentimentos idiotas. É claro que eu não andaria no tapete vermelho. É claro que Gabe não passaria a noite da estreia do filme do amigo dele ao meu lado.

— O que você vai vestir? — perguntou Jo, usando um pincel amplo e macio para aplicar o pó bronzeador.

— Aquele vestido de bolinhas que usei no casamento do Greg no ano passado — respondi.

Jo engasgou.

— Aquele troço? — perguntou. — Não faz isso. Aquele vestido é horrível. Não vão te deixar pisar no tapete vermelho se estiver usando aquilo.

Aquele "troço" era um dos meus vestidos favoritos, mas agora eu sabia que não conseguiria usá-lo sem pensar em Jo fingindo vomitar na palma da mão.

E agora, aparentemente, eles me autorizariam a andar no tapete vermelho?

— As pessoas vão estar usando vestidos de festa, Chani. — Jo bateu na minha testa com o cabo do pincel. — Não dá pra você vestir um trapo da Forever 21.

Quis empurrar sua mão, mas ela ainda não tinha terminado a minha boca. Em vez disso, fiquei parada, escutando-a listar todos os vestidos do meu closet que odiava.

Mesmo que eu não tivesse gostado, ela tinha razão sobre o código de vestuário. As pessoas, de fato, estariam usando vestidos de festa. Eu lia o Go Fug Yourself. Sabia como as atrizes se vestiam para comparecer a eventos como aquele — especialmente considerando que o evento era centrado em um filme de época exuberante e romântico. Os visuais seriam dramáticos, para dizer o mínimo.

Eu tinha um vestido azul. Um vestido vintage que era dos anos 1940 ou 1980, com ombros largos e teatrais e uma saia justa que se alargava um pouquinho nos joelhos. Era feito de veludo, pontilhado de pequenas contas de cristal que cintilavam sob a luz.

Não se compararia aos vestidos requintados de estilistas que a maioria das atrizes estaria vestindo, mas era dramático e chamava a atenção. Eu poderia pentear o cabelo para o lado à *la* Veronica Lake e colocar os *scarpins* prata que, apesar de apertarem meus dedos, eram maravilhosos.

No entanto, depois de colocar o vestido, bem no momento em que estava subindo o zíper e pensando que até que estava bem bonita, ouvi o som irrefutável de tecido se rasgando.

— Merda.

Virei de lado e encontrei o motivo.

Um rasgo bem ao lado do zíper, deixando meu sutiã à mostra.

Fiquei parada ali um instante, pensando se conseguiria simplesmente enfiar a bolsa debaixo do braço e não respirar muito pelo resto da noite.

Não. Não daria certo.

Mas nenhum dos outros vestidos que eu tinha no closet daria certo também.

Eu tinha que encontrar Gabe em quarenta minutos. E sair de casa em dez.

Era a minha única opção. Eu tinha que fazer dar certo.

Torcendo-me desconfortavelmente, dei um jeito de unir os dois lados do tecido. Peguei um alfinete da gaveta da escrivaninha e, dobrando o corpo a ponto de começar a suar, consegui prender o tecido rasgado no sutiã. Qualquer um que olhasse de perto veria aquele desastre, mas se eu ficasse com o braço para baixo, a bolsa apertada contra ele e rezasse por uma iluminação baixa, era provável que conseguisse chegar ao fim da noite sem rasgar ainda mais o vestido e expor o sutiã preto mais sem graça do mundo.

Jo estava assistindo TV no sofá. Meus dedos dos pés já estavam latejando quando terminei de descer as escadas, mas os sapatos combinavam tão bem com o vestido que decidi ignorar a dor.

— Uau! — disse Jo. — Você está lindíssima.

Mesmo com todos os comentários afiados e todas as opiniões pedantes, quando Jo gostava de algo, era capaz de ser bem efusiva com os elogios. Era o que me impedia de odiá-la por completo.

— Ele com certeza vai te comer — ela disse.
— Obrigada? — falei.
— Use camisinha. Ele deve ser imundo.

Sacudi a cabeça, ao mesmo tempo lisonjeada e enojada. Meu celular tocou. Era o carro.

— Preciso ir. Obrigada pela maquiagem.
— Preste atenção em tudo — disse. — Vou querer ouvir cada detalhe. Até os pelos do corpo raspados.

GO FUG YOURSELF

"A MODA NA FESTA DE ESTREIA DE CORAÇÕES COMPARTILHADOS"

Oliver Matthias cumpre os requisitos

O delicioso e elegante Oliver Matthias mostrou-se mais uma vez um deleite. Ele usava um terno verde xadrez perfeitamente apropriado para seu status de ator principal. É *assim* que se comparece à estreia do próprio filme quando todo mundo está falando sobre o papel que você não conseguiu. Você veste um terno chamativo, pede para modelarem seu cabelo à perfeição e leva uma das mais lindas mulheres do planeta — Isabella Barris — como acompanhante.

Melhor ainda se essa acompanhante não tirar as mãos de você e estiver usando uma peça vintage incrível da Versace.

Jacinda Lockwood, a mais linda do bonde

Jacinda Lockwood estava lá para ser vista. A mais nova *Bond girl* pisou no tapete vermelho usando uma reprodução em turquesa-neon de um clássico vestido da Gucci — estava impossível olhar para ela diretamente. Eu não consegui — era como tentar olhar para o sol. Apesar disso, vi o suficiente para inferir que o tomara que caia — em pleno dezembro! — teria feito bom proveito de um puxãozinho para cima.

CAPÍTULO 12

GABE ESTAVA ESPERANDO POR MIM NO OUTRO LADO DO TAPETE vermelho.

Ele estava incrível e, quando me deu um abraço — em que tentei desesperadamente não afundar —, pude sentir seu perfume. O cheiro era muito, muito bom e provavelmente era bem caro. Tipo o cedro mais exclusivo do mundo.

Também senti um leve odor de uísque em seu hálito.

— Você veio — disse ele, como se existisse algum universo paralelo em que eu não aparecesse. — Está linda.

Cambaleei nos saltos um pouco, atordoada não apenas por causa do elogio, mas também pelo jeito que Gabe estava me olhando. Ele se inclinou para trás enquanto o fazia, como se estivesse tentando me enxergar por inteiro, e então passou a mão na boca.

Minhas pernas começaram a tremer.

— Você também está muito bonito — elogiei.

Ele riu.

— Vamos lá! — disse, pegando minha mão e a encaixando na dobra de seu cotovelo.

Bom... Jo estava errada.

A única coisa que eu não era capaz de discernir por completo era se Gabe estava considerando ou não aquilo uma continuação de nossa entrevista. Se ele estava planejando me mostrar seu mundo só para que eu escrevesse a respeito dele, ou se aquilo era algo diferente. Algo a mais.

Parecia bem improvável que fosse, mas...

Eu precisava saber.

No entanto, no instante em que éramos conduzidos pelo tapete vermelho, fui atingida por gritos e luzes tão intensos e abruptos que pisei em falso e quase caí.

O braço de Gabe envolveu a minha cintura, puxando-me de encontro ao seu corpo.

— Gabe! Gabe! — gritavam as pessoas.

Flashes disparavam à nossa volta, e isto era tudo que eu conseguia enxergar: uma sequência infinita de explosões de luz branca e brilhante. Tentei sorrir, embora sentisse que estava mais arreganhando os dentes do que exibindo uma expressão cativante. Era como se eu tivesse esquecido de como sorrir.

— Vamos só dar uns cliques a eles — disse Gabe, inclinando a cabeça na direção da minha, a sua bochecha quase tocando a minha testa. — Respire fundo e sorria.

Balancei a cabeça, seguindo suas instruções, e a multidão atirou perguntas em nós.

— Quem é a sua acompanhante?

— Está animado com o Bond?

— Quando vocês vão começar a filmar?

— Quem é sua acompanhante?

— O que você está vestindo?

— O Oliver sabia que você viria hoje?

— Quem é sua acompanhante?

Gabe não respondeu nenhuma das perguntas, só manteve o braço em torno da minha cintura e ergueu a outra mão para acenar. Notei, no entanto, que a postura dele tinha mudado no momento em que ficamos de frente para as câmeras. Ele tinha endireitado mais as costas, o peitoral virado para os fotógrafos, o queixo posicionado em um ângulo diferente.

Ele estava posando. Com sutileza, mas sabia o que estava fazendo.

Tentei fazer o mesmo enquanto me segurava nele.

— Vamos lá! — disse Gabe, depois do que pareceu uma vida inteira.

O tapete vermelho era longo, mas andamos o restante do trajeto a passos rápidos, ignorando os outros fotógrafos e equipes de filmagem a postos, os assistentes tentando chamar a nossa atenção enquanto os chefes deles esticavam microfones. O braço de Gabe estava firme em minha cintura e eu sentia seu bíceps se contrair à medida que ele me conduzia em direção ao anfiteatro. Foi um milagre não ter tropeçado em meus próprios pés.

— Só estou aqui para dar apoio ao Oliver. — Era a frase de efeito que Gabe oferecia.

Foi só depois que entramos e as portas se fecharam atrás de nós, abafando a cacofonia esmagadora do lado de fora, que Gabe me soltou.

— Uau! — falei, de repente me sentindo exausta.

— Pois é... — disse Gabe.

O sorriso e a pose dele tinham desaparecido. Ele passou a mão na nuca.

— Não é fácil.

— Não é tão ruim assim — respondi.

Ele arqueou uma sobrancelha.

— O.k. — respondi. — Não é *nada* fácil. Como você lida com isso?

— Prática — disse ele. — E isso aqui também ajuda...

Gabe desabotoou o paletó e o abriu para mostrar um cantil prata longo e estreito escondido no bolso interno. Ele o puxou e abriu a tampa.

— Quer um gole?

Isso explicava o cheiro de uísque em seu hálito.

— Quero — respondi.

Ele estendeu o cantil e eu bebi um pouquinho. Gostava de uísque. E aquele era dos bons. Queimava da melhor maneira possível. O calor envolveu minha garganta e meu tórax.

Devolvi a bebida e ele tomou um longo gole.

— Tenho que te perguntar uma coisa — falei.

— Qualquer coisa.

Estava convicta de que ele dizia aquilo da boca para fora. E um pouco preocupada, se não fosse o caso.

— Isso... — Fiz uma pausa. — Isso aqui ainda é parte da entrevista?

Ele tinha erguido o cantil mais uma vez, mas congelou por um instante antes de levá-lo à boca e tomar mais um gole.

— É isso que você quer que seja? — perguntou.

Eu não sabia dizer.

Olhamos um para o outro por um momento. Então Gabe aparentemente acabou com o que restava no cantil.

— Que se dane — disse ele. — Pode escrever o que quiser.

Sua voz parecia um tanto raivosa e bastante resignada.

— Eu...

— Gabe!

Eu me virei em direção àquela voz familiar e encontrei um rosto familiar. Um rosto com que eu tinha crescido, mas sempre com a tela da TV entre nós dois.

Oliver Matthias.

— Ollie! — disse Gabe, o semblante passando de tenso e fechado para caloroso e alegre.

Os dois se abraçaram — não como amigos que dão tapinhas nas costas um do outro, assim como a maioria dos caras faz, temendo que qualquer demonstração de afeto verdadeiro entre homens seja uma afronta à masculinidade, mas um abraço apertado, os braços em torno dos ombros, bochecha colada com bochecha.

— Que bom que você veio! — disse Oliver.

— Não perderia por nada — falou Gabe.

Fiquei ali, parada, com as mãos entrelaçadas, sem saber o que fazer, até que o olhar de Oliver se voltou para mim.

— Olá — disse ele.

— Essa é a Chani — disse Gabe. — Ela está fazendo uma entrevista comigo para a *Página Dupla*.

— Achei que a entrevista era ontem — disse Oliver.

Interessante. Gabe e Oliver eram próximos o suficiente para terem conversado sobre a entrevista, e Oliver se lembrava de que era ontem.

Se existia alguma hostilidade entre os dois a respeito do papel de James Bond — ou qualquer verdade nos rumores de que Gabe tinha roubado Jacinda de Oliver —, eu não conseguia perceber. Ainda assim, não podia me esquecer do fato de que ambos eram atores.

— Resolvemos prolongar — disse Gabe.

— Estou vendo — Oliver falou.

O olhar que Oliver lançou para mim era um que eu mesma já tinha lançado diversas vezes. O tipo de olhar que se dá para os canalhas que suas amigas do ensino médio namoravam, quando você já tinha ouvido falar que eles eram famosos por traírem as namoradas. Um olhar do tipo "fica esperta".

Seria *eu* a canalha naquela situação? Será que Oliver estava pensando que precisava proteger Gabe de mim?

Talvez fosse isso mesmo. Assim como Madison, a garçonete, tinha tentado fazer no dia anterior. Afinal de contas, eu estava ali atrás de uma história. Mas não gostava do sentimento de estar na pele de alguém com quem se devia ter cautela.

Especialmente quando era Oliver Matthias — a criança prodígio, o ator principal, a paixão adolescente — me dizendo, em essência, que estava de olho em mim.

As luzes no lobby de entrada piscaram.

— Hora do show! — Oliver exclamou. — Espero que gostem.

— Obrigada — agradeci.

Ele fez um aceno com a cabeça na minha direção e, então, voltou-se para Gabe.

— Vai na festa depois?

— Vai ter cerveja?

Oliver revirou os olhos.

— É claro que vou — disse Gabe.

— Você também está convidada — disse Oliver para mim, com educação mas nenhuma animação verdadeira.

— Ah, obrigada.

As luzes piscaram mais uma vez.

— Nós te vemos depois — disse Gabe.

Nós.

Praticamente flutuei para dentro do anfiteatro ao lado de Gabe.

Enquanto caminhávamos até nossos assentos, as pessoas se viravam e nos encaravam.

Não estava acostumada com isso. Especialmente com a confusão e a decepção que enxergava naqueles rostos quando os olhares passavam de Gabe para mim. O choque estampado ali era quase cômico. "Ele está com *ela*?"

Metade de mim queria corrigi-los — queria garantir que não, nós não estávamos juntos, que podiam continuar acreditando que as regras do universo que mantêm gente bonita separada de gente normal ainda estavam em pleno vigor —, mas a outra metade queria agarrar o braço de Gabe e se aninhar bem pertinho dele. Só para confundir a cabeça daquelas pessoas.

Ao sentarmos, eu me sentia cada vez mais um peixe fora d'água, principalmente quando várias pessoas se viraram para dar uma espiada, disfarçando com a clássica espreguiçada. Não estavam enganando ninguém, especialmente um que nos encarou duas vezes seguidas. Era meio hilário, meio ofensivo.

Encolhi os ombros, desejando ser menor.

— Eu não devia estar aqui — falei para mim mesma.
— Não fala besteira — disse Gabe.
Aparentemente, eu não tinha falado baixo o suficiente.
— Você é impressionante — disse ele.
Pisquei.
— Eu?
— É, você. Você escreve um monte de matérias, tem o seu blog e também faz várias outras coisas. Você é esperta e criativa. Isso é impressionante.

Eu queria poder discutir com ele. Queria dizer que, entre os meus colegas de profissão, eu não era nada impressionante. Que não tinha nenhum contrato de publicação nem leitores fiéis. Que precisava brigar com unhas e dentes a cada entrevista que fazia, que precisava provar meu valor toda vez.

Mas a expressão em seu rosto era tão genuína, tão séria, que segurei a língua e me permiti digerir suas palavras. E quando o fiz, percebi, com uma surpresa agradável, que, para alguém como Gabe, era realmente possível que eu fosse impressionante. Porque ganhava a vida com a minha escrita. Não era uma vida boa, quaisquer que fossem os critérios, mas eu sobrevivia. Minha escrita me dava sustento suficiente para que eu não precisasse fazer mais nada.

Eu não sabia o que dizer.

— Obrigada — foi o que finalmente decidi dizer, no momento em que as luzes se apagaram.

FÃS DE CINEMA

"PARTINDO NOSSOS CORAÇÕES COMPARTILHADOS" (TRECHO)

POR EVAN ARNOLD

Tem uma coisa com que todos nós, comentaristas cínicos e de corações gelados, parecemos concordar quando o assunto é o mais novo longa-metragem de Oliver Matthias: leve lencinhos de papel. O filme é emocionante à mais alta potência e merece cada soluço que arranca.

Se você assistiu Matthias em *Tommy Jacks* e pensou: *Uau! Isso sim é atuar*, bom, espectador, você ainda não viu nada.

Corações compartilhados é um filme romântico exuberante, que conta com um elenco assombrosamente talentoso, mas Matthias se destaca. Ele sempre se destaca.

O ator vai partir seu coração na pele de Jonathan Hale, um comerciante vivendo maus bocados na Grã-Bretanha pós-guerra, que se vê envolvido em um romance desafortunado com Barbara Glory, que talvez, ou não, seja uma ex-espiã.

Matthias está querendo mostrar algo com esse filme. Ele está dizendo para o público — que engloba as mesmas pessoas que fizeram a pior escolha de elenco do mundo — "*este* poderia ter sido o seu James Bond".

Só podemos imaginar o completo arrependimento que estão sentindo nesse momento.

CAPÍTULO 13

O FILME FOI INCRÍVEL.

— Gostou? — perguntou Gabe quando estávamos nos misturando à multidão que saía da sala de cinema.

Eu estava com a mão na garganta — ela estava ali desde os últimos trinta minutos. Com pura força de vontade e uma vida inteira de aprendizado para evitar a vergonha de chorar em público, consegui segurar as lágrimas, mas, ainda assim, aquela experiência me deixou à flor da pele.

— É... — Engoli em seco. — É muito bom.

Dei uma olhada para Gabe, esperando encontrar inveja em seu rosto, mas não havia nada disso ali.

— Ele é uma lenda — falou. — Se você acha que assistir é bom, experimente atuar ao lado dele. É uma aula magna de técnica.

Consegui acenar com a cabeça.

— Vamos para a festa? — perguntou.

Lembrei da expressão de Oliver quando estendeu o convite para mim. Educado, mas não realmente interessado. Ele tinha me incluído por causa de Gabe, mas não confiava em mim.

— Não sei... — respondi.

— Vamos — disse Gabe. — Vai ser legal. Podemos contar para o Ollie que você quase chorou. Ele vai adorar.

Era difícil dizer não para Gabe. E a verdade é que eu não queria. Estava me divertindo.

E por que não estaria? Um dos homens mais lindos do mundo — a celebridade por quem eu era apaixonada — estava me tratando como se eu pertencesse àquele mundo. Era um sentimento inebriante.

— Tudo bem — falei.

Também estava levando o perfil em consideração, ainda que me sentisse dividida. Gabe tinha me dado carta branca para escrever sobre aquela noite, mas eu sabia que ele tinha bebido e que talvez não fosse muito ético da minha parte aceitar sua permissão, concedida sem pensar muito.

Também sabia que aquela era uma oportunidade pela qual qualquer escritor na minha situação mataria.

Gabe é um adulto, eu disse a mim mesma. Ele sabia o que estava fazendo e, se não soubesse, não era culpa minha ter interpretado sua oferta de forma literal.

Só precisava continuar repetindo isso para mim mesma.

A *after party* seria no restaurante do hotel ao lado do anfiteatro. Era um lugar imenso, lindo e caro, onde, com certeza, já havia ocorrido muitos eventos do tipo. Sem dúvidas, os funcionários tinham visto muita coisa ao longo dos anos.

Oliver já estava lá quando chegamos.

— Ele nunca assiste ao filme inteiro — disse Gabe. — Só os primeiros dez minutos, e aí cai fora.

— Ele não gosta de se ver nas telas? — perguntei.

Gabe encolheu os ombros, como se dissesse: "melhor perguntar pra ele".

Arranjos de flores suntuosos estavam dispostos no centro de cada mesa, e garçons vestidos em ternos pretos carregavam bandejas com aperitivos, pequenos e delicados, e bebidas majestosas. O salão exalava dinheiro e glamour.

Agarrei minha bolsa com mais força debaixo do braço, dolorosamente ciente do rasgo na lateral do meu vestido.

— Vou pegar uma bebida — disse Gabe. — Quer alguma coisa?

— Quero, sim.

Ele acenou e um dos garçons trouxe até mim um drinque em degradê cor-de-rosa, com metade de uma fatia de abacaxi na borda do copo.

— Consegue me arranjar um uísque com gelo? — pediu Gabe ao garçom.

— Claro — disse o garçom.

Gabe estendeu algumas notas para ele.

— Peça pra mandarem mais depois, o.k.?

Devia ter sido uma boa quantia, porque os olhos do garçom, cuja expressão era neutra, arregalaram-se por um breve momento.

— É claro, senhor Parker — disse ele.

Gabe colocou a mão na minha lombar e com um toque gentil me direcionou para um estofado redondo em um canto no salão. Uma pequena placa sobre ele dizia RESERVADO.

Sentei com a minha bebida ali, o couro do estofado rangendo embaixo de mim. Segurei a respiração, antecipando o som de veludo se rasgando, mas, por sorte, meu vestido aguentou firme enquanto eu me ajeitava no lugar.

Foi só depois de o garçom reaparecer com a bebida de Gabe que me dei conta de quão esquisito era que um completo estranho soubesse seu nome e como encontrar você em meio a uma multidão.

— Saúde! — disse Gabe.

Brindamos com nossos copos e cada um tomou um gole. No instante em que senti o gosto do meu drinque sabia que estava encrencada. Era exatamente o tipo de coquetel doce e fácil de beber que acabaria pegando alguém desprevenido.

E eu não estava me sentindo nada cautelosa.

— Está se divertindo? — perguntou Gabe.

Metade da bebida dele já tinha sumido.

— Estou, sim — respondi.

Ele acenou com a cabeça e se recostou no assento.

— A primeira vez é mesmo divertida — disse ele.

— Mas não a segunda, a terceira ou a quarta?

Meu gravador estava dentro da bolsa, mas eu sabia que Gabe se fecharia por completo no instante em que o visse. Eu provavelmente não poderia citar diretamente nada do que ele dissesse, mas talvez ainda conseguisse usar uma coisa ou outra.

Gabe entornou o resto de seu drinque.

— É mais legal quando a première não é sua — disse ele.

Ele estava olhando para o outro lado do salão, e eu segui seu olhar. Jacinda Lockwood — na verdade, era impossível não vê-la naquele vestido turquesa-neon, o cabelo puxado para cima em um penteado majestoso — tinha acabado de entrar no restaurante.

Percebi o momento em que viu Gabe — e também a mim —, porque ela parou por um momento. Em seguida, deu-nos as belíssimas costas e ofereceu ao resto dos presentes o tipo de sorriso pelo qual se paga milhares de dólares ao dentista.

— Você vai lá dar um oi? — perguntei, sem conseguir me segurar.

— Talvez — disse Gabe.

Outra bebida tinha aparecido na frente dele — eu estava tão ocupada olhando para Jacinda que mal notei — e, quando voltei meus olhos para trás, ela tinha desaparecido em meio à multidão. Peguei um vislumbre ou dois de seu vestido, difícil de ignorar, mas Jacinda parecia estar mantendo distância.

— Pelo visto, vocês dois vão começar a passar muito mais tempo juntos no set de James Bond — cutuquei.

— Ahã — respondeu.

— Você viaja daqui a umas semanas?

— Ahã.

O salão em si estava bastante barulhento, mas em nossa mesa de canto as coisas estavam quietas. Se eu focasse em

Gabe, na minha bebida, no arranjo de flores e nas velas queimando no centro da mesa, era como se estivéssemos em um mundo à parte. Tanto que, nos momentos em que erguia os olhos, levava um momento para que eles se acostumassem e os borrões móveis escuros se tornassem pessoas.

— A sua vida vai mudar — falei.

Isso o deixou surpreso.

— Vai — falou ele, finalmente.

— Você não vai mais ser só Gabe Parker. — Estiquei as mãos em um gesto amplo. — Vai ser o Gabe Parker.

— É o que me dizem.

Ele estava olhando para o próprio copo, os cubos de gelo tilintando enquanto ele mexia o uísque restante. O refil certamente chegaria dali a pouco. Sem nem ter percebido direito, eu tinha terminado o meu próprio drinque e estava mordiscando o abacaxi, sentindo-me solta e afável.

— Eu sei de todos os motivos para as pessoas acharem que eu não deveria fazer o papel de Bond — disse Gabe.

Um papel que ele não merecia — ou, pelo menos, era o que ele tinha me dito no dia anterior.

Ele ergueu a mão e foi levantando um dedo a cada motivo.

— Não sou uma estrela famosa o suficiente. Beijei um homem em uma peça de teatro na faculdade. Sou norte-americano. Não sou Oliver Matthias. — Ele olhou para a própria mão e levantou o quinto dedo. — Sou burro demais.

— Burro demais? — retruquei, embora soubesse exatamente do que ele estava falando.

— Você sabe — disse ele, a atenção ainda concentrada nos dedos esticados. — Só sou bom em interpretar gostosões palermas que morrem nos primeiros trinta minutos.

Eu não disse nada. Tinha lido aquele mesmo artigo.

Como esperado, outro copo de uísque apareceu na mesa, vindo da área sombria do lado de fora de nosso círculo de luz aconchegante. Também tinham me trazido mais um drinque.

Eu sabia que não devia, mas bebi mesmo assim.

— Não acho que você seja burro — falei, enfim.

Gabe olhou para mim por cima da borda de seu copo, uma sobrancelha erguida.

— Eu me formei no ensino médio por um triz — contou Gabe. — Fui para uma faculdade de segunda graças à bolsa de estudos que ganhei por jogar futebol. — Ele bateu o nó dos dedos contra a testa. — Provavelmente, perdi os neurônios que sobraram no campo antes de me lesionar. Nunca li esses autores importantes, como Hemingway, Fitzgerald, Salinger. — A voz dele ficou muito baixa e lenta. — Não sei nem pronunciar o nome do cara que escreveu *Lolita*.

— Nabokov — falei sem pensar.

Gabe fez um gesto em minha direção, como se eu tivesse acabado de confirmar seu raciocínio.

— Existem tipos diferentes de inteligência — consolei, sem entender muito bem por que estava afagando o ego dele naquele momento.

— Ah, é mesmo? — perguntou Gabe, aquela sobrancelha desconfiada agora permanentemente arqueada. — Até onde sei, ou você é inteligente ou não é. Simples assim.

Sacudi a cabeça.

— Inteligência emocional. Isso existe.

— É como se dissesse que uma pessoa é simpática quando perguntam se ela é bonita.

— É, você *com certeza* sabe do que está falando — retruquei, sarcasticamente.

Olhamos um para o outro. Ele estava irritado. Eu estava irritada.

— O filme vai provar que eles estão errados — afirmei, como se soubesse de alguma coisa.

Eu não sabia.

A verdade é que eu queria acreditar que o conhecia. Porque, se fosse verdade, aquele pequeno momento — aquela noite — era mais do que apenas um perfil. Se fosse, eu poderia me convencer de que tinha algo rolando entre nós. Que o jeito como ele tinha me olhado naquele vestido, como tinha apoiado a mão nas minhas costas, como estávamos ali, em nosso cantinho escuro, eram tudo indícios de algo a mais.

Jacinda tinha reaparecido em meio à multidão, mas dessa vez ela e Gabe estavam dando o melhor de si para evitar contato visual. E eu estava dando *o meu* melhor para fingir que não os via ignorando um ao outro.

Percebi que estava um pouquinho bêbada.

Não era bem uma surpresa — eu tinha bebido dois drinques de abacaxi enormes e cheios de álcool e comido apenas dois minúsculos bolinhos de caranguejo, delicados e deliciosos, desde que tínhamos chegado à festa.

— Eu vi *Núpcias de escândalo* — disse Gabe.

Endireitei as costas.

— E? — perguntei. — O que você achou?

Gabe suspirou.

— Ah... — falei.

Talvez, no fim das contas, fosse *aquilo* que começaria a despedaçar a minha paixonite por ele.

— É maravilhoso — respondeu ele.

— Ah — disse.

— O ritmo, o diálogo, a química. — Gabe gesticulou. — Como é que qualquer outra comédia pode superar isso?

Sorri e me inclinei em direção a ele.

— É bom, não é?

— Bom? — Gabe sacudiu a cabeça. — É perfeito!

— A melhor comédia já produzida. — Ergui meu terceiro drinque de abacaxi.

Não me lembrava de quando ele tinha aparecido.

Meus lábios estavam formigando, um sinal inconfundível de que já tinha bebido o suficiente, mas eu estava com sede e aquele drinque estava *muito* bom.

— Uma vez, vi uma lista das cem melhores comédias e *Núpcias de escândalo* era o número trinta e oito! Trinta! E! Oito! — Bati o dedo na mesa para dar ênfase.

— Um absurdo — disse Gabe. — Deveria, no mínimo, estar entre os três primeiros.

Sacudi a cabeça. Ela estava muito, muito pesada.

— Deveria ser o número um. — Fiz um gesto amplo e veloz com o dedo.

Eu definitivamente estava bêbada.

— Deveria mesmo — disse Gabe, mas dava para ver que ele estava tentando me acalmar um pouco. Brincando comigo.

Eu não me importava.

O peso visível em seus olhos indicava que ele também estava ficando embriagado, mas, pelo jeito, ele era um bêbado quieto, introspectivo, enquanto eu era barulhenta e enérgica.

— Sabe qual era a pior parte da lista? — perguntei.

Ele sorriu.

— Não — disse. — Mas espero que você me conte.

— Vou contar! — exclamei, o dedo ainda em riste. — A pior parte da lista é que ela estava cheia de filmes sem graça feitos por gente sem graça. *Pulp Fiction* não é uma comédia! E nem vou falar nada de *Noivo neurótico, noiva nervosa*.

Um brilho de interesse surgiu nos olhos de Gabe. Ele se curvou para a frente, com os cotovelos apoiados na mesa e os braços cruzados. Se eu também me inclinasse, nossos narizes poderiam se tocar.

— Por quê? — perguntou. — O que tem de errado com *Noivo neurótico, noiva nervosa*?

Eu sabia que deveria parar de falar. Mas, em vez disso, tomei outro gole longo da minha bebida e simplesmente segui em frente.

— Bom, tá certo, eu nunca assisti...

— Você nunca assistiu *Noivo neurótico, noiva nervosa*? — perguntou Gabe.

— O Woody Allen é um merda — confessei. — Não assisto aos filmes dele.

— Uau! O que foi que ele te fez?

— Ele é um nojento — eu disse, preparando-me para entrar no ritmo da minha própria indignação. — Ele odeia mulheres. E, obviamente, tem uma obsessão doentia por garotas, considerando que está sempre escolhendo a si mesmo, um marmanjo crescido, para papéis ao lado de adolescentes e, ah, sim, casou-se com a filha da própria namorada! E mesmo ignorando tudo isso, o que você não deveria fazer, os filmes dele continuam sendo ruins e chatos. São sempre a mesma coisa, uma oportunidade pra ele fazer monólogos sobre como é esquisito e desajeitado, e aí meninas loiras se apaixonam por ele por literalmente motivo nenhum. Além disso, ele *odeia* mulheres judias. Ele usa os próprios filmes para *se* promover e se coroar o rei do humor e do talento judaicos enquanto perpetua estereótipos abomináveis de que mulheres judias são estridentes e controladoras. Ele não é inteligente, não é interessante e não tem talento.

Lá ia eu de novo. Gabe estava só tentando conversar sobre filmes e eu tinha que começar um discurso feminista para explicar o meu ódio por Woody Allen (e o quanto eu não o suportava).

Antes que pudesse me desculpar, Oliver apareceu na outra ponta da nossa mesa. Sua gravata estava afrouxada, o primeiro botão da camisa, aberto e seu colete tinha se perdido em algum momento entre a première e a festa. Mas continuava lindo de morrer.

— Do que estão falando? — perguntou ele.

— De por que o Woody Allen é um bosta — disse Gabe.

Não afundei meu rosto nas mãos por muito pouco. Como saber o que Oliver pensava sobre Woody Allen? Talvez já tivesse trabalhado com ele ou quisesse fazer isso no futuro. Talvez ele o conhecesse. Ou o admirasse. A maioria das pessoas o amava — ou, no mínimo, amava o trabalho dele e ignorava todo o resto.

— Ah — disse Oliver.

Fez-se uma pausa muito, muito longa.

— Ele é *mesmo* um bosta, né?

Eu o encarei. Ao que tudo indicava, eu tinha passado de canalha perigosa a confidente de fofocas ofensivas em uma velocidade vertiginosa. Não que eu estivesse reclamando.

— Chega pra lá — falou ele para Gabe, que atendeu seu pedido.

Afinal de contas, a noite era de Oliver.

Nós nos movemos para dar espaço e Oliver foi deslizando pelo banco até aparecer diretamente na minha frente, o joelho de Gabe pressionado contra o meu. Precisei lutar contra o impulso de enroscar minha perna na dele como se fosse uma videira.

— O que é pior pra você? — perguntou Oliver. — Os filmes superestimados ou aquela timidez fingida que ele chama de personalidade?

— Os dois?

Oliver gargalhou, espalmando a mão na mesa.

Quando as pessoas ao redor se viraram para encarar, ele se curvou para a frente e colocou um dedo em frente à boca, como se *eu* é que estivesse sendo escandalosa.

Chegamos mais perto uns dos outros, aproximando-nos da vela, como se estivéssemos conduzindo uma reunião secreta. Se alguém tivesse dito para o meu eu adolescente que aquilo que me faria agradar Oliver Matthias, o Darcy dos meus sonhos, era o nível de ódio que eu tinha por Woody Allen, eu teria chamado essa pessoa de maluca.

Àquela altura, eu ainda não estava convencida de que a situação toda não era um delírio febril muito longo, causado por todo o tempo que eu gastava olhando fotos de Gabe sem camisa antes de dormir.

— Mas é melhor mantermos isso em segredo — disse Oliver, olhando ao redor em tom conspiratório. — Nunca se sabe quando os fãs do Woody vão atacar com seu grito de guerra de "separem a arte do artista". — Ele fez uma expressão um pouco amarga. — É claro que as pessoas só se importam em defender gente horrível que cria arte horrível.

— A Chani acha *Angels in America* uma ótima peça — interveio Gabe.

Soou como um comentário completamente aleatório, mas Oliver arqueou uma sobrancelha.

— Ah, é?

— E acha que as pessoas que veem um problema no fato de eu ter beijado outro homem no palco na época da faculdade têm questões pessoais mais graves para resolver.

Os dois estavam imersos em outra conversa, completamente descolada da nossa outra discussão.

— Entendo — disse Oliver.

— Pois é. — Gabe tomou um golinho de sua bebida e se inclinou no encosto do estofado.

Oliver voltou a atenção para mim e sorriu. Um sorriso verdadeiro.

— Ele me falou que você é inteligente — disse ele.

— Eu sou. — O álcool estava me deixando tão atrevida quanto ruborizada.

Ou talvez a origem do rubor fosse saber que Gabe tinha conversado com Oliver a meu respeito, que eu tinha sido assunto de uma conversa entre dois dos homens mais lindos e desejados de Hollywood.

E que tinha sido enaltecida nessa conversa.

Tive que me beliscar. Só para confirmar que tudo aquilo estava realmente acontecendo. Belisquei forte o suficiente para fazer um hematoma.

— Gostamos de mulheres inteligentes — disse Oliver, lançando para Gabe um olhar deliberado.

Quase engasguei com a minha bebida.

Será que a natureza sugestiva daquele comentário era coisa da minha cabeça? Ou a situação estava a um passo de revelar o tipo de propensões sexuais secretas e inesperadas das quais Jo tinha me alertado?

Eu estava encarando Gabe e Oliver abertamente, tentando entender se a conversa secreta deles tinha envolvido investigar se eu toparia sexo a três.

E ao mesmo tempo tentando descobrir se, de fato, eu toparia sexo a três.

— Falando em mulheres inteligentes... — Gabe deu uma olhada ao redor. — Onde está a sua acompanhante?

Ou a quatro.

Afinal de contas, Isabella Barris era assombrosamente linda. Para alguém como ela, concordar em fazer sexo a quatro com alguém como eu seria o equivalente a fazer uma caridade.

Oliver sacudiu a mão.

— Mandei pra casa — falou. — Ela cumpriu o papel e está livre de suas responsabilidades.

Foi sutil, mas o comportamento de Oliver mudou. Assim como o colete desaparecido e a gravata afrouxada, eu conseguia sentir que algo estava se soltando nele. Relaxando.

Considerando que eu já tinha pensado que ele estava completamente à vontade quando se aproximou da nossa mesa, fiquei ainda mais impressionada com suas habilidades de atuação.

— Cadê sua bebida? — perguntou Gabe, fazendo um gesto para a área escura antes que Oliver pudesse responder.

— É melhor eu parar por aqui — eu disse, mas, antes que eu impusesse mais resistência, outro coquetel surgiu na minha frente.

— A *Corações compartilhados* — falou Gabe.

Erguemos nossos copos.

— Vocês gostaram? — perguntou Oliver depois de todos termos tomado um gole.

— Se gostei? — Gabe levou a mão ao peito e começou a falar em um sotaque britânico. — Companheiro, você é um ícone. Deveriam fazer uma estátua de bronze sua e colocá-la na frente do Grauman's.

— O sotaque está ficando muito bom — disse Oliver. — Obrigado.

— É só pedir — disse Gabe.

— Para com isso. — Oliver sacudiu a mão.

Eu estava confusa.

Mesmo sob a luz baixa do restaurante dava para ver que Oliver parecia cansado. Não fisicamente, mas um cansaço mais profundo, mais emocional, parecia estar presente. A cada minuto que ele passava sentado conosco, eu via os vestígios de sua performance começarem a desvanecer.

Gabe esticou a mão e segurou seu ombro.

— O filme é ótimo — disse ele.

— Eu sei. — Oliver fechou os olhos.

Gabe pressionou o ombro de Oliver, uma versão afetuosa do aperto no nervo que faz desmaiar, dos vulcans de *Star Trek*.

— Fez a Chani chorar.

— Que bom! — disse Oliver.

Ele tinha deixado a cabeça pender para trás, apoiando-a na parede.

— Certo. — Gabe fez uma sonora palmada.

Dei um pulo, mas Oliver só abriu um olho.

— Vamos embora daqui — disse Gabe.

— Vamos? — perguntou Oliver, abrindo o outro olho.

— Ô, se vamos! — disse ele. — O seu filme é bom pra cacete e nós vamos comemorar.

Oliver endireitou as costas.

— Achei que era isso que estávamos fazendo — disse ele, fazendo um gesto em direção ao resto do salão.

— Eu sei que não é assim que você quer comemorar — disse Gabe. — Não em um evento exorbitante desses, onde todo mundo está lambendo sua bunda e tentando assinar algum contrato.

Um brilho divertido apareceu em seus olhos e Oliver pareceu ficar mais animado.

— Não?

— Não — disse Gabe. — Vamos lá. Você sabe que quer.

— É claro que quero — disse Oliver. — Mas *você* quer?

Eu não tinha ideia nenhuma do que estava acontecendo, mas meu coração parou um instante quando os dois se viraram e olharam para mim, como se tivessem acabado de lembrar que eu ainda estava ali.

— E quanto a ela? — perguntou Oliver em voz baixa, indicando-me com a cabeça.

Gabe ergueu um ombro.

— Você que sabe.

— Podemos confiar nela?

Eu tinha noventa e cinco por cento de certeza de que não era algo sexual. No entanto, os outros cinco por cento...

— Não sei.

Gabe se voltou para mim.

Minha garganta secou. Oliver era maravilhoso, mas se eu tivesse que escolher, preferiria ficar com Gabe. Sozinha.

— Podemos confiar em você? — perguntou Gabe.

Noventa e cinco por cento.

— Podem.

O_LANCE_PONTO_COM.BLOGSPOT.COM

"FALHANDO NA AMIZADE"

Se tem um pecado pelo qual eu gostaria que Hollywood se redimisse, não seria fortalecer a crença no amor à primeira vista ou em as almas gêmeas existirem. Seria me convencer de que aquelas amizades que eu assistia nas telas eram possíveis na vida real.

Vocês sabem de que tipo de amizade estou falando.

A amizade dos apertos de mão secretos. De assistir a filmes, aninhados embaixo de um cobertor, dividindo um copinho de sorvete. O tipo de amizade de falar no telefone por horas depois de já termos passado o dia inteiro com aquela pessoa.

O tipo de amizade com amor incondicional, apoio infinito, afinidade mútua.

Tenho quase certeza de que esses tipos de amizade foram completamente criados por Hollywood.

Porque, se essas amizades existem mesmo, nunca tive uma assim.

bjsdaChani

CAPÍTULO 14

LEVEI DEZ MINUTOS PARA ENTENDER ONDE ESTÁVAMOS.

— Isso é... Estamos em uma balada gay? — perguntei.

Culpei o álcool, porque era bem evidente que estávamos em uma balada gay.

Tínhamos passado direto pela frente do prédio e entrado por uma passagem lateral, de onde fomos imediatamente levados para uma área vip cercada por cordões de veludo, não muito longe da pista de dança principal. A música deveria ter me alertado — nunca tocam música pop boa nas baladas comuns.

Também tinha todos aqueles homens seminus se pegando ao meu redor. Os que já não estavam ocupados encaravam as minhas duas companhias com a mesma intensidade, mas parecia que só uma os olhava de volta.

Eu não sabia se podia culpar o álcool por não ter enxergado que Oliver era gay. Isabella Barris claramente tinha sido usada como uma belíssima cortina de fumaça naquela noite, e eu tinha caído direitinho.

— Estamos em uma balada gay — confirmou Gabe.

Tanto ele como Oliver tinham deixado seus paletós em algum lugar. Imaginei que uma das vantagens de ser uma celebridade era poder abandonar peças de roupa sabendo que as encontraria depois. Ou simplesmente não se importar caso elas se perdessem.

A música estava tão alta que o chão vibrava.

Eu não sabia o que fazer com o fato de estar em uma balada gay com Gabe Parker e Oliver Matthias. E com os dois sabendo que eu estava escrevendo um perfil de Gabe.

— Vocês são...? — perguntei.

— Não — respondeu Oliver. — O Gabe é só um grande amigo.

Ele estava inclinado sobre o colo de Gabe, então "grande amigo" podia ter vários significados. Oliver percebeu minhas sobrancelhas erguidas e se apressou em esclarecer.

— Ele vem junto comigo para me dar apoio — explicou.

— Não é nada de mais — disse Gabe. — Também gosto da música.

Eu e Oliver o encaramos.

Ele deu de ombros.

— Querem shots de gelatina? — perguntou ele. — Acho que precisamos de uns.

Desdobrando sua silhueta esguia, Gabe levantou-se do sofá e se dirigiu ao bar.

— Vão cair matando em cima dele — disse Oliver.

Ele não estava errado. De todos os lados, os presentes viravam a cabeça conforme se davam conta de quem Gabe era. Uma boa quantidade de curiosos também diminuía o passo quando passava ao lado de nossa área.

Senti uma pontada de preocupação. Parecia impossível que aquela notícia não se espalhasse.

— Isso não é um problema? — perguntei. — Para você ou para ele?

Oliver olhou para mim.

— Não sei — disse ele, a voz calma. — Você vai fazer disso um problema?

Aquela ali não era uma história qualquer. Era a história.

Gabe Parker e Oliver Matthias passando a noite em uma balada gay? Era algo que chegaria em *todo lugar*.

Naquele momento, eu mal tinha um perfil. Depois da nossa entrevista no dia anterior, passei uma hora na frente do computador tentando decidir qual seria minha abordagem. Tentando encontrar o coração da minha história. No fim, tudo que tinha eram provas de que Gabe era tão lindo e encantador quanto todos queriam que ele fosse. Seria ótimo para a carreira dele — mais uma matéria puxa-saco e cheia de elogios — e exatamente o tipo de perfil que todos esqueceriam em poucos dias.

Eu já tinha escrito aquele tipo de matéria. Estava cansada delas. Cansada de ver meu nome ao lado das manchetes — manchetes que eu, é claro, nunca escrevia —, que pareciam sempre a mesma coisa, uma atrás da outra.

Jeremy sempre dizia que me faltava uma voz. Eu sabia que ele estava tentando ajudar, que seus comentários — suas críticas — realmente vinham de sentimentos de cuidado e preocupação. Afinal de contas, *ele* tinha uma voz. Era o que todos os nossos professores diziam.

— Sua escrita é comum — dizia ele. — Não tem qualquer personalidade.

A pior parte é que eu sabia que ele tinha razão.

Só não sabia o que fazer a respeito.

Eu queria mais. Queria trabalhar mais. Escrever mais. Que minhas palavras fossem honestas e genuínas. Colocar algo no mundo de que me orgulhasse. Que tivesse a *minha* cara.

Fazia um bom tempo que eu tinha escrito qualquer coisa próxima disso e, mesmo quando aconteceu, não impressionou ninguém.

Aquela era a minha chance.

Mas...

— Podemos confiar em você? — tinha me perguntado Gabe.

Eu me dei conta de que não conseguiria fazer aquilo. Não tinha estômago para tal.

Não queria que Oliver me odiasse. Não queria que Gabe me odiasse. Talvez eu estivesse sendo ingênua, pensando que estava ali por conta de alguma conexão genuína entre nós, mas, mesmo que nada daquilo existisse, não queria que eles pensassem que eu era o tipo de pessoa que faria qualquer coisa por uma história.

Eu não queria ser esse tipo de pessoa. Nem mesmo se significasse que eu seria uma escritora melhor.

— Não é um problema — assegurei a Oliver.

Ele relaxou.

— Não estou me escondendo — disse ele. — Só quero ser capaz de controlar essa narrativa.

— Mas e se alguém daqui sair falando? — perguntei.

— Sempre venho neste lugar — disse Oliver. — Já ouviu alguma coisa a respeito?

Sacudi a cabeça.

— E o Gabe não é...

— Não — disse Oliver. — Mas acho que você já sabe disso.

Como se pudesse nos ouvir — uma possibilidade nula, dado o volume da música, o tamanho da sala e todas as pessoas entre nós —, Gabe se virou para nos observar do bar. Oliver e eu erguemos a mão. Gabe sorriu, mas não desviou o rosto.

Em vez disso, repetiu o que fez quando me viu no tapete vermelho — um olhar longo e agonizantemente lento, que ia do topo da minha cabeça até a ponta dos dedos dos meus pés doloridos.

Em qualquer outra circunstância, eu saberia dizer o que aquele olhar significava. Mas ele era Gabe Parker. E eu era eu.

Vi como as pessoas tinham virado o pescoço quando chegamos à festa. Vi como elas olhavam fixamente quando estávamos no restaurante no dia anterior. Como tinham gritado no tapete vermelho e se esticado para tentar falar com ele. Como estavam olhando para nós agora. Caramba, vi até como aquela corretora tinha praticamente prometido um outro tipo de comissão se ele me levasse de volta para o meu carro e a deixasse mostrar a banheira de hidromassagem na cobertura.

Ele era um gostoso. Um gostoso autêntico e licenciado. Poderia ter qualquer pessoa que quisesse.

Eu era uma escritora alta, de peito pequeno, com lindas marquinhas de celulite na minha linda bundinha. Tinha arrancado um pelinho do queixo havia poucos dias. Ainda apareciam espinhas em todo o meu ombro. Não me depilava com cera.

Nós éramos de mundos diferentes.

E, ainda assim, seus olhos estavam fixos em mim.

— Conseguiu a sua história? — perguntou Oliver.

— Hã?

Gabe estava voltando com uma bandeja.

— Aqui estão — disse ele.

— Saúde! — disse Oliver, e dessa vez brindamos com shots de gelatina.

Mesmo já tendo bebido três drinques e meio e dado um golinho do cantil de uísque, virei um shot de gelatina — sabor cereja — e, na mesma hora, senti-me de volta à faculdade.

Gabe se recostou no sofá de veludo, o braço esticado por cima do encosto. Ele indicou com a cabeça o espaço entre nós dois. Mover-me naquela direção me faria ficar mais próxima dele, aninhada contra seu corpo alto e sólido, seu braço já em posição para me puxar ainda mais para perto. Se ele quisesse, poderia colocar a mão nos meus cabelos. Se eu quisesse.

E eu queria.

Queria muito.

Tomei mais um shot, mas não me mexi. Meus lábios pareciam inchados.

— Agora que você acabou sua pesquisa, vamos nos divertir — disse Oliver.

Ele me passou mais um shot. Eu peguei e virei o copo. Era *bom*.

Oliver sorriu.

— Vamos lá. — Ele me ergueu, e eu o segui avidamente.

Gabe ficou onde estava. Ele se mexeu só para tirar as pernas compridas da frente para que pudéssemos passar.

— Ele nunca levanta do sofá quando saímos juntos — disse Oliver.

Ele me girou como se estivéssemos dançando valsa num salão e não no meio de uma balada gay, onde todo mundo estava seminu, suado e a aproximadamente um único shot de gelatina de bater em retirada para transar em algum canto.

— Oliver...

— Ollie.

— Ollie. — Eu tinha acabado de ligar alguns pontos na minha cabeça, mas esperava estar completamente enganada. — O pessoal do Bond sabe a respeito disso?

Fiz um gesto em direção à balada e a ele. Lembrar que eu estava ali por conta de um trabalho ajudava a me estabilizar. O que era necessário.

Ele congelou por um momento. O suficiente para eu saber que estava certa. Então começou a se mexer no ritmo da música.

— Eles queriam que eu assinasse uma cláusula de moralidade — disse ele.

— Cláusula de moralidade?

— Era bem vago e em juridiquês, mas a essência era que, se eu fizesse algo que pudessem chamar de "moralmente questionável", seria demitido na mesma hora — disse Ollie. — Ficou bem claro que não queriam que eu me assumisse.

Franzi o nariz, sem saber o que dizer. Parecia ridículo alguém se importar com uma coisa dessas, mas eu sabia que era verdade. O fato de artigos não pararem de ressuscitar a história do papel de Gabe em *Angels in America*, quando ele estava na *faculdade*, deixava bem claro que algumas pessoas se importavam com isso, e muito.

— *Ele* não sabia — disse Ollie.

Inclinei a cabeça.

— O Gabe. — Ollie indicou Gabe com o queixo.

Ele continuava no sofá, os dedos longos tamborilando contra seu joelho.

— Ele sabia que eu era gay. Mas não que eles tinham entrado em contato comigo primeiro. Sobre o Bond — disse Ollie. — Quando descobriu, ele ameaçou se demitir.

Nós giramos. O globo espelhado brilhante jogava luz em nosso rosto.

— Eu pensei a respeito — disse Ollie. — Disse a mim mesmo que não estava pronto para me assumir ainda, então por que não ficar no armário só um pouco mais?

Ele jogou a cabeça para trás.

— Mas assinar um negócio chamado "cláusula de moralidade"? Deixar que eles comparassem minha sexualidade a um problema moral? — Ele baixou o olhar de novo para mim. — Não. Isso eu não podia fazer.

Concordei com a cabeça, mas estava perdida em meus próprios pensamentos.

Ollie parou de girar, interrompendo o nosso movimento.

— Por favor — pediu ele.

Eu sabia o que ele estava pedindo. Dessa vez, não hesitei.

— Não vou contar nada.

Ele balançou a cabeça, mas era óbvio que não tinha certeza de que podia confiar em mim.

— O perfil é do Gabe — falei. — Fomos assistir ao seu filme e foi incrível. Ele é fã do seu trabalho e você o apoia. Vocês são amigos. Bons amigos. Não existe rivalidade entre os dois. Você, na verdade, insistiu que ele era a pessoa certa para o papel.

Ollie soltou o ar.

— Obrigado — disse ele.

Dançamos praticamente de rosto colado, ele segurando minha mão entre nós dois como um casal de filme antigo. Nada naquela situação deveria ser normal, mas de alguma forma, era assim que parecia.

Eu estava dançando lento com Oliver Matthias em uma balada gay. Nada mais normal que isso, não é?

— Meu agente acha que isso vai acabar com a minha carreira — disse ele. — Tenho medo de ele estar certo.

Eu não podia prometer a ele que não seria assim.

— Ou talvez só faça você ainda mais famoso e fabulosamente inalcançável.

Ele riu.

— Não quero ser corajoso por me assumir. Não quero ser um herói, um ícone, nada do tipo. Só quero ser um ator. Talvez, algum dia, um diretor. Um diretor famoso. Famoso, bonito e rico. Não o diretor famoso, bonito, rico e *gay*.

— Sei como é — eu disse. — Estou acostumada a preencher a cota da amiga judia.

— Você é de Los Angeles — disse ele.

Concordei.

— Mesmo assim.

Ele deixou escapar um assobio baixo, quase inaudível por causa da música.

— Um colega do ensino fundamental me perguntou onde ficavam os meus chifres — eu disse.

Ele riu, num tipo de humor funesto.

— Todo mundo sempre quer saber quando é que eu "me descobri" — disse ele.

— Sempre me perguntam o que eu acho do Papai Noel.

— Ficam querendo saber quem é a mulher da relação.

Eu me encolhi de constrangimento.

— Eu faria uma piadinha sobre circuncisão — eu disse. — Mas prefiro *cortar* esse assunto agora.

Ollie riu. E riu. E riu.

Não era uma piada tão boa, mas estávamos ambos a caminho de ficar muito bêbados e, talvez, de nos tornarmos amigos, e coisas que normalmente são horríveis podem parecer divertidas e engraçadas quando estamos embriagados.

Eu não sabia o que tinha feito para merecer aquilo — a confiança e a amizade aparentes de Ollie —, mas não ia reclamar.

— Gosto de você — disse ele.

Era difícil separar Ollie, a pessoa, de Oliver, a estrela de cinema, e não consegui ignorar a descarga de endorfinas que me dominou ao ouvir que Oliver, a estrela de cinema — a pessoa que eu assistia desde que era uma pré-adolescente —, gostava de mim.

— E acho que ele também gosta de você — continuou.

Ollie me girou para que eu desse uma olhada rápida em Gabe, ainda sentado no sofá. Ele estava nos observando.

— Ele está com ciúmes — disse Ollie, e colocou a mão no meu quadril.

— Não está, não — falei — É o Gabe Parker.

— Você acha que ele não tem sentimentos? — perguntou Ollie. — Ele é um ator. Ele tem todos os sentimentos.

— Essa, por um acaso, é uma referência a *O clube das desquitadas*?

— Você por acaso entendeu que essa é uma referência a *O clube das desquitadas*?

Sorrimos um para o outro.

— Eu sabia — disse ele. — Tenho gosto impecável para pessoas.

— Vou acreditar.

Ele me girou sob o próprio braço no momento em que começou a tocar outra música. Uma que eu conhecia muito bem. Ela atravessou o meu corpo no mesmo instante em que me dei conta de quanto estava bêbada.

— Eu amo essa música! — gritei por cima do som.

— Eu também!

Era uma daquelas canções clássicas, puramente pop. Uma música que faz você cantar junto, dando pulos no ar e balançando as mãos loucamente. Uma música dessas é impossível de evitar. Ela se torna parte de você. Você se torna ela. Quando esse tipo de música começa a tocar, você não é nada além de um receptáculo para seu esplendor.

Eu estava bêbada e atrevida o suficiente para, à medida que sacudia os quadris, girar na direção da área vip. Na direção de Gabe. Ele continuava sentado ali, os dedos longos alisando o encosto de veludo do sofá, como se me dissesse que ainda tinha espaço para mim ali. Que se eu voltasse e me sentasse ao lado dele, aquela mão poderia estar no meu braço. Correndo pelo meu pescoço. Segurando o meu maxilar.

Em vez disso, chacoalhei de leve os ombros e estiquei as mãos na direção dele. Chamando-o.

— O Gabe nunca dança — disse Ollie, envolvendo-me com os braços, nós dois formando uma criatura de duas cabeças e quatro braços, ambos clamando por Gabe. — Ele não vai vir.

— Azar o dele — respondi, e me virei nos braços de Ollie. — Está ótimo aqui.

Foquei a atenção na dança, mas Ollie estava distraído.

— Puta. Merda — disse ele.

Eu me virei novamente e lá estava ele. Gabe. Na pista de dança. Na minha frente.

— Oi — disse ele.

Pelo menos foi o que imaginei que ele tivesse dito. A música estava tão alta que não dava para ter certeza, mas ele disse *algo*. Seus lábios tinham se curvado em um sorriso depois de pronunciarem alguma coisa que provavelmente não era mais complicada do que "oi".

Mas foi como se ele tivesse dito muito mais. Só por estar ali. Na pista de dança comigo e com Ollie.

Ollie, que estava praticamente perdendo as estribeiras por causa de Gabe.

— Você conseguiu — disse ele, as mãos nos meus ombros, dando-me um chacoalhão. — Sua sereia judia sem-vergonha! Você botou ele de pé.

Gabe revirou os olhos para Ollie e me encarou. Um olhar que dizia que, talvez, ele preferisse estar de joelhos. Na minha frente.

Não. Eu estava sendo ridícula. Mesmo que estivesse bêbada e ele também estivesse bêbado, eu ainda estava, de alguma forma, conectada à realidade. Gabe era um sedutor por natureza. Não era nada pessoal. Era um instinto. Um reflexo.

Ainda assim, minhas pernas enfraqueceram, e a combinação da tensão sexual intensa que subitamente estalou entre nós dois com os shots de gelatina, que tinham me dado coragem para chamá-lo, fez-me cair para a frente de um jeito que não era sexy nem atraente.

De um jeito ou de outro, fez com que Gabe esticasse os braços na minha direção.

Uma garota mais esperta teria planejado que acontecesse exatamente assim. Ela provavelmente teria conseguido fazer aquele movimento de forma mais charmosa e natural, uma leve queda direcionada diretamente para o abraço de Gabe.

Eu, por minha vez, torci-me e pulei feito um peixe fora d'água. Num instante eu estava nos braços dele e, no seguinte, de volta à pista.

Ele me lançou um olhar estranho — ninguém podia culpá-lo — e deu de ombros.

As caixas de som estavam ensurdecedoras — como é que aquela música ainda estava tocando? —, então deixei que ela e o álcool assumissem o controle. Meus ombros tomaram a frente, balançando enquanto a música fluía através de mim. Ninguém diria que eu era uma boa dançarina, mas era empolgada e amava, *amava* dançar.

Ollie, por outro lado, de fato dançava com habilidade, entregando-se completamente à música — a cabeça jogada para trás, os braços para cima, os quadris acertando cada nota do baixo como se estivessem na percussão. Eu sabia que Gabe ainda estava ali, mas não conseguia olhar para ele. Se ele dançasse feito um bobo — como era o caso da maioria dos homens hétero —, eu não estava pronta para que a minha fantasia se dissolvesse completamente.

O som diminuiu de volume e a música mudou. Era outra faixa incrível — quem quer que estivesse comandando a *playlist* naquela noite deve ter conectado as caixas de som direto na minha memória. Era a sobrecarga de nostalgia perfeita — todas as minhas músicas pop favoritas da época da faculdade. De uma época em que eu, de fato, saía de casa regularmente — em que ainda era capaz de beber vodca com Red Bull e ir para a aula depois. Eu sabia que meu corpo doeria no dia seguinte, mas a música estava tão boa e eu me sentia tão bem que não queria parar.

Apesar de não saber nenhum passo de dança, eu tinha bastante cabelo, então o jogava de um lado para o outro, amando a sensação das mechas passando pelo decote baixo das costas do meu vestido. Uma pequena intimidade que eu podia dividir comigo mesma. Eu estava me divertindo.

Em dado momento, girei os braços e acertei algo sólido.

A barriga de Gabe.

Eu tinha feito tudo que podia para não tocá-lo. Era antiprofissional. Mas eu queria. Queria *ele*.

Queria com tanta intensidade que ficava até um pouco assustada.

Puxei minha mão de volta, mas ele já tinha me segurado. Com um movimento inacreditavelmente suave, ele puxou meu pulso e me girou para seus braços.

Todo o contato físico que eu tinha tentado evitar estava acontecendo agora. Do peito aos joelhos. Estávamos apertados um contra o outro, minha mão presa entre nossos corpos, a dele espalmada em minha lombar. Era uma sensação boa. Incrivelmente boa.

Fitei seu pescoço. Estava um pouco suado, e dava para sentir o perfume caro que ele usava, qualquer que fosse, misturado com algo mais primal. Mais parecido com ele.

Eu estava bêbada demais. Não só de álcool, mas da intoxicação de estar próxima de alguém que tinha sido objeto do meu desejo por tanto tempo. Alguém que parecia ser intocável. Inalcançável.

Alguém que definitivamente estava ficando duro.

Eu conseguia sentir a pressão inconfundível dele contra minha barriga. Lentamente, tirei os olhos da gola da camisa de Gabe e os ergui em direção ao rosto dele.

Ele estava me olhando. Seu olhar era intenso, firme, e eu pude *sentir* quando ele respirou fundo — sentir quão entrecortada sua respiração estava.

Meu coração batia com tanta força que quase doía.

A música parecia ser uma névoa densa nos cercando, capturando-nos, isolando-nos.

A pista de dança estava escura — não escura demais, mas o suficiente. Eu não sabia onde Ollie estava. Ele poderia estar bem atrás de mim ou do outro lado do salão. Não conseguia focar em nada além do rosto de Gabe. Em seus olhos inabaláveis, fixos, abertos.

Eu tinha praticamente memorizado aquele rosto nas telas. Pensava que conhecia cada detalhe dele. Mas aquilo era novo. Diferente.

Ele ainda não parecia totalmente real, mesmo que eu pudesse senti-lo — *todas* as partes dele — pressionado contra o meu corpo. Parecia uma fantasia. Uma *bem incrível*, mas, ainda assim, uma fantasia.

Uma voz nas profundezas da minha cabeça tentava atravessar a bruma surreal que tinha se formado à minha volta, lembrando que eu era uma jornalista e Gabe, o meu entrevistado, e que tinha toda uma série de dinâmicas de poder questionáveis em jogo ali.

Eu tinha me preocupado tanto que ele pensasse que eu seria capaz de qualquer coisa para conseguir uma boa história que não tinha parado para pensar que talvez ele não tivesse reserva alguma a respeito de tomar a iniciativa.

Então, ele pressionou o quadril ainda mais contra o meu. Por um instante, pensei que estava caindo, perdendo o equilíbrio, mas percebi que ele estava se movendo no ritmo da música, nossos quadris balançando para a frente e para trás, de um lado para o outro.

Ele dançava *bem*.

Não era extravagante, empolgado, nem mesmo muito expressivo. Mas sutil. Eu duvidava que qualquer um além de mim soubesse que ele estava dançando no ritmo da música. Mas ele estava. Perfeitamente. Sedutoramente.

Ele colocou a mão no meu quadril, a outra pressionada contra a curva da minha lombar, exatamente acima da minha bunda. Mantendo-me próxima. Não que eu estivesse pensando em ir a lugar algum. Na verdade, tudo que fiz foi derreter ainda mais em seus braços, as minhas próprias mãos se dirigindo aos bíceps deles. Puta merda, como eram duros.

E ele estava duro. *Muito* duro.

Eu não queria pensar em todos os motivos pelos quais aquilo era profissionalmente questionável. Não queria pensar que aquela, talvez, fosse a maneira de Gabe me bajular, garantir que eu escreveria um bom perfil dele. Não queria pensar em quão completamente insana toda a situação era.

O que eu queria era me aproximar mais dele. Tocá-lo.

A mão no meu quadril começou a subir, acariciando a lateral do meu corpo, meu braço, e parando no meu peito. Não no meu *peito* em si, mas no osso do meu esterno. Ele acariciou minha clavícula com o polegar, e soltei um suspiro.

Não foi alto o suficiente para que ele ouvisse, mas ele definitivamente sentiu.

Eu sabia que tinha sentido porque ele sorriu.

Um sorriso lento e obsceno.

Então, com o outro braço envolvendo minha cintura, ele me deu um leve empurrão no peito.

De alguma forma, eu sabia exatamente o que ele estava fazendo e, dessa vez, consegui me inclinar para trás. Deixei que meu corpo se soltasse e caísse por cima do braço dele.

Ele deveria ter cambaleado o corpo. Deveria ter perdido o equilíbrio. Mas ele era Gabe Parker e sabia *exatamente* o que estava fazendo.

Ele me segurava em um aperto forte e meticuloso, e antes que me desse conta do que estava acontecendo, fui puxada de volta para seus braços.

O que é isso agora, Dirty Dancing?, pensei enquanto era colocada de volta na vertical.

Eu estava boquiaberta. Parecia a cena de um filme. A coisa toda era bizarra, surreal e impossivelmente sexy.

Gabe estava me olhando de cima, com um sorriso presunçoso no rosto. O meu lado competitivo não podia deixar barato. Fiz minha própria jogada, mexendo o quadril contra o dele, arqueando as costas até que meus peitos — modestos e inofensivos como eram — estivessem pressionados contra o peitoral dele e sua mão escorregasse para baixo até tocar a minha bunda.

A presunção desapareceu e deu lugar à surpresa — como se ele não estivesse esperando aquilo. Como se não estivesse esperando nada daquilo. Especialmente a forma como estava se sentindo. Porque eu sabia *exatamente* como ele estava se sentindo. E era bom. Intoxicante. Poderoso.

Ali estava ele, um dos caras mais lindos do planeta — de acordo com a revista *People* —, excitado e com o corpo colado no meu.

Passei a língua pelos lábios. Ele me observou.

Algo estava prestes a acontecer.

Só que não aconteceu.

Porque, naquele momento, Ollie reapareceu dançando entre nós. Nós nos separamos, Gabe arrumou a calça e eu fiz o melhor que pude para não ficar encarando. Não tive muito sucesso, e quando Gabe percebeu, deu-me o mesmo sorriso safado e maravilhoso de antes. O tipo de sorriso que me dizia que, se eu quisesse sair dali com ele, coisas muito, mas muito indecentes poderiam estar em meu futuro próximo.

— Vamos lá — disse Ollie, ou não notando o que estava acontecendo entre mim e Gabe ou me salvando daquilo.

Ele me deu um puxãozinho na mão e ouvi um som de tecido rasgando. Não precisei nem olhar para saber que era o meu vestido — podia sentir uma brisinha batendo ali.

Ollie me puxou para longe, adentrando cada vez mais a multidão de corpos na pista de dança. Tive um vislumbre de Gabe parado ali, em uma extremidade. Ele ergueu a mão e, então, desapareceu.

FÃS DE CINEMA

"RESENHA DE A RARIDADE DE HILDEBRAND"

POR NICOLE SCHATZ

A cada novo Bond surge um novo coro de desaprovação. Os consumidores são voláteis — sempre querem algo novo, mas não *esse* tipo de novo. Querem ser desafiados, mas reconfortados ao mesmo tempo. Querem novos ângulos, mas só de uma forma que já seja familiar.

Ou seja, o público tende a aceitar algo diferente desde que esse algo, na essência, pareça igual.

Ninguém queria que Gabe Parker interpretasse James Bond. As estrelas não estavam a seu favor desde o momento em que o anúncio foi feito — especialmente quando se acreditava que ele tinha sido escolhido em detrimento de seu companheiro de cena em *Tommy Jacks*, Oliver Matthias.

A princípio, era um insulto o fato de que Matthias é britânico e Parker definitivamente não. O público do futuro já tinha começado a sofrer com a visão de Parker, cuja imagem é a de um garotão másculo e gente boa, atuando com trejeitos sofisticados enquanto tenta fazer um sotaque britânico.

Então, quando a gravação de seu teste vazou e ficou claro que o sotaque não seria um problema — nem a aura de garotão, que ele transformou na aura de Bond de maneira particularmente única e encantadora —, os críticos precisaram encontrar outra razão para considerarem Parker inadequado para o papel.

Tal razão assumiu a forma da repercussão homofóbica nada sutil que surgiu ao lembrarem que Parker já ousou interpretar um homem gay morrendo de Aids em uma apresentação de *Angels in America* durante a faculdade.

Como James Bond pode ser interpretado por alguém que beijou outro homem num palco?, gritou a classe média norte-americana.

A resposta, como sabemos agora, é: muito, *muito* bem.

O Bond de Parker é uma revelação.

E Chani Horowitz nos alertou de que seria. Se você foi um dos milhões que leu o perfil que ela escreveu da estrela, sabe que ela fez todo o possível para nos vender a ideia, por assim dizer.

Fica claro que os produtores estavam cientes de que o filme teria pouquíssimo tempo para convencer o público de que escolheram o homem certo, e eles usam esses momentos perfeitamente. A entrada de Parker remete a outras de ótimos personagens — em que a atuação, a edição, a direção, a trilha sonora, tudo se reúne para criar um resultado verdadeiramente inesquecível.

Pense na entrada de Hugh Grant em *O diário de Bridget Jones*. Na de Rex Manning em *Império dos discos*. Na de Darcy em qualquer adaptação decente de *Orgulho e preconceito*.

Assim é Gabe Parker como James Bond.

Icônico.

Nós nem mesmo o vemos de primeira. Há um mar de homens de terno e cabelo escuro em uma festa de gala, uma ou outra bela mulher salpicada na multidão. Todos são poderosos e cheios de confiança. Exceto um.

Ele é filmado por trás, mas sua linguagem corporal não demanda atenção. Pelo contrário. Bond está escondido em um canto, os ombros curvados, os olhos — por trás de óculos à *la* Clark Kent — focados à sua frente, bebericando o drinque que é sua marca registrada.

Está observando alguém. E não é o único. Todos ali estão olhando para a mais nova *Bond girl*, Jacinda Lockwood, que está resplandecente em um vestido vermelho-vinho que flutua sobre sua pele, íntimo e delicado como uma camisola de cetim. Ela está dançando com alguém que tem o dobro de sua idade.

Bond assiste a certa distância, mas vemos seus olhos de perto. Estão cheios de desejo.

Lockwood olha por cima do ombro de seu parceiro e o vê. A música acaba e ela se retira da pista de dança, afastando-se de Bond.

Ele coloca o drinque em uma bandeja que está passando, e é então que a transformação acontece. Parker caminha na direção dela, endireitando os ombros, arrumando o cabelo com a mão, os óculos guardados no bolso.

No momento em que a alcança, ele já é outra pessoa.

Ele puxa Lockwood para seus braços e os dois deslizam para a pista de dança. Movem-se próximos um do outro, com o salão inteiro assistindo a Bond envolver a cintura dela. Com a outra mão traça sua clavícula e, com um empurrão nem tão gentil, ela se deixa cair para trás e, longa e lentamente, ele desenha um semicírculo com o corpo dela.

Quando é puxada de volta, Lockwood — e todo o resto do salão — está apaixonada pelo Bond de Gabe Parker.

Não é surpresa que Jacinda Lockwood tenha se casado com ele menos de uma semana depois do início das filmagens.

AGORA

CAPÍTULO 15

ESTOU COMETENDO UM ERRO TERRÍVEL.

— Eu deveria cancelar — digo.

— Deveria? — pergunta Katie.

Ela está fazendo aquela coisa que eu detesto.

— É, deveria — respondo.

Katie encolhe os ombros. Ela está sentada no meu sofá, o cabelo preso naquele coque caótico — o que sempre parece não ter exigido esforço algum dela, mas que fica parecendo um enroladinho de canela peludo quando tento fazer em mim mesma. Ela está lendo uma revista e parece despreocupada com o meu dilema. Tenho quase certeza de que só está esperando eu sair para purificar todo o meu apartamento. De acordo com ela, as vibrações ali estão fazendo mal demais para o meu bem-estar.

Também tenho quase certeza de que a única coisa no meu apartamento que faz mal para o meu bem-estar sou eu mesma.

— Vou te comprar uma planta enquanto você estiver fora — diz ela, ainda olhando para a revista. — Talvez duas.

— Eu vou acabar matando elas, de qualquer jeito — digo. — Não faça disso um homicídio duplo.

— Vou arranjar uma planta impossível de matar. — Ela vira a página. — Você está precisando.

Quando fomos embora de Nova York, Katie tinha empacotado seu — já lotado — apartamento inteiro e enviado a própria vida de um lado do continente ao outro. Eu enfiei quatro caixas de livros no cantinho do caminhão de mudanças que ela contratou, enchi duas malas com roupas e deixei todo o resto para trás.

Katie levou três dias para recriar sua casa acolhedora e boêmia. Eu estou morando no mesmo lugar há um ano e ainda não comprei nem o estrado da cama. O sofá é da seção de descontos da Ikea, a mesa veio do sótão dos meus pais e o guarda-roupas da última pessoa que morou ali.

Eu poderia ter trazido metade do que tinha em Nova York, mas não queria nada daquilo.

"Parece que um estudante universitário deprimido mora aqui", disse minha irmã da última vez que me visitou.

Antes, eu amava deixar minha casa aconchegante. Procurava objetos artísticos, móveis antigos e peças de cerâmica estranhas para preenchê-la. No momento, a única decoração em todo o apartamento é um quebra-cabeças ainda não terminado na mesa de jantar.

Minha terapeuta diz que estou com medo de criar raízes de novo.

Não acho que ela esteja errada, mas saber disso não me faz tomar alguma providência a respeito.

Se me ausentar durante o fim de semana, tenho certeza de que Katie vai fazer mais do que só comprar umas plantinhas para mim.

— Não posso ir para Montana com Gabe Parker — digo.

— Com o Gabe — corrige ela. — Ele é só o Gabe.

Olho feio para ela.

— Você deveria ser a voz da razão.

Ela cai na risada. Minha frase, claro, é uma mentira completa. Katie nunca foi a voz da razão em situação nenhuma.

— Você sabe que não é por isso que estou aqui — diz ela.

Ela é o tipo de pessoa para quem se liga quando precisamos roubar um banco e queremos que alguém nos dê permissão para tal.

Minha mala está na porta. O carro vai chegar a qualquer momento.

— Se você quiser mesmo, quando sua carona chegar, eu posso ir lá fora e dizer que você mudou de ideia — diz Katie.

Eu mordisco o canto da boca.

— É *isso* o que você quer? — pergunta ela.

— Isso é uma má ideia — digo.

Ela dá um tapinha na almofada ao seu lado. Sento ali.

— Você sabe o que vou dizer.

— Talvez — digo.

Mesmo assim, ainda quero ouvir. Porque Katie é a única pessoa que sabe a verdade sobre o que aconteceu entre mim e Gabe. Ela sabe porque, depois daquela festa no Brooklyn, depois de tudo que Jeremy disse, depois de eu ter aparecido na porta dela, molhada até os ossos, a garganta dolorida de tanto chorar, contei *tudo* a ela.

Katie acredita no poder do universo, no carma e em propósitos. Eu sei que, do ponto de vista dela, a razão de Gabe estar de volta em minha vida é um tipo de sinal. E que é minha responsabilidade seguir um sinal desses.

— Ele não é o Jeremy — diz Katie.

Solto o ar.

Ela tem razão, mas não estou hesitando só por causa disso.

Não consigo fugir de Gabe, e me parece quase inútil tentar.

Depois do lançamento do meu primeiro livro, fui convidada para participar do *Good Morning Today*. Era minha primeira aparição na TV e eu estava animada e nervosa. Jeremy não pôde ir, mas Katie tinha sido a minha acompanhante nos bastidores e me ajudara a ficar mais calma antes de entrar. Eu estava usando um vestido estampado azul que outra amiga escritora me garantiu que ficaria bom nas câmeras. Tinha pago para arrumarem meu cabelo e fazerem minha maquiagem.

Seria uma aparição curta — uma chance para que eu falasse a respeito do meu livro — e minha agente estava animada com a oportunidade de divulgação.

Eu não estava preparada para quão claro e alienante o set era. Fiquei grata por não precisar entrar com as câmeras ligadas. Eles me levaram ao meu assento e ajeitaram meu microfone durante o intervalo comercial. Ali, em meio às luzes ofuscantes, era como se Carol Champion — a apresentadora — e eu estivéssemos em uma ilhazinha isolada.

Tudo o que eu conseguia enxergar era Carol e foquei nela como se ela fosse o bote salva-vidas para o qual eu estava nadando.

De início, tudo estava indo bem. Carol perguntou sobre o livro e eu consegui amarrar várias frases coerentes uma na outra. Até a fiz rir. Então, com um sorriso conspiratório, ela se curvou na minha direção.

— Obviamente, precisamos falar sobre *aquele* perfil — disse ela.

Era como se o meu sorriso estivesse parafusado no meu rosto.

— Obviamente — falei.

Eu tinha me preparado para aquele momento. Estava sempre preparada.

Só não tinha me preparado para a maneira como Carol voltou ao lugar e olhou sobre o meu ombro, na direção de uma câmera.

— Todos vocês sabem de que perfil estou falando — disse ela antes de piscar exageradamente com um olho só. — Aquele que fez de Gabe Parker um nome famoso.

— Bom, acho que ele não precisou da minha ajuda para...

— Você já o viu de novo desde que escreveu o perfil? — perguntou Carol.

Minhas mãos estavam geladas.

— Não.

— É mesmo? — O rosto de Carol se contorceu em uma falsa expressão de surpresa. — Vocês não mantiveram contato?

— Foi só uma entrevista. — Tentei mudar de assunto. — Tem várias outras no livro...

— O que você diria a ele se o visse? — perguntou Carol. — Se ele entrasse nesse palco agora mesmo?

Não me lembro nem do que disse. Só sei que meu cérebro entrou em pânico, como se tivesse sido atirado em areia movediça, agitando-se sem parar, mas só conseguindo afundar cada vez mais. A ideia de Gabe aparecer ali — de nos encontrarmos novamente daquela maneira — tinha feito cada parte de mim desligar, como um computador sendo puxado da tomada.

Mas Gabe não estava lá, e acho que Carol se desculpou comigo pela "pegadinha inofensiva", como ela chamou mais tarde. Katie disse que eu tinha me virado bem, mas eu sabia que minha expressão de pânico só tinha jogado mais lenha na fogueira das fofocas de que algo lascivo tinha acontecido naquele fim de semana, e que eu só estava sendo modesta.

Dez anos atrás, durante aquele almoço, eu tinha pensado sobre a fama. Em como eu a desejava.

Eu era tão idiota naquela época. Não tinha ideia de que a fama era a grande pata de macaco dos desejos. Nunca nos damos conta do preço que ela cobra até que ele já tenha sido pago. Até que não podemos mais voltar atrás.

Eu não era famosa, mas era *conhecida*. E estava claro que só era conhecida porque as pessoas queriam saber a respeito daquela noite. Não queriam saber da minha escrita ou das minhas ideias — de literalmente nada a meu respeito. Queriam saber se, naquela noite de dezembro na casa dele, eu tinha transado com Gabe Parker.

Até meus *pais* tinham me perguntado.

— Devemos esperá-lo para o jantar de Shabat? — Foi o jeito como minha mãe perguntou.

— Será que ele sabe o que é Shabat? — foi o do meu pai.

Eu só ri, da mesma maneira que ria de todas as outras perguntas. Esperei que as pessoas parassem de se importar. Fiz o meu melhor para superar a situação e, agora, estava me deixando ser arrastada exatamente para o mesmo lugar.

Eu deveria ter dito não. Deveria dizer não agora.

— Posso mandar ele ir embora — diz Katie. — Eu ia adorar. Ia até colocar no meu currículo. — Ela abre as mãos amplamente. — Los Angeles: moradora manda Gabe Parker sozinho para Montana sem um pingo de consideração.

— É antiprofissional — digo.

— Não é com isso que você está preocupada — diz ela.

Odeio como ela sempre tem razão.

— Tudo isso é ridículo — digo. — O que é que estou esperando que aconteça? Não sou mais uma menininha de vinte e seis anos deslumbrada.

— Isso é verdade — diz Katie. — Vocês dois mudaram. Cresceram.

É uma questão aberta a debate.

— Eu não sei o que ele quer de mim — sussurro.

— Acho que você sabe, sim — diz ela. — Acho até que, talvez, você queira o mesmo.

Chacoalho a cabeça, porque realmente tenho medo de admitir que é verdade. Porque fazer isso seria outra pata de macaco. Você espera uma coisa e consegue algo completamente diferente.

— Vá para Montana — diz Katie.

Meu celular vibra. O carro chegou.

— Você não precisa decidir mais nada — diz Katie. — Leve quanto tempo precisar. Dez anos se passaram. Não tem motivo para pressa.

Isso foi como uma permissão para roubar o banco. Lentamente. Com muito cuidado.

Eu a aceito.

Porque, não importa como, preciso saber como essa história termina.

Carrego a minha mala para fora e a entrego ao motorista. Ele abre a porta para mim e encontro Gabe no banco de trás.

— Ah — digo, deslizando para o lado dele.

— Você se incomoda? — pergunta ele. — Achei que fosse facilitar um pouco as coisas.

— Não — digo. — Não me incomodo.

Mas me incomodo, sim. Achei que teria um pouco mais de tempo para me preparar para o que viria a seguir. Achei que teria todo o percurso de carro até o aeroporto de Los Angeles para fazer isso.

De qualquer forma, lembro a mim mesma que não tem motivo para pressa.

— Eu disse que te levaria para Montana — diz Gabe.

— Não fique se achando — digo.

Seu sorriso murcha, mas só um pouquinho.

É desconfortável estar ali, naquele banco traseiro. O motorista liga o rádio, mas o que quer que esteja tocando parece ser abafado pela tensão incrivelmente esquisita que se instalou entre mim e Gabe.

— Não sei se isso é uma boa ideia — digo, finalmente.

Ele se mexe, virando na minha direção.

— Também não — diz ele. — Mas qual o pior que pode acontecer?

Aquilo não é exatamente algo que me inspire confiança. Não gosto de não saber. Da última vez que fiz algo impulsivo assim, acabei morando em Nova York por quase oito anos.

— Acho que você vai gostar de Montana — diz Gabe. — Temos estações demarcadas lá.

— Nunca ouvi falar disso — digo.

Ele sorri, e não consigo evitar de fazer o mesmo. Gosto do cinza em seu cabelo — e do pouco que está salpicado em sua barba também. Gosto das linhas que rodeiam o canto de seus olhos.

— Ouvi dizer que tem essas coisas em Nova York — diz ele. — Estações demarcadas.

Meu sorriso se desmancha.

— Bom, sim — digo.

— Ele ainda está por lá? — pergunta ele, como se não soubesse a resposta. — O Romancista?

— Jeremy — digo. — Ele ama aquele lugar.

— Você não amou.

Considerando que ele sabe da existência da minha newsletter, provavelmente tem uma ideia do que eu tinha achado de morar em Nova York.

— Não achei que você fosse gostar — diz ele.

— Você não me conhece tão bem assim — digo.

Ele dá de ombros.

— Você disse que não gostava da cidade — lembra ele.

Odeio o fato de ele se lembrar das nossas conversas. Torna tudo aquilo bem mais difícil. Torna mais difícil ter raiva dele. E eu *quero* ter raiva dele.

É mais fácil do que ter raiva de mim mesma. E do que ter medo.

— Eu não sabia do que estava falando naquela época — digo. — Nunca tinha morado lá.

— Mas você sabia que não gostava de lá.

— O que é que eu sabia? — pergunto. — Eu tinha vinte e seis anos. Ninguém sabe de nada com vinte e seis anos. Fico abismada com a minha própria arrogância. Com o fato de eu pensar que sabia de alguma coisa.

— Não é sempre assim? — pergunta ele. — Não acha que vai estar dizendo a mesma coisa daqui a dez anos?

— Acho — digo, minha irritação aumentando.

— Você é muito dura consigo mesma.

— Minha eu do passado merece. Ela era boba, ingênua e idiota. Acreditava em coisas que já devia ter o discernimento para não acreditar.

Ele não diz nada. Nós dois sabemos do que estou falando. Sabemos que estou falando dele. Ele é o erro. Aquilo em que acreditei.

— Meu eu do passado era bem idiota também — diz ele, finalmente. — Não soube reconhecer uma coisa boa enquanto a tinha.

— Você não me tinha! — vocifero. — Aliás, você mal me conhecia.

— Estava falando da minha carreira — diz ele.

Sinto meu rosto esquentar, e me viro de lado. Eu me sinto culpada e uma idiota. Quero voltar para o meu apartamento triste e vazio. Quero escrever a versão mais rápida e preguiçosa possível desse perfil e mandá-lo para a minha editora. Quero cortar, completa e permanentemente minha conexão com Gabe Parker. Quero superar isso. Superar ele.

— Mas não só da minha carreira — acrescenta ele, em voz baixa.

Isso não ajuda.

Então, como se as coisas não pudessem piorar, *aquela* música começa a tocar na rádio. A música que Gabe e eu dançamos naquele fim de semana. Aquela que dançamos grudados, do peito aos joelhos, e Gabe tinha me envolvido com os braços e inclinado meu corpo para baixo.

Naquela época, eu achava que era a coisa mais sexy e romântica que já tinha acontecido comigo.

E, então, Gabe se casou com Jacinda Lockwood quase que imediatamente depois de o perfil ser publicado, e tive que assistir a ele fazer o *mesmo* movimento com ela no cinema, na sequência de abertura de seu primeiro filme como James Bond.

O clima dentro do carro está tenso como uma corda esticada, e eu sei que Gabe se lembra da música. Sei que ele está pensando no que aconteceu na balada.

— Sobre aquela noite... — diz ele.

Cruzo os braços.

— Aquele fim de semana todo — ele se corrige. — Eu sinto muito.

— Você já se desculpou — digo.

Não quero que ele sinta muito. Sentir muito é a confirmação de que ele estava fingindo o tempo todo. Desde pegar o meu número, passando por me levar à estreia do filme e, então, convidar-me para sua festa.

— Está tudo bem — digo. — Nós dois éramos jovens e idiotas. Eu devia ter sido mais sensata.

Faz-se uma longa pausa.

— E agora? — pergunta ele.

— Eu deveria ser mais sensata agora também, mas... — Faço um gesto abrangendo o carro, abrangendo-o. — Acho que não aprendi nada.

Apoio a cabeça no encosto do banco e olho pela janela. É, então, que percebo que não estamos indo para o aeroporto de Los Angeles.

Já que tenho praticamente certeza de que Gabe não está me sequestrando, não digo nada até chegarmos a um pequeno aeroporto particular no vale. O carro vai até o asfalto, onde um avião está esperando; é quando me viro para Gabe, incrédula.

— Um jatinho particular? — pergunto.

Pelo menos Gabe tem o bom senso de parecer acanhado.

— Não é meu — diz ele. — E não foi ideia minha.

Eu o encaro, mas ele só levanta as mãos.

— Isso é ridículo — digo, tentando soar tão irritada quanto possível, mas a verdade é que estou um pouquinho impressionada.

E irritada comigo mesma por estar impressionada.

Eu não deveria me deixar afetar por nada disso. Deveria ser imune aos encantos dele. Imune ao canto da sereia das estrelas de Hollywood e a todas as armadilhas requintadas que fazem parte do pacote.

É decepcionante perceber que me deslumbro tão fácil, como Jeremy sempre pensava.

"Você ama a ideia da fama", costumava dizer ele. "Você *quer* ser famosa."

Ele dizia aquilo como se fosse a coisa mais repugnante que alguém poderia querer. Como se desejar aquilo significasse que eu merecia tudo que aconteceu, que eu merecia as pessoas presumirem que meu sucesso era uma consequência direta de ter transado com uma celebridade.

Não que Jeremy não cobiçasse esse tipo de atenção. Ele se recusava a admitir em voz alta, mas eu sabia a verdade. Ele queria que as pessoas falassem a seu respeito. Queria que soubessem o seu nome.

Ele ficaria de joelhos por um jatinho particular.

Pelo menos, tenho quase certeza de que sim.

E, pelo menos, sei que a *isso* eu não estaria disposta. Não por um jatinho particular.

Também sei que ainda estou com raiva de toda aquela coisa da dança, que tecnicamente não é culpa de Gabe e, que, lá no fundo, estou com mais raiva de mim mesma do que qualquer outra coisa, mas no momento é mais fácil estar irritada com o jatinho particular.

— Não é meu — diz mais uma vez Gabe enquanto saímos do carro. — E ele insistiu.

Fico confusa, até que um rosto familiar aparece no topo da rampa. Ele faz uma pose.

— Querida! — diz Ollie, as mãos apoiadas nos quadris. — Quanto tempo!

Não consigo evitar; fico felicíssima em vê-lo. E grata por não ter que passar toda aquela viagem até Montana dentro de um avião particular só na companhia de Gabe. O trecho de carro já foi tenso o suficiente.

Gabe ajuda o motorista a descarregar as nossas malas enquanto Ollie desce os degraus aos pulinhos e me puxa para um abraço que tira meus pés do asfalto.

— Quando soube que vocês iam recriar aquela famosa entrevista, implorei para o Gabe me deixar participar — diz Ollie, assim que me coloca de volta no chão.

— Eu recusei — diz Gabe.

— Ele recusou — confirma Ollie.

Ollie está me segurando pelos braços e se inclina para trás, observando-me como um pai orgulhoso cuja filha acabou de voltar para casa depois do primeiro ano na faculdade.

— Ele te queria toda só para ele — diz Ollie em voz baixa.

— Queria mesmo — diz Gabe, passando por nós com as malas nas mãos.

Apesar de ainda estar um pouco irritada com ele, meu rosto fica vermelho. É difícil não ficar perplexa e atordoada com toda aquela atenção.

— Um jatinho particular, hein? — pergunto, olhando para a aeronave linda e cintilante.

— Ridículo, eu sei — diz Ollie. — Terrível para o meio ambiente. E extravagante demais. — Ele me dá uma piscada. — Mas eu te disse que faria isso.

É verdade. Ele disse. Sinto um estranho orgulho por Ollie. Ele, de fato, conquistou exatamente o que esperava conquistar. No entanto, junto ao orgulho, tem também um pouco de inveja. Eu a engulo.

— Fico feliz por você — digo.

Ele passa o braço ao meu redor e me dá um apertão.

— Vamos levar vocês para Montana.

O LANCE (NEWSLETTER)

"O ZEN NOS QUEBRA-CABEÇAS"

Faz um bom tempo que comecei a montar quebra-cabeças.

Eles me distraem do meu próprio cérebro. Ajudam-me a lidar com ocasionais crises de depressão, de solidão, de isolamento.

Eles me dão algo para fazer que não requer a minha atenção integral.

Esta é a minha receita perfeita para montar um quebra-cabeça: colocar um filme depois do jantar, engolir um comestível canábico e começar a montar até o efeito bater. Geralmente, acontece quando não estou mais entendendo o que está acontecendo no filme e encarando a mesa com a mão vazia pairando em cima das peças.

Gosto de começar pela borda.

Quero criar limites — contextos — para o que quer que eu esteja montando. Quero saber onde vai terminar. Não é o jeito mais divertido de começar um quebra-cabeça — ou um projeto — e, às vezes, a borda pode ser um pesadelo, mas é o único jeito que funciona para mim.

Nunca se sabe se um quebra-cabeça vai ser bom até entrarmos de cabeça nele.

A parte legal começa quando eu sei onde estão meus limites. Quando sei com o que estou lidando. É, então, que começo a classificar minhas peças, agrupando-as por cores ou padrões. Não as disponho na mesa, ainda não — só as empilho fora da borda. Ainda não estou preparada para juntar tudo.

Até que, de repente, sinto-me pronta.

Não há qualquer lógica nisso. Nem raciocínio. Só instinto.

E tem algo de extremamente prazeroso em terminar um quebra-cabeça. Em colocar a última peça, o clique macio e gostoso de tudo se encaixando perfeitamente.

Mas essa não é a minha parte favorita.

Minha parte favorita vem depois que passo as mãos sobre a superfície lisa e montada, maravilhando-me com o trabalho que completei, e desfaço tudo.

bjsdaChani

CAPÍTULO 16

— SABE... — OLLIE SE INCLINA EM SEU ASSENTO, O DEDO APOIADO no queixo. — O divórcio te fez bem.

— Meu Deus — diz Gabe.

— O quê? — Ollie dá uma cotovelada nele antes de se virar para mim. — É verdade. Sua pele está brilhante, seu cabelo, magnífico. Está toda mais leve, como se tivesse tirado um tumor de um metro e setenta e cinco do seu lado.

— Ollie... — diz Gabe.

— Ele não tinha um metro e setenta e cinco — digo.

Ollie dá uma olhada para Gabe e sussurra: *tinha, sim*.

Gabe revira os olhos.

— Só estou dizendo que você está linda — diz Ollie.

— Obrigada? — respondo.

— Ela está sempre linda — diz Gabe.

— Ei! Eu ainda estou aqui na frente de vocês — digo.

— O Ollie insulta seu ex-marido e você fica brava *comigo*? — pergunta ele, parecendo achar isso mais engraçado do que qualquer outra coisa.

Dou de ombros. Não sei se estou brava com ele. Não sei *como* estou.

— Eu não gostava dele — diz Ollie, determinado a não ser deixado de fora da conversa.

— Você o viu uma vez — digo. — Por cinco minutos.

— Foi o suficiente — diz ele.

Ao contrário de Gabe, que eu só tinha visto naquela única vez em Nova York, meu caminho e o de Ollie se cruzaram em várias ocasiões nos últimos dez anos. Além da entrevista amplamente conhecida que eu tinha feito com ele, de vez em quando nos esbarrávamos quando eu estava na cidade.

A última vez, três anos atrás, tinha sido por acaso. Uma rara ocasião em que Jeremy tinha ido comigo para Los Angeles. Eu tinha uma entrevista agendada no Little Dom's, no bairro Los Feliz, e Jeremy se entretivera na livraria independente das proximidades, encantando os vendedores e autografando o estoque de livros dele. Depois que terminei, mandei uma mensagem para ele e, quando estava indo em direção à porta, uma mão surgiu de um dos bancos e deu um puxãozinho amigável em meu braço.

Ollie e seu marido, Paul, estavam bebendo mimosas e dividindo um prato de minipanquecas.

Uma garota no bar, não de modo muito discreto, estava tentando tirar uma foto de Ollie. Quando ele acenou em sua direção, ela deu um gritinho e derrubou o celular. Ollie a chamou para perto, tirou uma foto com ela e autografou o guardanapo. A garota estava de saída quando Jeremy entrou.

Fiz as apresentações; todos trocaram apertos de mão. Conversamos por alguns minutos, mas foi tempo suficiente para Jeremy se oferecer a voltar à livraria e pegar um exemplar de seu livro para Ollie.

— Pego lá quando estiver indo embora — tinha dito Ollie.

— Acha que ele vai mesmo? — perguntou Jeremy, talvez mais umas cinco vezes no dia.

— Vai, com certeza — respondi, mesmo sabendo que não era verdade.

Eu tinha, ao mesmo tempo, odiado e amado quão superior aquela interação me fez sentir. Em Nova York, Jeremy era quem monopolizava todo o poder em nosso meio. Ele era o romancista respeitado e eu, a esposa que escrevia matérias puxa-saco.

Em Los Angeles, no entanto, era eu que conversava com celebridades que sabia não terem qualquer interesse no trabalho de Jeremy.

Mas essa lembrança também serviu para provar que ele tinha certa razão. Eu não amava a fama, mas uma vez que tinha provado um pouco — não importa quão amargo tivesse sido o gosto em minha boca depois — não estava disposta a abrir mão dela.

Se estivesse, teria dito à minha agente que não queria escrever mais uma coletânea de ensaios. Teria dito a ela e à minha editora o que eu realmente queria escrever.

— Como está o Paul? — pergunto a Ollie, nove mil metros acima de Novo México.

— Morrendo de vontade de te conhecer melhor — diz ele. — Agora que você voltou a morar em Los Angeles, precisa jantar com a gente um dia. Ele é seu fã.

— Meu fã?

— É, seu fã — diz Ollie. — Ele adora o que você escreve.

— Ah, é muito gentil da parte dele — digo.

— Não é gentil — diz Ollie. — É a verdade. Paul tem gostos absolutamente extraordinários. É por isso que casou comigo.

Gabe solta uma risadinha pelo nariz.

Ollie o ignora.

— Ele amou a matéria da *Vanity Fair*.

Quando Ollie decidiu expor sua sexualidade, entrou em contato comigo para escrever a respeito. Senti muito orgulho da reportagem, e ainda mais do fato de Ollie ter confiado sua história a mim.

— Nunca te agradeci pelas flores — digo. — Eram lindas.

— Muito merecidas — diz Ollie. — Minha mãe até chorou, sabia?

— A minha também — diz Gabe.

— Ela chorou com o perfil da *Página Dupla* também? — pergunto.

É meio que uma piada, mas a pausa longa e terrível que se segue faz meu estômago dar um solavanco.

— Ela gostou — diz Gabe, evitando o meu olhar.

Entendo imediatamente o que aquilo quer dizer.

— Mas você não — digo.

Por um instante, sinto que vou vomitar.

— Foi bem escrito — diz Gabe.

— Gabe... — diz Ollie, com a voz baixa.

— Uau! — digo. — Uau! Você *odiou*, não foi?

Ele não responde, mas não é necessário.

Estou perplexa.

A despeito dos meus sentimentos conflitantes em relação ao que aquele perfil tinha feito pela minha carreira, eu sabia que ele era bom. Não. Era um perfil incrível pra cacete. Era enaltecedor, lisonjeiro, tinha feito parecer que Gabe era a única escolha possível para interpretar James Bond. Tinha mudado a narrativa a respeito de sua presença no elenco e, apesar de não ter silenciado todos os críticos, certamente tinha calado a boca de um número suficiente deles. Eu não era a única razão por que *A raridade de Hildebrand* tinha sido um sucesso, mas tinha ajudado a abrir os caminhos.

Isso tudo não era apenas o meu ego falando. Era o que inúmeras resenhas e críticas tinham declarado. Elas tinham apontado a minha entrevista com Gabe como a razão por que foram assistir ao filme de mente aberta.

E Gabe tinha *odiado*.

Que merda eu estava fazendo ali?

— Isso foi um erro — digo, levantando-me e desejando poder simplesmente me jogar de uma janela.

— Chani — diz Gabe, mas eu o dispenso com um gesto.

Dói. Dói mais do que deveria.

O jatinho é pequeno, mas ainda tem espaço o suficiente, então escapo para outro quarteto de assentos na parte traseira. Eu me atiro em uma cadeira, os braços apertados em torno de meu corpo, como se eu pudesse conter todos os sentimentos horríveis e raivosos se agitando dentro de mim.

Apoio a cabeça na janela, observando estados nevados passarem voando abaixo de nós.

Estou furiosa e chateada.

Eu não sabia na época, mas aquele perfil tinha sido uma permuta. Atenção e estabilidade na carreira em troca de certo nível de notoriedade. Uma *reputação*. Sempre achei idiota — e inútil — me perguntar se valeu mesmo a pena, já que eu tinha ficado, no mínimo, satisfeita com o trabalho. Mesmo que todo mundo tenha focado no conteúdo do perfil, eu estava orgulhosa da escrita em si.

Mas saber agora que Gabe não tinha nem sequer gostado dele fazia a troca muito mais difícil de lidar. Era só o mais novo item em uma longa lista de consequências inesperadas.

Depois do perfil de Gabe, minha agente recebeu um monte de pedidos de representantes das mais promissoras estrelas em ascensão. Uma ou outra atriz, mas a maioria queria que eu entrevistasse atores jovens e bonitões. A implicação estava bem clara, e sempre existia um *quid pro quo* subentendido nesses trabalhos, embora ninguém dissesse essas coisas na minha cara.

Até que conheci Dan Mitchell.

Última adição ao segundo filme de Bond, Mitchell me cumprimentou com um abraço longo e ficou tentando me embebedar durante toda a entrevista, que ele insistiu que fosse realizada no hotel Chateau Marmont, onde estava hospedado. Recusei as bebidas que ele oferecia e a conversa foi estranha e forçada. Era óbvio que ele estava frustrado, e essa frustração transbordou quando me neguei a acompanhá-lo ao seu quarto para ver "uma coisa legal".

— Olha — disse ele. — Por que não vamos direto ao ponto? Vamos subir lá e você pode me chupar. Tá certo?

Ele teve a audácia de dar uma piscadinha quando o encarei.

— Vai dar uma bela história, e te garanto que meu pau é bem maior que o do Parker.

Fui embora no mesmo instante e não derramei uma lágrima quando ele foi dispensado do filme uma semana depois devido a "conflitos de agenda". Uma maneira diplomática de dizer que tinha sido demitido.

Do outro lado do jatinho, posso escutar Gabe e Ollie conversando. Suas vozes estão baixas e levemente abafadas pelo zumbido grave e contínuo dos motores e do vento. Estão falando de trabalho — da próxima coletiva de imprensa de *Núpcias de escândalo*, e de alguma coisa chamada "motc".

— Você vai ficar bem? — pergunta Ollie.

— Eu? Ah, claro. Quando é que não estou bem?

Faz-se uma longa pausa.

— Não precisa se preocupar comigo, Ollie.

Consigo praticamente ouvir Ollie revirar os olhos.

— Estou bem — diz Gabe.

— Está mesmo?

— Estou. Olha pra mim, estou num jatinho particular.

Na última vez em que estive em um avião, estava deixando Nova York. Deixando Jeremy.

Katie e eu tínhamos passado a primeira metade do voo assistindo à obra-prima feminista *Magic Mike* XXL até que ela dormiu. E eu fiz exatamente o que estava fazendo agora — olhei pela janela, procurando o significado da vida entre as nuvens que passavam a toda velocidade.

Não o encontrei naquele dia e duvidava de que encontraria agora.

Mudar para Nova York com Jeremy tinha sido um erro. E estava quase certa de que ir para Montana com Gabe também era. Um tipo diferente, mas ainda assim um erro.

Se eu fosse inteligente, nunca sairia da Califórnia.

Mesmo jamais tendo sido capaz de dormir em aviões, o jatinho particular consegue a façanha de me fazer adormecer, e não acordo até ouvir o piloto dizer que estamos pousando em Cooper, Montana.

A primeira coisa que vejo depois de atravessarmos as nuvens é a catedral. É uma construção bem característica, com um pináculo longo e amplo em extensão.

Cooper é pequena. O aeroporto fica em uma extremidade da cidade e, àquela distância, é como se o lugar todo — a cidade natal de Gabe, o cenário de suas aventuras infantis — coubesse na palma da minha mão.

Sempre que eu voava de volta para Los Angeles para visitar minha família, sentia um tipo de alívio que não sabia que estava me fazendo falta. Como se eu tivesse me acostumado a respirar com só um pulmão.

É assim que me sinto agora. Como se estivesse operando com os níveis de oxigênio pela metade por sabe-se lá quanto tempo.

Inspiro profundamente.

Abaixo de mim, tudo está coberto de neve.

Estou feliz por ter pegado emprestado o casaco enorme e extremamente macio de Katie, que tive que enfiar à força na mala junto a um par de botas de neve que ela insistiu que eu comprasse. O mundo parece vivo, vasto e desconhecido. Sinto um arrepio, mas não só por causa do frio ali fora.

É quase como chegar em casa. Não em um lugar, necessariamente, mas em um sentimento. Uma possibilidade de algo a mais.

E essa ideia me aterroriza por completo.

VANITY FAIR

"OLIVER MATTHIAS: ELE É O QUE É" (TRECHO)

POR CHANI HOROWITZ

Estamos sentados no quintal de Oliver Matthias e ele me conta sobre a primeira vez que se apaixonou. O cenário à nossa volta é perfeito para ouvir uma história de amor. É outono e o ar está fresco. Sentamo-nos em cadeiras de jardim, bebendo sidra quente. O Halloween está quase chegando. E foi durante ele que Oliver se apaixonou pela primeira vez.

"Sempre foi o meu feriado preferido", diz ele. "Traz uma sensação de liberdade. Todo mundo se fantasia e finge ser outra pessoa, e não porque queremos nos esconder ou enganar alguém, mas porque parece que todos reconhecemos que faz bem colocar uma máscara de vez em quando."

Ele dá um gole em sua sidra. Por ora, eu me contento em deixar que a bebida aqueça minhas mãos, mesmo que o aroma intenso seja tão intoxicante quanto a dose de uísque que acrescentamos em nossas canecas antes de vir para o lado de fora.

"Só um reforço", foi o que disse Oliver.

Nós dois sabemos por que estou ali, mas não vou apressá-lo, porque se sei alguma coisa de Oliver Matthias é que ele sabe como contar uma história.

"Aposto que muitos atores sentem uma afinidade pelo Halloween", diz ele. "Apesar das coisas serem um pouco diferentes na Grã-Bretanha."

Concordo com a cabeça, como se soubesse do que ele está falando — eu não faço a menor ideia. Morei nos Estados Unidos a minha vida toda. Minha única viagem para o exterior foi para Amsterdã para visitar a casa de Anne Frank com meu grupo de jovens da congregação.

Oliver já viajou o mundo inteiro, mas recentemente se acomodou em Los Angeles, tendo comprado uma casa em Brentwood, no topo das colinas.

"É uma boa vizinhança para pedir 'doces ou travessuras'", conta ele. "Ou, pelo menos, foi o que me disseram."

Vai ser o primeiro Halloween dele ali.

"A cada ano, eu dava tudo de mim", diz ele. "E, naquela vez, queria me fantasiar de Xena."

Ele sorri com a lembrança.

"Minha mãe sempre costurou minhas fantasias e, naquele ano, ela se superou. Contando comigo, são quatro filhos homens, sabe, e toda aquela história da mãe desejando uma filha se aplicava muito bem."

"Você e sua mãe ainda são próximos?".

Ele faz que sim.

"Lá estou eu, vestido dos pés à cabeça de Xena, marchando pela Piccadilly Street com meus irmãos, que estavam, é claro, vestidos de soldados. Eles sempre se fantasiavam de soldados."

"Tecnicamente", interrompo, "você também estava."

Oliver ri.

"Na verdade, não", diz ele. "Eu estava de guerreiro."

Reconheço o meu erro.

"Então, estou lá, em pleno modo guerreiro, me exibindo de corpo e alma quando — blam! — dou de cara com outra pessoa. Outra Xena."

É fácil visualizar a cena. Um fofíssimo Oliver Matthias criança, os olhinhos cintilando, o queixo erguido bem alto — alto demais para perceber que estava prestes a colidir com alguém vestido exatamente do mesmo jeito.

"Fiquei furioso, é claro", diz Oliver. "Como aquela outra Xena, a impostora, ousava arruinar a minha marcha?"

"É claro."

"Eu olho para cima, porque ela é muito mais alta do que eu, e vejo que aquela Xena também é um menino. Bom, um homem, na verdade. Ele olha para mim, sorri, e me dá uma piscada. E, então, vai embora."

Oliver coloca a mão no peito.

"E eu me apaixonei na hora."

Foi um amor que trouxe um coração partido — não naquele momento, nem mesmo quando ele se assumiu para a família e os amigos —, mas anos mais tarde, quando Oliver contou para o diretor e os produtores de um filme que seria lançado em breve que era gay. E eles disseram, sem meias--palavras, que ele nunca seria escolhido para interpretar James Bond.

CAPÍTULO 17

VAMOS JANTAR — EM UMA CHURRASCARIA COM SOFÁS EM COURO vermelho, iluminação baixa e paredes de pedra. Sinto como se estivesse dentro de um chalé de caça elegante, o que parece ser a intenção. Eu me contento em agradecer pela quantidade moderada de cabeças de animais empalhadas nas paredes. O restaurante está praticamente vazio, e o garçom nos direciona para uma sala nos fundos separada do restante do lugar, com muito mais privacidade do que seria necessário.

Sinto que seria rude de minha parte não pedir alguma carne.

Como estou mal-humorada, também peço um uísque com gelo.

No almoço do dia anterior, Gabe insistiu que para ele não tinha problema ver outras pessoas bebendo, por isso Ollie também pede uma bebida — um *old fashioned* —, mas ainda corro o risco de estar sendo desrespeitosa.

Sei que preciso ser adulta naquela situação como um todo. Que preciso lidar com meu orgulho ferido e passar por aquele fim de semana sem machucar mais nenhuma emoção sensível.

Em vez disso, entorno o uísque para dentro de meu estômago vazio e me viro para Ollie.

— Acho que eu devia aproveitar e pegar uma ou duas citações suas sobre o filme — digo. — Já que você está aqui, não é?

— É claro — diz Ollie.

Desvio o olhar para Gabe.

— Se você não se importar — digo. — Não quero acabar escrevendo mais um perfil extremamente enaltecedor que você vai odiar sem motivo algum.

Tarde demais para ser adulta.

— Eu não odiei o perfil — diz Gabe, mas chacoalho a mão em sua direção.

— Estou falando com o Ollie agora — digo.

Passei de passiva-agressiva a somente agressiva e estou ciente disso. Não consigo evitar. A raiva que sinto é brutal e acoberta todo um leque de outras emoções com as quais não estou preparada para lidar.

— Por que *Núpcias de escândalo?* — pergunto a Ollie depois de puxar meu celular e começar a gravar.

— Disseram para mim que era um filme que faria bom uso de uma atualização — diz ele.

É quase a mesma coisa que Gabe tinha me dito. Ao que tudo indica, vai ser uma das frases de efeito designadas para as coletivas de imprensa.

— Que gracinha — digo, lançando um olhar para Gabe.

Ele dá de ombros e não morde a isca.

— O roteiro é incrível — diz Ollie, claramente tentando neutralizar a tensão crescente. — Sempre esteve na minha lista de materiais potenciais, mas foi o Gabe que teve a ideia de fazermos um remake moderno.

— Você começou no teatro — digo para Ollie. — Tem planos de voltar às origens?

Ele troca um olhar com Gabe.

— Na verdade — diz ele —, esse é um dos motivos para eu estar aqui, em Cooper.

Eu estava tão ocupada pensando no jatinho particular e na subsequente revelação sobre o perfil da *Página Dupla* que não tinha nem parado para pensar no *porquê* de Oliver estar nos carregando até Montana.

— É melhor deixar claro que estamos dizendo isso em off — diz Gabe.

Não gosto do tom de voz dele nem de suas implicações.

Ainda assim, faço questão de guardar meu celular. O olhar de Ollie corre entre nós dois. Claramente, não sabe como continuar.

— Não sei se você se lembra — diz ele. — Mas o Gabe fez uma apresentação na Broadway alguns anos atrás.

De repente, a tensão na mesa sobe às alturas.

— Ah, lembro — digo.

Eu sabia que aquela conversa seria inevitável, assim como sei que vou ter que perguntar a Gabe a respeito *daquela* ligação. Só não esperava que Ollie fosse falar sobre o elefante na sala.

— Ela assistiu — diz Gabe.

— Assisti — confirmo. — Assisti a coisa tooooda.

O uísque tinha deixado minha voz um pouco mole.

Os olhos de Ollie continuam indo e voltando entre mim e Gabe, como uma bolinha de pingue-pongue.

— Entendo — diz ele.

Não é verdade. Ele não faz ideia do que estamos falando.

— Ela estava lá na noite de estreia — diz Gabe.

A ficha parece cair, e Ollie olha para o próprio celular.

— Olha só — diz ele. — Uma ligação importante.

— Seu celular nem tocou — digo.

— Preciso atender — diz ele, levantando da mesa.

— Sua atuação não é tão boa assim — diz Gabe enquanto Ollie se afasta, o celular silencioso pressionado contra a orelha.

Gabe olha para mim. Eu olho de volta.

— Então... — diz ele.

Eu não tinha planejado ir. Quando vi que Gabe tinha assinado o contrato para interpretar Karl Lindner em *O sol tornará a brilhar* durante seu hiato como James Bond, meu plano era evitar a Times Square inteira até que a temporada limitada saísse de cartaz.

Então recebi um ingresso. Para a noite de estreia.

Não falei nada a Jeremy. Na época, ele estava trabalhando sem parar em seu segundo livro e fazia meses que as coisas estavam complicadas entre nós dois.

Gabe continuava casado, mas as colunas de fofoca estavam fazendo um alvoroço ao redor do fato de Jacinda não ter se mudado para Nova York com ele, mas decidido ficar em Londres. De acordo com qualquer um para quem se perguntasse, eles estavam ou se separando ou a poucos dias de se divorciarem.

Eu disse a mim mesma que aquele convite não significava nada. Que eram apenas negócios. Que, possivelmente, alguém da equipe dele tinha pensado que eu escreveria algo a respeito. Que, talvez, o próprio Gabe nem soubesse que eu iria.

No entanto coloquei meu vestido mais bonito e fiz escova no cabelo. Passei batom. Coloquei um salto.

Jeremy nem sequer notou quando saí do apartamento.

Seria legal ver Gabe depois de tantos anos, eu disse a mim mesma no metrô. Como se fôssemos velhos amigos. Sentei no meu lugar no teatro, sentindo-me nervosa e apreensiva, como se eu é quem fosse subir no palco.

E quando o vi...

Foi como se o teatro inteiro desaparecesse ao meu redor. Como se o resto do elenco tivesse sumido. Tudo o que eu enxergava era Gabe.

Vê-lo de perto depois de todos aqueles anos era como uma droga.

E então, durante o intervalo, uma das lanterninhas veio até mim.

— O senhor Parker pediu para você ir ao camarim dele — disse ela. — Vou te acompanhar até lá depois da apresentação.

Passei o resto da peça em um tipo de estado de dissociação, mal registrando o que estava acontecendo no palco. Só conseguia pensar no que aconteceria quando visse Gabe nos bastidores. O que eu diria? Como o cumprimentaria? Com um aperto de mão? Um abraço? Um beijo na bochecha?

Quando as cortinas se fecharam, todo o meu corpo estava tremendo de nervosismo. Meus dedos estavam gelados, minha garganta, queimando.

Depois de a plateia ter se esvaziado um pouco, a mesma lanterninha veio me encontrar e eu a segui pelos bastidores, os corredores estreitos transbordando de flores e pessoas.

— É aqui — disse ela, deixando-me na frente de uma porta fechada com o nome de Gabe escrito.

Ela foi embora. Eu bati à porta e ao mesmo tempo girei avidamente a maçaneta.

Esse foi o meu erro.

Abri a porta e encontrei Gabe. Com Jacinda em seus braços.

Ao me afastar daquela cena, tropeçando nos saltos, dei-me conta de que tinha mentido para mim mesma a respeito do motivo de ter ido. Do mesmo jeito que sempre mentia para mim mesma quando o assunto era Gabe.

Em minha tentativa de fuga, virei em algum lugar errado e acabei indo parar em cima do palco. As cortinas estavam fechadas e o espaço parecia muito menor do que aparentava da plateia.

— Não é permitido vir aqui — disse um ajudante de palco.

— Ela está comigo — disse Gabe.

Ele ainda estava com o figurino e a maquiagem, mas eu suspeitava que o borrão de batom em sua bochecha não era parte da apresentação.

— Chani — disse ele.

Era como se alguém corresse o dedo por toda a minha coluna. Fiquei arrepiada.

— Você veio — disse ele.

— Obrigada pelo ingresso. Mas preciso ir.

Eu me virei para ir embora, mas objetos cenográficos e sacos de areia bloqueavam o outro lado. Se quisesse sair, precisaria passar por ele. Então juntei toda a minha coragem e o encarei, só para poder sumir dali.

— Gabe, eu preciso...

— Eu pensei que...

— A apresentação foi boa. — Isso era verdade e a usei como um escudo. — Você foi muito bem.

Ele abaixou a cabeça.

— Obrigado.

Ficamos parados ali por um momento. Meus pés estavam doendo. Meu orgulho também.

— Você está bonita — disse ele.

— Tem batom na sua bochecha — falei.

Ele xingou e esfregou o rosto com a palma da mão.

Sai, mancha maldita[4], pensei.

— A Jacinda... — começou ele.

— Está esperando por você no camarim, imagino.

Gabe olhou por cima do ombro na direção do camarim.

— Não é bem assim — falou. — Ela me fez uma surpresa.

— Igualmente.

— Minha mãe também está aqui — disse ele.

Como se isso melhorasse as coisas.

— Uau! — eu disse. — Não é... Quer dizer, sério?

Ele soltou um suspiro. Sua frustração era evidente.

— Nós podemos... — Gabe fez um gesto para o sofá no meio do palco.

---

[4] Referência a uma fala de Lady Macbeth na peça de Shakespeare.

Ergui uma sobrancelha. Ele queria sentar? *Ali?* Como se estivéssemos devendo uma conversinha alegre um para o outro?

O pior era que eu também queria aquilo.

— Não vão dar falta de você? — perguntei.

Gabe esfregou a nuca. Eu não sabia o que esperava ao ir àquela apresentação — nem ao ir até os bastidores —, mas com certeza não era isso. Na verdade, o que tinha imaginado estava tão distante do domínio da realidade que a queda tinha sido dura e brutal.

— Vai ter uma festa depois daqui — disse ele. — Você poderia ir com...

— Com você e sua esposa? — perguntei. — Que divertido.

— Posso apresentar vocês — ofereceu ele. — Ela conhece o seu trabalho.

— Você só pode estar brincando.

Uma ruga aparecia entre os olhos de Gabe quando ele franzia as sobrancelhas para mim. Enxerguei as engrenagens girando em sua cabeça e me perguntei onde ele estava esperando chegar.

— É... — disse ele. — Me desculpe.

— Bom, preciso ir.

— Bom te ver.

A sinceridade em suas palavras foi como um soco no meu estômago.

— Bom te ver também. — Eu estava agarrada à minha bolsa como se ela fosse um bote salva-vidas. Isso, mais uma vez, era verdade.

Ele inclinou a cabeça, seus olhos correndo por mim e parando na minha mão.

Segui seu olhar e percebi que ele estava encarando a minha aliança, que, de repente, parecia pesar uma tonelada. Ele balançou a cabeça e senti uma onda de vergonha porque, por um momento, tinha me esquecido.

— Mande um abraço para o Romancista — disse ele, incisivamente.

— Jeremy — corrigi. — E diga à Jacinda que adorei o último filme dela.

Gabe me deu um aceno breve.

— Obrigado por vir — disse ele.

— Às ordens — falei, e me dirigi à saída.

Quando passei ao lado dele pude sentir seu perfume. De cedro, bem caro. Quase tropecei.

Quando fui embora do teatro já estava escuro e frio, mas tinha pessoas esperando na saída do palco na esperança de conseguir um vislumbre do James Bond. Andei de volta para casa sentindo-me igual a quando soube que ele tinha se casado com Jacinda. Como um balão vazio na sola do pé de alguém. Como se eu tivesse sido feita de idiota.

É um sentimento de que eu realmente deveria me lembrar naquele momento.

Ollie ainda está em algum canto do restaurante fingindo falar no celular. Gabe está encarando o próprio copo d'água, girando-o entre as mãos como se estivesse tentando, sem sucesso, fazer fogo.

— Eu não sabia que ela estaria lá naquela noite — diz Gabe. — Pensei que estava em Londres e, quando saí do palco, ela estava no meu camarim.

Ele levanta os olhos para mim.

— Isso deveria melhorar a situação? — pergunto.

— Não sei — diz ele. — Só sei o que aquilo deu a entender, e não era pra ter sido assim.

— Como era pra ter sido?

— Não sei! — Ele está bravo. Frustrado. O sentimento é mútuo. — Não sei. Pensei... digo, você não andava escrevendo sobre *ele*...

— O Romancista.

Gabe apenas pisca.

— Jeremy — eu me corrijo.

Gabe faz uma pausa, como se estivesse contando até dez mentalmente.

— Você não escrevia sobre ele fazia um tempo, e Jacinda e eu nunca fomos, sabe... — Ele faz um gesto. — Não era de verdade.

— A Jacinda sabia disso? — pergunto. — Porque ela pareceu bem surpresa em me ver também.

— O impulso de nos casar pode ter vindo de mim — diz Gabe. — Mas nosso acordo inicial foi ideia *dela*.

— Ela não se importava que eu e você... — Minha voz foi sumindo, sem saber o que exatamente eu estava reivindicando.

Gabe abaixa os olhos para a mesa.

— Ela não sabia — diz ele. — Sobre aquele fim de semana.

Cruzo os braços — sentindo-me vingada e, ao mesmo tempo, uma merda.

— Eu contei para ela — diz Gabe. — Mas depois.

— Legal da sua parte — digo.

— Eu era um idiota. — Gabe aponta para si mesmo. — Era jovem.

Eu aceno com a cabeça, sem discordar.

— É *verdade* que ela conhece o seu trabalho — diz ele. — E ela gosta dele.

— Pelo menos um de vocês gosta — digo.

— Chani — diz ele.

Estou pensando na entrevista que eu deveria ter feito com ela. Em como eu tinha me acovardado.

— Fiquei *muito* feliz em te ver — diz Gabe. — Você não tem ideia.

— Você ainda estava casado — digo.

— Eu sei! — Ele passa a mão pelo cabelo. — Mas você também estava, não se esqueça.

Eu abro a boca. E a fecho em seguida. Ele está certo, e aquela situação toda de repente parece absurda. Estamos ambos bravos um com o outro pelo mesmo motivo. Por algo que nenhum dos dois tem o direito de estar.

Pensar nisso sufoca toda a minha raiva.

— Também fiquei feliz em te ver — digo.

Gabe solta o copo d'água e estica a mão na minha direção. Eu a pego, sem pensar duas vezes.

— Por que você me convidou? — pergunto.

— Não poderia *não* ter convidado — diz ele. — Não é um motivo bom o suficiente, mas é o que tenho.

— Eu não poderia não ter ido — digo.

— Eu... — diz ele.

— Bom, parece que vocês não se mataram — diz Ollie.

Ele se senta, alheio ao momento que acabou de interromper. Minha mão já está de volta ao meu colo. A de Gabe está espalmada na mesa.

— Não — diz ele.

— Ninguém foi morto — digo.

Nenhum de nós dois está olhando para o outro.

— Ótimo! — diz Ollie. — Bom saber que vocês podem ficar perto de facas sem se atracarem. Vamos comer.

TIME OUT NEW YORK

"BOND NA BROADWAY" (TRECHO)

POR NINA WOOD

Neste fim de semana, Gabe Parker retorna às origens.

"É como voltar para a faculdade", diz ele. "E estou tão nervoso agora quanto ficava naquela época."

Ele reservou um tempo entre a matinê de domingo e as prévias da noite para falar sobre sua estreia na Broadway como Karl Lindner em *O sol tornará a brilhar*. Não é um papel que esperaríamos que uma estrela de renome como Parker interpretasse, mas ele diz que sempre amou a peça e aceitou na mesma hora a oportunidade de participar de qualquer forma possível.

"Não sou um ingênuo completo", diz ele. "Sei que vão aparecer muitas pessoas só para ver se eu erro minhas falas, se fico perdido no palco ou algo do tipo. Mas, sabe, se isso fizer mais pessoas comprarem os ingressos e aparecerem no teatro, podem torcer pelo meu fracasso quanto quiserem."

Gabe diz isso com um sorriso. Provavelmente, sabe tão bem quanto eu que, ao que tudo indica, ele realiza seus melhores trabalhos quando é considerado o azarão.

"Quanto mais baixas forem as expectativas, melhor", brinca ele.

Pergunto sobre sua família — se estão ansiosos para assistir à sua estreia na Broadway.

"Minha mãe vai ser minha acompanhante na noite de estreia", diz ele. "Ela está muito animada."

E quanto à sua esposa, a ex-modelo e *Bond girl* Jacinda Lockwood? Segundo os rumores, ela ainda está em Londres e não vai assistir à estreia.

"Ela está sempre torcendo por mim, se não em pessoa, em espírito", diz Parker.

CAPÍTULO 18

— VOU VISITAR O LUGAR AMANHÃ — DIZ GABE PARA OLLIE enquanto atravessamos o estacionamento.
— Podemos ir agora mesmo — diz ele. — Ainda não está tão tarde.
Gabe olha para mim. A viagem tem uma aura intensa de que alguém está segurando vela, mas a verdade é que não sei se sou eu ou Ollie.
— Estou bem cansada — digo.
Gabe olha novamente para Ollie. Algo silencioso é transmitido de um para o outro e Ollie encolhe os ombros.
— É — diz Gabe. — Foi um dia longo.
Para qualquer espectador casual, o restante da refeição provavelmente parecia um evento normal. Mas meu corpo inteiro parecia estar em estado de alerta. Eu não sabia o que Gabe pretendia dizer antes de Ollie voltar, mas as coisas mudaram entre nós dois. Ainda consigo sentir o toque áspero de seus dedos calejados nos meus. O calor continua ali e estamos conectados de alguma forma, uma tensão que parece que vai estourar a qualquer momento.
Não sei o que vai acontecer quando esse momento chegar, mas estou, ao mesmo tempo, ansiosa e morrendo de medo de descobrir. Por isso, acabei pedindo mais um uísque com gelo.

É o uísque o motivo de eu estar me sentindo um pouquinho mais alegre do que gostaria.

Ollie me dá um abraço. Se está decepcionado por ter perdido a batalha pela atenção de Gabe, ele não demonstra. Na verdade, ele parece muito contente.

— Vá com calma — sussurra ele. — Ele é delicado.

— Delicado, *ele*? — pergunto. — E eu?

Ele se inclina para trás e me lança um olhar.

— Até parece — diz ele.

Quando dá um abraço de despedida em Gabe, ele olha por cima do ombro do amigo e faz joinha para mim.

Mas acho que vou decepcioná-lo.

Gabe tem uma caminhonete e, mesmo sem saber nada sobre carros, sei que aquele é bem caro, embora esteja precisando ser lavado. Ficamos parados ali, no estacionamento, o aquecedor funcionando a todo vapor, meus dedos pressionados nas saídas de ar.

Tínhamos ficado do lado de fora por cerca de dez minutos, mas foi o suficiente. Nem os invernos de Nova York eram tão gelados assim — parecia que não existia nada além do frio no ar. É revigorante estar ali dentro.

— Você tem duas opções — diz Gabe. — Posso te arranjar um quarto de hotel. Um quarto bom. Para os parâmetros de Cooper, claro. Ou você pode ficar comigo. Tenho um quarto de hóspedes. Bem espaçoso.

— Não sei se é uma boa ideia — digo, praticamente no piloto automático.

Gabe acena com a cabeça.

— Talvez não seja — diz ele. — Mas você já está aqui. O que é mais uma decisão ruim a esta altura?

Descrever o lar de Gabe como um apartamento é um equívoco. É uma casa inteira em cima de uma livraria.

Eu a ouço antes de vê-la. Aquele som maravilhoso, reconfortante, perfeito, de patas andando no piso de madeira.

Coloco minha mala na entrada do apartamento de Gabe e me ajoelho quando ela aparece em um canto.

— Oi, menina — digo.

Seu focinho está bem mais branco, e ela está alta — muito alta —, toda aquela gordura de filhote foi substituída por uma magreza que entrega sua idade. Consigo ver a junta dos ossos de seu quadril, mas seu rabo balança e, quando nos vê, ela dispara na direção da porta — como se tivesse dez semanas de idade de novo.

A princípio, penso que ela vai se atirar em Gabe — seu dono —, mas ela se joga em mim, fazendo-me perder o equilíbrio. Minha bunda vai de encontro ao chão com força, mas não me importo.

A cachorra de Gabe está viva e lambendo meu rosto.

Começo a chorar.

— Ela se lembra de você — diz Gabe, sem notar minhas lágrimas.

— Boa menina — digo, afundando o rosto na lateral de seu corpo.

Sei que é ridículo e com certeza ainda estou um pouco tonta do uísque, mas inspiro fundo e me convenço de que ainda tem um minúsculo resquício de cheiro de filhote nela.

— Ei, ei, ei. — Gabe se ajoelha ao nosso lado. — Tá tudo bem?

Esfrego o nariz na minha manga — está tudo molhado, bagunçado e nojento, mas não me importo.

— Estou bem — digo. — Só estou feliz em vê-la.

— Ela também está feliz de te ver — diz Gabe, com aquele tom de voz baixo e levemente inquisitivo de alguém que não entendeu por que a outra pessoa está chorando, mas não quer fazer nada que desencadeie mais choro.

— Qual o nome dela? — pergunto.

Percebi que o ponto de passarmos este fim de semana juntos é conseguir respostas para perguntas que não foram respondidas. Eu só nunca tinha pensado que essa seria uma delas.

— Ursinha — conta Gabe.

Lanço um olhar para ele.

— Nunca fui muito criativo — diz ele.

Esfrego o nariz de novo e coço Ursinha atrás das orelhas. Ela deita em mim e desliza lentamente até ficar de costas, mostrando a barriga. Ficamos sentadas ali, na entrada do apartamento de Gabe, por um bom tempo, eu fazendo carinho na barriga dela, o rabo dela martelando o chão de madeira.

— Vou levar sua mala para o quarto — diz Gabe.

Ele se levanta e nos deixa a sós.

Sei que o apartamento é no andar de cima da Aconchego — a loja que Gabe tinha comprado para a mãe e a irmã —, mas, como entramos pelos fundos, não pude ver o prédio.

Fico de pé — para a tristeza de Ursinha — e tiro os pelos dela das minhas pernas.

Tem uma mesinha ali, repleta de porta-retratos. Grande parte é da sobrinha de Gabe, Lena.

Sorrio para uma que parece ser a mais recente — uma garota de mais ou menos treze anos, olhando feio para a câmera, exatamente como se espera de garotas de treze anos. Aquele olhar atinge a minha alma.

Também tem uma foto de família em um canto — Gabe, a mãe, a irmã, Lena e um cara de rosto redondo e com os olhos de Lena.

Meu sorriso desaparece.

Eu tinha ouvido falar sobre o cunhado de Gabe. Sobre sua morte em um acidente de carro há alguns anos.

Naquela primeira entrevista tínhamos conversado brevemente sobre ele. Gabe comentou que iriam viajar juntos — para a Itália. Que ele — Spencer — nunca tinha saído do país. Pipocaram várias matérias sobre sua morte, mais como pretextos para exibir fotos de baixa qualidade de Gabe e Jacinda, combinadas com notícias ansiosas de que os dois estavam mais firmes do que nunca.

Uma outra foto — a mais antiga na mesa — mostra Gabe e a irmã pequenos. Eles tinham, talvez, dois ou três anos. Cada um está sentado em um colo: Lauren no da mãe, Gabe no do pai.

Eu nunca tinha visto fotos do pai de Gabe, mas é bem óbvio de onde ele puxou boa parte da aparência. A parte de que mais gosto, no entanto, é o bigode enorme e espesso virado para cima sobre seu sorriso.

Entro na sala de estar. Ursinha me segue com suas patas grandes e macias.

O apartamento de Gabe é enorme. São dois quartos, no mínimo, uma cozinha espaçosa e muito bonita, uma sala de estar com a maior TV que já vi. Ainda assim, o apartamento é bem acolhedor, mesmo levando em conta o tamanho dele. A lareira de metal no canto, de aparência vintage e pintada em um tom de vermelho-ferrugem lindo, faz o lugar parecer um chalé dos anos 1960. Na mesinha de centro está um quebra-cabeça pela metade.

— Você monta quebra-cabeças? — pergunto quando Gabe sai do cômodo que presumo ser o quarto de hóspedes.

— Monto — diz ele. — Acabou se tornando parte do meu processo de recuperação.

Dou uma conferida.

— *Mamíferos de Yellowstone*.

Ele montou um pouco menos da metade.

— Você começa pela borda — observo.

— Ahã — diz ele, cruzando os braços.

Ele se apoia na parede da cozinha, maravilhoso e confortável. Ursinha se acomoda em sua cama, ao lado do sofá. A situação toda é ora normal, ora anormal. Estou realmente ali, em Montana, no apartamento de Gabe Parker?

O que está acontecendo?

A fim de ignorar a dissonância cognitiva que ameaça me tirar do eixo, eu me inclino na direção do quebra-cabeça, procurando as peças.

— Achei que já tínhamos deixado claro que leio o que você escreve — diz Gabe.

Eu me endireito. Tinha esquecido. Ou, pelo menos, não tinha ligado os pontos.

— Você começou a montar quebra-cabeças por minha causa? — pergunto.

— De certa forma — diz ele, afastando-se da parede. — Tentei um punhado de coisas diferentes, mas só isso aí funcionou.

O olhar que ele me lança é tão intenso que tenho que desviar o rosto. Ele me faz sentir vulnerável. Exposta.

— Está com frio? — pergunta Gabe.

Eu me dou conta de que enrolei os braços ao redor do corpo.

— Estou sempre com frio — digo.

Isso o faz sorrir um pouco e ele passa ao meu lado indo em direção à lareira. Não leva muito tempo, mas gosto de observá-lo. É algo primitivo assistir àquele homem enorme acender o fogo para me aquecer.

O fogo cumpre seu papel e aquece a atmosfera, estalando alegremente e mergulhando o cômodo em um brilho vermelho-dourado. Ursinha ergue a cabeça, apoiando o queixo na beirada da cama quando o calor começa a se espalhar pelo apartamento.

— Gabe — digo. — O que eu estou fazendo aqui?

Ele sai da posição de cócoras e avança na minha direção.

— Você não sabe? — pergunta.

Minha respiração falha, e algo que suspeito ser esperança vem à tona dentro de mim como um bote naufragado há muito tempo.

Chacoalho a cabeça.

Ele dá um pequeno sorriso.

— Chani — diz.

— Você nunca me ligou — digo. — Poderia ter ligado. Depois. Mais tarde.

Minha voz está mais estável do que eu. Estou esperando que ele diga que ligou. Que ele mencione a ligação.

Mas ele não faz isso.

— Você ainda estava casada — diz Gabe. — Ao contrário do que dizem os rumores, não sou esse tipo de cara.

Lanço um olhar a ele.

Ele ergue as mãos.

— Fui fiel em todo o tempo em que estive casado — diz. — Essa era uma das nossas regras. A ideia era nos proteger de fofocas, não fazer algo que pudesse provocar mais fofoca. A questão do álcool já era ruim o suficiente. Eu não ia sair e *procurar* problema com mulheres casadas.

— Me convidar para a sua peça de teatro não conta? — pergunto.

Ele se retrai.

— *Touché.*

— E depois? — pergunto. — Depois que eu...

Atiro mais pedrinhas invisíveis no rio.

— Tentei aprender com meus erros — diz ele. — Ao não te ligar. Ao esperar você. Queria te dar um tempo.

Não sabia dizer se entendia aquilo.

— Faz mais de um ano que me divorciei — digo.

Sua expressão fica pesarosa e, ainda assim, inescrutável.

— Que foi? — pergunto.

— Você se divorciou há mais de um *ano*? — pergunta ele.

— E me separei faz ainda mais tempo — digo. — Acabou há quase dois anos.

Ele esconde o rosto nas mãos. Por um momento, não sei dizer o que está acontecendo, e então o escuto rir. Uma risada mais próxima de "que porra é essa?".

— Que foi? — pergunto mais uma vez. — Do que você está rindo?

Ele ergue os olhos na minha direção. Eles são muito verdes. Mostram um tipo de humor desesperado.

— Só fiquei sabendo do seu divórcio porque você escreveu a respeito — diz ele. — Há um mês.

— Ah... — digo.

É claro.

Como é que Gabe teria ficado sabendo? Se ele acompanhava minha vida por meio da minha newsletter, é claro que pensou que eu tinha *acabado* de me divorciar.

— Eu ia esperar seis meses — diz ele, como se estivesse falando com ele mesmo. — Seis meses parecia um bom tempo.

Não tenho certeza se é isso mesmo que estou ouvindo.

— Ia esperar seis meses e, aí, te mandar uma mensagem. Ou te ligar. Ainda não tinha decidido o que seria melhor. Para mim, era um tempo razoável. O filme já teria saído, ou minha carreira teria voltado à ativa ou descido pela descarga. Eu estaria sóbrio há mais de dois anos. Teria tomado algumas decisões.

— O que aconteceu? — sussurro, como se fosse tudo um segredo que eu não deveria estar ouvindo.

— Minha equipe. Sua agente — diz Gabe. Ele deixa escapar uma risada. Curta. Dolorida. — Não sei quem pensou primeiro, mas quando me apresentaram a ideia não consegui dizer não.

— Não?

— Não — diz Gabe. — Eu queria te ver. Igual àquela noite em Nova York. Por isso que te convidei. Mesmo sabendo que era uma ideia ruim na época não consegui me segurar. Queria te ver e saber como você estava.

Ele deixa escapar um suspiro.

— E agora...

— Estou bem — digo.

É a coisa mais idiota possível de se falar, mas Gabe sorri.

— É, dá para ver — diz ele.

Tudo muda.

— Você está sóbrio há dois anos? — pergunto.

Ele faz que sim.

— Eu estou divorciada — digo. — Divorciada e feliz.

— Está? — pergunta ele. — Feliz?

Ergo um ombro.

— Poderia estar mais, eu acho. Não é assim com todo mundo?

Ele estica a mão e desliza os dedos pelo meu cabelo, o polegar acariciando minha têmpora. Sinto um arrepio. Não de frio.

— Eu poderia te fazer feliz — diz ele.

Engulo em seco. Com força.

— É?

— É — diz ele.

— Me mostre — digo.

FÁBRICA DA FOFOCA

"JACINDA LOCKWOOD DESCE DO 'BONDE'"

A única parte surpreendente de Jacinda Lockwood ter anunciado seu divórcio de Gabe Parker, ex-Bond que caiu em desgraça, é o tempo que demorou para isso acontecer.

Relatos de que o casal estava em maus lençóis têm circulado desde que Parker foi demitido do terceiro filme de Bond, e quando ele se internou na clínica de reabilitação (mais uma vez) a contagem regressiva para o anúncio do divórcio começou para valer.

A última vez que os dois foram vistos juntos foi no funeral do cunhado de Parker, que faleceu em um trágico acidente de carro. Cliques deles em Montana circularam e deram aos fãs de Gabcinda uma pontinha de esperança de que o casamento sobreviveria ao contínuo declínio da parte de Gabe.

Mas está claro que a faísca que fez os dois saírem correndo para Las Vegas anos atrás finalmente se extinguiu.

DOMINGO

"GABE PARKER: BATIDO, NÃO MEXIDO (PARTE III)"

POR CHANI HOROWITZ

Lembram do que eu disse antes a respeito de ser fraca para bebida? Bom, acordo na manhã de domingo com uma dor de cabeça retumbante e a lembrança de que, mesmo que sejam lindos e deliciosos, drinques cor-de-rosa degradê não são meus amigos.

O motivo por que acabei de acordar, no entanto, é quase o suficiente para curar minha ressaca.

Uma mensagem de Gabe querendo saber como estou.

É, o futuro Bond, James Bond, mandou-me uma mensagem na manhã seguinte à première — e de uma *after party* —, na qual eu basicamente me infiltrei e bebi mais do que deveria. Na mensagem, Gabe perguntava como eu estava e me recomendava sua cura para ressaca.

Tome um belo café da manhã, escreve ele. *Nada de cafeína. E muita água.*

É bem gentil da parte dele.

De algum jeito, consigo rolar para fora da cama e sentar com as costas eretas na frente do computador. Minha intenção, é claro, é escrever este perfil.

Antes que eu consiga começar — mais uma mensagem de Gabe.

Se estiver livre, vou dar uma festa hoje à noite.

Se eu estiver livre.

Nunca estive mais livre em toda a minha vida.

Passo o resto do dia me hidratando e dizendo ao meu próprio reflexo no espelho que estamos proibidos de chegar perto de bebida. Qualquer bebida.

Leitores, tenho certeza de que vocês não ficarão surpresos ao saberem que esses discursos motivacionais não serviram para nada na festa na casa de uma celebridade — uma festa open bar, ainda por cima.

Permita que eu descreva o cenário para vocês.

Temos o já mencionado open bar. E um lindo quintal com uma piscina e uma banheira de hidromassagem. Ele está repleto de pessoas igualmente lindas. É, estamos em dezembro, mas também estamos na Califórnia e a piscina é aquecida. Consigo ver o vapor emanando dela da sala de estar, onde estou sentada esperando a próxima rodada de Corrida da Pirâmide começar.

Isso mesmo. Corrida da Pirâmide.

Não sou boa em jogos de corrida. Não sou boa em jogos de palavras. Não sou boa em jogos no geral.

Não vai ser surpresa para vocês saberem que Gabe é muito, mas muito bom, na Corrida da Pirâmide.

O que talvez seja uma surpresa, no entanto, é descobrir que é assim que geralmente são as festas na casa dele. Não são as orgias infinitas e regadas a álcool do folclore de Hollywood. Em vez disso, nós nos revezamos para correr de cômodo em cômodo, ler tópicos de uma lista e tentar fazer com que nossos companheiros de time acertem as respostas usando algumas palavras-chave.

Eles me garantiram que seria mais fácil depois que eu mandasse um pouco de álcool para dentro.

Talvez isso funcione para algumas pessoas, mas tentei e, acreditem, não ficou nem um pouquinho mais fácil. Adoraria dividir com você histórias de como atores tipo Oliver Matthias e estilistas como Margot Rivera arrasaram no jogo, mas, infelizmente, depois de apenas um drinque, combinado com pouquíssimo tempo de sono, apaguei completamente.

Na cama da cachorrinha de Gabe.

Não me lembro muito do resto da noite, mas sei que, a certa altura, o próprio Gabe me ergueu da cama da cachorrinha e me carregou para o quarto de hóspedes, onde ele me ajeitou e me deixou dormir na segunda noite de bebedeira que tivemos juntos.

E a noite não terminou por aí.

Quando acordei — a cabeça doendo, a boca seca —, não fazia ideia de onde estava, de início. Era um quarto estranho e escuro. Ouvia o som suave e abafado de pessoas conversando do outro lado da porta. Parecia quase familiar. De algum jeito, coloquei-me em pé e consegui sair dali. Foi só quando cheguei na sala de estar que me lembrei do que tinha acontecido.

O fato de Gabe estar sentado no sofá assistindo TV ajudou. Ele me inteirou de alguns detalhes não familiares — como o fato de eu ter revelado um talento natural para a Corrida da Pirâmide e também de ser uma péssima perdedora. Ao que tudo indica, eu tinha ido parar na cama da cachorrinha porque não gostei que o outro time não parava de vencer. Eu tinha certeza de que eles estavam trapaceando.

Gabe me ajudou a amenizar a vergonha me oferecendo pipoca. Ele tem uma pipoqueira, que deixa no balcão da cozinha. Dessa forma, consegue dar um pouquinho à filhote antes de colocar o tempero.

Qual tempero ele escolhe? Canela e açúcar.

Qual programa de TV ele estava assistindo? *Star Trek: a nova geração*.

É isso mesmo, meu querido, Gabe Parker é fã de *Star Trek*.

Eu também sou, mas, convenhamos, isso não é surpresa para ninguém.

O personagem favorito de Gabe? Worf. O meu? Data. Um psicólogo com certeza faria a festa com essas revelações, mas tudo que Gabe e eu fizemos foi assistir a vários episódios da nossa série favorita antes de irmos dormir.

Gabe, no quarto dele. Eu, no quarto de hóspedes.

NA ÉPOCA

CAPÍTULO 19

PELO ESTADO DA MINHA CABEÇA E DA MINHA BOCA PARECIA QUE eu tinha sido arrastada pelo cabelo em meio a uma tempestade de areia e, considerando que não conseguia me lembrar de como tinha chegado em casa na noite anterior, essa possibilidade não estava completamente descartada.

Pelo menos eu tinha dado um jeito de tirar os sapatos e o vestido antes de cair na cama, apesar de, aparentemente, não ter tirado mais nada. Tateando, descobri que ainda estava de sutiã, com aquele alfinete espetado. O fato de ele estar fechado se devia mais à pura sorte do que a qualquer planejamento da minha parte.

Um som ruidoso de vibração não parava de chegar aos meus ouvidos, mas não era um barulho consistente. Vibrava uma vez e parava, depois duas e parava de novo, então voltava a vibrar.

Levei uns bons cinco minutos para entender que era o meu celular, tremendo na minha mesa de cabeceira.

Alguém estava me mandando mensagem.

Aquilo parecia uma afronta, especialmente porque eu não conseguia nem abrir as pálpebras o suficiente para enxergar o que quer que estivesse na tela. Cada vez que tentava, a luz da janela do quarto me fazia retrair feito um vampiro.

É possível que eu tenha até soltado um som sibilante na primeira tentativa.

Finalmente, consegui tirar o suficiente das remelas que cobriam o canto de meus olhos para piscar e espreitar a tela do celular. Levou dez segundos para que as coisas entrassem em foco.

E então, mais dez segundos para que eu acreditasse no que estava vendo.

Mensagens. Muitas mensagens.

De Gabe.

Come uns chilaquiles, tinha escrito ele. *É a melhor cura pra ressaca que eu conheço.*

Não, peraí, um hambúrguer. Bem grande e gorduroso, e batata frita. Essa era a segunda mensagem.

No total, Gabe tinha me enviado sete mensagens com sete sugestões diferentes de pratos que eu deveria comer. Meu coração se aqueceu, mas meu estômago se rebelou e passei os quinze minutos seguintes lembrando que, por cima das bebidas cor-de-rosa da *after party*, eu também tinha virado vários shots de gelatina vermelha na balada. Parecia que alguém tinha sido assassinado dentro do meu vaso sanitário, e eu nunca mais queria comer nada com gosto de abacaxi ou cereja.

Quando consegui me erguer do chão e me arrastar de volta para a cama, vi que Gabe tinha enviado mais mensagens.

O Ollie disse que cafeína está proibida, escreveu ele. *Mas eu finalmente encontrei a receita de chai da Preeti, então lá vai.*

Ele mandou a foto de uma receita escrita à mão em um papel com o Homem-Aranha no topo.

Muita água, ele também tinha escrito. *Uma banheira de água.*

Aquilo era algo que eu conseguiria fazer.

Comecei no chuveiro, engolindo o máximo de água que podia enquanto lavava o suor seco e os resquícios grudentos de bebida. Conforme começava a voltar à vida, o restante da noite me veio à cabeça.

Depois de Gabe ter ido embora, Ollie e eu dançamos por mais umas horas, e então ele arranjou um carro para me levar embora. Por pura força de vontade, não dormi nem vomitei no banco traseiro, e consegui enfiar minha chave na porta, bem como atravessar a escadaria que levava ao meu quarto antes de brigar com meu vestido até arrancá-lo e desmaiar na cama.

Quando saí do chuveiro — meu banheiro completamente imerso em vapor —, sentindo que tinha me esfregado até alcançar uma imagem de seminormalidade, tinha ainda *mais* mensagens de Gabe.

Enrolada na toalha, sentei no canto da cama, passando pelas mensagens surpreendentemente isentas de acrônimos ou gírias. Aparentemente, Gabe Parker preferia escrever sem abreviações.

Vou dar uma festa em casa hoje à noite, tinha escrito ele. *Vai ter diversão e jogos em abundância.*

Abundância.

Gabe Parker usava "abundância" em suas mensagens.

Foi, então, que me lembrei daquele momento na pista de dança. Como tinha sido sentir aquilo. Como tinha sido *senti-lo*.

Minha pele estava macia e avermelhada depois do banho quente, mas o calor em meu corpo tinha uma origem completamente diferente.

Gabe tinha dançado *abundantemente* perto de mim na noite anterior. Gabe — no mínimo — sentia atração física por mim. Gabe estava me convidando para uma festa na casa dele.

De repente, a antes absurda possibilidade de que algo poderia, de fato, acontecer entre nós não parecia mais tão absurda.

Meu celular vibrou.

Pode trazer seu gravador, se quiser.

A mensagem foi seguida por uma carinha piscando.

Aquela carinha piscando jogou um balde de água fria nas minhas esperanças oscilantes.

Porque eu tinha me esquecido completamente do perfil. Da razão por que Gabe estava falando comigo, para começo de conversa. É claro, ele queria que eu fosse até sua casa para me deslumbrar com mais um elemento de sua vida glamorosa que eu, então, colocaria no perfil da *Página Dupla*.

Eu já tinha sido alertada de que receberia acesso sem precedentes.

Se ele quisesse fazer alguma coisa, teria feito na noite passada. Não teria desaparecido em meio a uma névoa de fumaça e shots de gelatina bem quando as coisas estavam começando a ficar boas.

Não é?

Olhei para o meu celular, considerando minhas opções.

Depois da última noite, eu tinha mais do que o suficiente para o perfil. Não poderia falar sobre Ollie e como a homofobia o tinha impedido de conseguir o papel de James Bond, mas podia falar sobre sua amizade com Gabe. Sobre como não havia ressentimento ali. Poderia fazer aquela história crível, e isso ajudaria Gabe. Melhoraria sua imagem.

Era bem provável que ir àquela festa fosse antiprofissional de minha parte.

No entanto, definitivamente também tinha sido antiprofissional convidar a mim mesma para uma première e depois ir a uma balada gay na qual eu não tinha apagado de bêbada por um triz.

Que horas?, perguntei a Gabe.

Em vez de me sentar e escrever o perfil — cujo prazo terminava naquela mesma semana —, passei as horas seguintes tentando curar a ressaca enquanto me preparava para a festa de Gabe.

Não pedi a ajuda de Jo. Eu não sabia o que usar para uma festa na casa de uma estrela de Hollywood. Não sabia qual seria o clima. Estava certa de que seria intenso — muita gente bonita, um punhado de atores famosos e, provavelmente, muitas drogas.

Depois de algum tempo, decidi-me por uma calça jeans que, de acordo com Jeremy, deixava minha bunda incrível, e uma blusinha talvez um tanto mais justa do que eu normalmente teria vestido. Dei uma olhada no espelho ao mesmo tempo que praticava como recusar com educação a cocaína que, talvez, iriam me oferecer.

— Não, obrigada — falei para o meu reflexo, jogando o cabelo de lado. — Já estou superchapada.

Era essa a terminologia certa?

Tentei de novo.

— Não precisa. A vida já me deixa chapada.

Sacudi a cabeça.

— Você é ridícula — disse a mim mesma. — Ninguém vai desperdiçar cocaína com você.

Eu esperava que fosse assim.

Quando cheguei à casa de Gabe, esperava encontrar pessoas desmaiadas no gramado da frente ou fazendo obscenidades no portão, mas não tinha ninguém do lado de fora. A casa estava toda iluminada e eu via pessoas lá dentro, e, até aquele momento, parecia igual a todas as outras festas a que eu já tinha ido.

Meu coração martelava no peito enquanto eu andava até a porta. Conforme chegava mais perto, podia ouvir risadas e conversas. Eu me sentia inacreditavelmente esquisita — não sabia se deveria bater ou só abrir a porta. Isso era uma preocupação normal das pessoas ou eu é que era extremamente ansiosa? No fim das contas, fiz as duas coisas: dei uma batidinha com o nó dos dedos na madeira ao mesmo tempo que girava a maçaneta.

Não esperava que alguém notasse a minha chegada; esperava que, se notassem, aquelas pessoas lindas não fizessem nada mais que me olhar com uma expressão confusa, perguntando-se o que aquela pessoa tão normal estava fazendo na presença delas. Esperava, em grande parte, ser ignorada.

Em vez disso, uma dúzia de cabeças se virou na minha direção e, para minha grande surpresa, e alívio, reconheci uma delas.

— Você veio! — Ollie se aproximou de mim com os braços abertos, puxando-me para um abraço.

— Oi — cumprimentei.

— O Gabe falou que te convidou — disse ele, enganchando o braço no meu. — Fico feliz que esteja aqui.

— Obrigada — respondi.

— Vamos te arranjar uma bebida.

Ele me guiou para dentro da cozinha, apresentando-me às pessoas conforme passávamos por elas.

— Chani, esta aqui é a Margot. É uma designer de moda fabulosa, mora em Nova York. E a Jessica escreve para um dos meus blogs de moda favoritos. A Chani também é escritora. Está fazendo um perfil do nosso querido anfitrião.

Ele falava como se eu fosse alguém importante. As pessoas me olharam com interesse renovado.

Eu estava sobrecarregada vendo tantos rostos — alguns eram muito bonitos, mas muitos também eram bonitos de um jeito normal. Isso fez com que eu me sentisse um pouco menos deslocada.

— O que você quer beber? — Ollie gesticulou na direção do bar. — O estoque de cerveja do Gabe está bem servido, mas as opções de drinque são meio escassas. Acho que o Davis consegue te fazer um martíni, se você quiser. — Ele indicou um cara alto e magrelo recostado na geladeira.

— Ou podemos te arranjar umas coisas mais fortes — disse Davis. — Estão na sala de estar.

Entrei em pânico.

— Não, obrigada. Eu não cheiro — falei, rapidamente.

Davis e Ollie olharam um para o outro e depois para mim.

— Estava falando de uísque — disse Davis. — Ou tequila.

Ollie riu.

— Acho que não temos cocaína aqui na casa do Gabe — completou ele, com gentileza.

Nunca fiquei tão constrangida. Eu me senti ao mesmo tempo ingênua e exausta.

Felizmente, Ollie não se demorou na minha gafe e, em vez disso, guiou-me pelo resto da casa. Eu ainda não tinha visto Gabe.

— O Gabe disse algo sobre diversão e jogos? — perguntei, sem saber o que dizer.

Ollie deixou escapar um grunhido.

— O Gabe e os jogos dele — disse ele.

Eu me perguntei, com certo atraso, se *aquilo*, sim, teria sido um código para jogos sexuais. Se eu, inadvertidamente, tinha aceitado um convite para uma orgia hollywoodiana.

Não. Eu estava sendo maluca. Se não tinha cocaína, provavelmente não teria amor livre. Apesar de a casa — com sua atmosfera picante dos anos 1970 — praticamente implorar isso.

— Que tipo de jogos? — perguntei.

— Ele vai te explicar — disse Ollie.

E então, como se eu estivesse em um filme de verdade, e não apenas em uma fantasia vívida com uma estrela de cinema, a multidão pareceu se abrir, e lá estava ele.

Gabe.

Ele era o centro das atenções. Estava em uma das extremidades da sala, com a cachorrinha ainda sem nome sentada aos seus pés. Estava descalço, e cada vez que a cachorrinha lambia seus dedos, ele oferecia a ela alguma coisa do pratinho de papel que estava segurando.

— Você está mimando ela demais — disse Ollie quando nos aproximamos.

Mas Gabe não estava prestando atenção — ele olhava para mim. Fixamente.

— É você — disse ele.

— Oi — falei.

Ollie me deu um tapinha no ombro.

— Vou deixar vocês conversarem sobre a Corrida da Pirâmide.

E, então, ele se foi.

Apesar de a sala estar lotada de pessoas, e da música, das conversas e das risadas, foi como se uma quietude tomasse conta do lugar. A expressão no rosto de Gabe não estava muito diferente de quando o encontrei no tapete vermelho.

Só que eu não estava usando um vestido lindo e cintilante nem com o rosto coberto de maquiagem; meu cabelo estava ondulado, cheio de frizz e bagunçado, como ficava normalmente.

E, ainda assim...

— Oi — disse ele.

— Oi — repeti

A cachorrinha soltou um latido baixinho e curto. Ambos baixamos os olhos para ela, que olhou para cima inocentemente, como se não fizesse ideia de por que, de repente, estávamos prestando atenção nela.

— O Ollie tem razão — disse Gabe a ela. — Estou mesmo te mimando.

Ele me entregou o prato e se ajoelhou, erguendo-a em seus braços. Ela era pequena, mas era fácil saber, olhando para suas patas gigantes, que ficaria enorme. Ela lambeu o rosto dele.

— Fique à vontade para mimá-la também. — Gabe indicou o prato em minhas mãos com a cabeça. — É só queijo.

Ofereci alguns pedacinhos, que ela comeu com avidez, a língua macia limpando meus dedos.

— Ela gosta de você — concluiu.

— Acho que ela gosta de qualquer um com comida.

— Assim como o dono dela. — Ele esfregou o nariz na cachorrinha e ela farejou seu rosto. — Boa menina.
— Boa menina — repeti.
Gabe sorriu.
— Vamos pegar uma bebida pra você — disse ele.

FÁBRICA DA FOFOCA

"GABE PARKER E A FIGURA PATERNA AUSENTE" (TRECHO)

A essa altura, todos já vimos a foto — Gabe Parker, que chamou a atenção do mundo inteiro no drama rústico e lascivo *Cold Creek Mountain*, comparecendo à première com a mãe.

Não com uma estrela em ascensão nem com sua maravilhosa colega de filme, ninguém do meio cinematográfico.

Foi o suficiente para enlouquecer sua nova legião de fãs mulheres. E a seguir vieram inúmeras entrevistas falando de quão próximo ele é, não apenas da mãe, mas também da irmã. Até diz que ela é sua melhor amiga.

Não sobra escolha a não ser perguntar como Parker conseguiu manter sua inegável masculinidade cercado de tanta feminilidade, principalmente levando em conta que ele se recusa a falar sobre — ou sequer mencionar — o próprio pai.

As especulações têm corrido soltas e o silêncio de Parker não ajuda em nada a abafar os rumores. Na verdade, só serve para amplificá-los.

Se não tem algo aí, por que Gabe não fala sobre o próprio pai? *Quem é o Parker pai?*

Mas nada é segredo em Hollywood, nem mesmo a vida familiar de Parker.

A *Fábrica da Fofoca* descobriu a verdade por trás do silêncio de Gabe, e é uma verdade trágica.

Thomas Parker era um empreiteiro em Cooper, Montana, onde nasceu e cresceu. Ele se casou com Elizabeth Williams quando ambos tinham vinte e sete anos. Tiveram a primeira filha — a irmã de Gabe, Lauren — aos vinte e nove, e Gabe veio no ano seguinte. Dez anos mais tarde, Thomas se foi. Morreu em decorrência de um tumor no cérebro.

CAPÍTULO 20

EU ESTAVA EXAUSTA. OS EFEITOS DA NOITE ANTERIOR ESTAVAM me vencendo. Já tinha passado muito da minha hora de dormir e eu estava ficando entediada. Praticamente todo mundo ao meu redor estava bêbado e, mesmo que Oliver tivesse insistido que não havia cocaína na festa, eu suspeitava fortemente de que uns convidados sentados no canto tinham levado a própria droga.

Mantive uma boa distância deles — ainda não sabia um jeito maneiro de recusar.

Eu me sentia ridícula e Gabe estava esquisito. Ou talvez eu é que estivesse.

Ele tinha arranjado aquela tal bebida para mim — uma dose generosa de uísque em um copo vermelho de Coca-Cola diet. Dei um ou dois golinhos, lembrei do estado em que estava naquela manhã e abandonei o copo em uma mesa.

No instante em que peguei a bebida, no entanto, Gabe desapareceu. Ele e a cachorrinha se misturaram na multidão, deixando-me sozinha ao lado do bar, em uma casa cheia de pessoas que eu não conhecia.

Era a festa dele, então tentei não me sentir muito decepcionada. Ele tinha amigos com quem conversar, pessoas a entreter. Eu provavelmente tinha depreendido mais do que devia de seu convite — talvez ele tivesse convidado todo mundo que conhecia em Los Angeles.

Pensei na minha bolsa — largada na imensa pilha de bolsas e casacos em cima da cama do quarto de hóspedes — e no gravador enfiado no fundo dela. Gabe tinha me dito para levá-lo, mas agora eu não sabia se tinha sido só uma piada. Ele não parecia querer ser entrevistado — parecia, na verdade, estar me evitando — e eu não conhecia mais ninguém ali além de Ollie, que estava divertindo os convidados no quintal dos fundos.

Eu não queria interromper.

Sentei em um sofá de frente para uma tigela cheia de jujubas, tentando ignorar a vergonha e o desconforto que sentia. Eu nunca me dei muito bem com festas. Era uma das coisas que Jeremy e eu tínhamos em comum. Éramos ambos, na maior parte do tempo, pessoas caseiras. Gostávamos de ficar em casa, assistindo a filmes ou só lendo no sofá com os pés enroscados. De vez em quando, íamos a uma festa — em grande parte, lançamentos de livros ou reuniões mais singelas na casa de amigos, mas nada daquele tipo. Por um momento breve e inesperado, senti saudades dele.

Observei Gabe do outro lado da sala. Ele parecia completamente à vontade com toda aquela gente à sua volta — com todo o caos e o barulho.

A forma como meus olhos o encontravam na multidão, como me vi monitorando onde ele estava e com quem, fizeram-me sentir um pouco maluca. Meu olhar estava o tempo todo indo até a porta, e eu me perguntando se Jacinda Lockwood apareceria.

Continuei comendo jujubas e comecei a sentir o açúcar lutando contra a minha exaustão. Eu me mexi no sofá, que guinchou alto o suficiente para fazer duas pessoas se virarem na minha direção.

— É o sofá — falei, balançando a mão na direção dele.

Elas só franziram a testa e me deram as costas. Era possível que eu parecesse completamente louca — sentada sozinha ali, enfiando punhados de doce na boca —, mas fiquei repetindo para mim mesma que ninguém se importava. Ninguém nem sabia que eu estava ali.

Isso era tão reconfortante quanto deprimente.

Disse a mim mesma que iria embora depois de encontrar mais uma jujuba de maçã verde.

Quando consegui, coloquei-me de pé, bambeando um pouco até conseguir me endireitar por completo. Meu corpo vibrava com tanto açúcar, mas continuava cansada. Minhas pálpebras lutavam contra a gravidade.

Gabe foi até o centro da sala.

Sentei de novo, e esse movimento rápido me exauriu de quase toda a energia restante.

— Certo — disse Gabe. — Hora de brincar.

Minha cabeça parecia pesada e oscilante, mas eu estava determinada a mantê-la erguida. Mesmo que fosse preciso colocar a mão na base da garganta, usando a palma para me estabilizar, como se meu pescoço fosse aquela coluna escorregadia e instável do bolo de aniversário de *A Bela Adormecida*.

— Quanto tempo esses jogos costumam demorar? — perguntei para a pessoa que estava sentada ao meu lado.

Ela me encarou com olhos sonolentos e embriagados e fez um joinha. Não era a resposta que eu estava procurando, mas de qualquer forma retribuí o gesto.

Foi só mais um lembrete de quão deslocada eu estava. Esse era o cotidiano de Gabe — toda essa festança sem fim —, e, depois de dois dias, eu já estava exausta. Como alguém conseguia manter esse estilo de vida?

Olhei ao meu redor e vi que parte da camada superficial com que fiquei admirada quando cheguei — o mesmo tipo de elegância que tinha notado na première da noite passada — começara a se deteriorar.

Escondidos entre os convidados mais novos e de rosto mais revigorado, estavam alguns que aparentavam estar festejando desde que aquela casa tinha acabado de ser construída. Eles emanavam um tipo de decadência exausta, as marcas profundas ao redor dos olhos denotando que já estavam naquela cidade havia tempo demais.

Era como um alerta.

Para mim. Para todos os presentes.

As jujubas chapinhavam em meu estômago, solitárias.

— Vamos lá! — incitou Gabe. A maioria dos convidados parecia ter uma ideia geral do que estava acontecendo.

Alguns dos festeiros mais encarquilhados bateram em retirada, puxando maços de cigarro enquanto migravam para o quintal. O que quer que estivesse prestes a acontecer, estava claro que não era a praia deles.

Eu não tinha a menor ideia do que estava rolando, mas de todo jeito levantei de novo.

Gabe caminhava pela sala, apontando para as pessoas e dizendo "um" ou "dois", como meu professor de educação física fazia quando era hora de jogar queimada.

Ele se aproximou de mim com o dedo em riste. Eu deveria ter sido a "número um".

— Dois — disse ele, em vez disso, e então apontou para si mesmo. — Dois.

Ele terminou de fazer a ronda pela sala e voltou até mim.

— Vamos lá! — disse, pegando meu braço. — Você está no meu time.

O jogo se chamava Corrida da Pirâmide. Cada um de nós foi instruído a escrever uma lista de dez coisas. Não podíamos mostrar a lista para ninguém.

— Não sei o que colocar nessa lista — falei, para ninguém em particular.

— O que você quiser, querida — disse Ollie. — Só não vai complicar demais.

Ele tinha aparecido ao meu lado, embora não soubesse dizer quando. Se estava bêbado, ele disfarçava muito bem.

Gabe também. Se não fosse pelo peso em suas pálpebras e a sutil inclinação de seu corpo, que só o mais astuto dos observadores notaria, eu acharia que ele estava sóbrio.

— Eu nem sei o que seria complicar demais — falei para Ollie.

Alguém distribuiu papel e lápis. Fiquei impressionada com quão bem organizado aquele jogo era, mas, quando o papel e o lápis chegaram até mim, eu já tinha esquecido o que deveria fazer com eles.

— Dez coisas? — perguntei a Ollie.

Ele me olhou de canto e deu um sorriso empático.

— Ah, meu bem — disse ele. — Você está a ponto de capotar, não é?

— Não sei o que isso quer dizer — falei. — Mas acho mesmo que não deveria dirigir.

Ele deu um tapinha na minha mão.

— Pode deixar — disse ele. — Eu faço a sua lista e a minha.

— Obrigada. — Entreguei o meu papel, apesar de ainda não ter ideia do que estava acontecendo.

— Todo mundo pronto pra jogar? — perguntou Gabe. — Ollie, pronto pra passar vergonha?

Ollie fez um gesto de vitória com os dedos para ele.

— O Ollie está pronto — disse Gabe. — Chani?

Ergui os olhos para ele, sem saber como, já que minha cabeça parecia uma pedra.

— Estou com sono — respondi.

— Ela está bêbada — Ollie esclareceu.

Sacudi a cabeça.

— Bêbada, não — disse. — Mas comi jujubas demais.

— Vamos lá. — Gabe me ergueu pelo braço.

Sua mão estava quente, a palma áspera dela roçando a pele macia na parte de dentro do meu cotovelo.

— Time Dois, comigo — disse Gabe.

Eu o segui, mesmo não tendo muita escolha. Ele ainda estava segurando o meu braço.

— Bela festa — falei.

A frase soou sarcástica.

— Você não é muito fã de jogos, não é? — perguntou Gabe.

Chacoalhei a cabeça, mas perdi o controle do gesto no meio do caminho e não consegui parar. Tive que esperar o impulso se esgotar e minha cabeça cair para o lado, olhando para Gabe. Ele era tão alto.

— Você está *mesmo* bêbada — disse ele.

— Não sou boa em jogos.

— Não?

— Não.

Soei exatamente como uma verdadeira criança respondendo a alguém que lhe oferecesse vegetais: um choramingo longo e arrastado.

Gabe não falou nada, mas pude vê-lo reconsiderando suas opiniões sobre mim. Não gostei.

— Vou tentar — sugeri.

Ele sorriu.

— Ótimo!

Ele me deu um tapinha no ombro, como se fôssemos jogadores de futebol, e se virou para o restante do time.

— Quem quer ir primeiro?

Foi, então, que me dei conta de que tínhamos saído da sala de estar e ido para o quarto dele. Nós e mais ou menos uma dúzia de pessoas.

Elas pareciam saber exatamente o que estavam fazendo. Uma menina magrinha, de cabelos pretos, com um vestido de tricô e um colar enorme e colorido, ergueu a mão.

— Eu vou primeiro — disse ela, e começou a fazer estocadas longas e exageradas.

Eu a encarei, horrorizada.

— Isso faz parte do jogo? — perguntei.

Gabe riu.

— Não — disse ele. — A Adrienne só está se aquecendo.

Não entendi, até ouvir a voz de Ollie, do outro quarto.

— Os dois times estão prontos?

— Estamos! — gritou todo mundo ao meu redor.

— Ok, já!

Adrienne saiu correndo do quarto. Em poucos segundos, ela estava de volta.

— Ok. — Ela estava sem fôlego, mas ainda conseguiu cantar: — *Thank you for being a friend...*

— *Supergatas!* — gritou uma garota à minha esquerda. Ela usava um par de tamancos vermelhos.

Adrienne apontou para ela, triunfante, e Tamancos Vermelhos saiu correndo do quarto.

E voltou.

— Fred Astaire. De trás pra frente. Salto alto[5] — disse ela.

— Ginger Rogers! — gritou alguém.

— Isso! — disse Tamancos Vermelhos, e a pessoa que tinha respondido corretamente correu para a sala de estar.

Fizemos isso mais sete vezes, até que ouvi um som de comemoração no outro quarto. A cachorrinha também estava latindo; claramente aliara-se ao time vencedor.

— Droga! — disse Adrienne.

— É só a primeira rodada — disse Tamancos Vermelhos. — A gente consegue.

— Ajudaria se o Gabe começasse a jogar de verdade — disse Adrienne, lançando-nos um olhar igualmente divertido e ameaçador.

Gabe riu.

---

5   Fred Astaire e Ginger Rogers foram atores e dançarinos que coestrelaram uma série de musicais durante a Era de Ouro de Hollywood. A referência é de uma frase do cartunista Bob Thaves, dizendo que "Ginger Rogers fez tudo que Fred Astaire fez, mas de trás para frente e de salto alto".

— Só estou ensinando a novata como funciona — disse.

— Claro — disse Adrienne, jogando o cabelo por cima do ombro.

Mostrei a língua para ela, que riu.

— Por que a sua língua está roxa? — perguntou ela.

— Já falei. Jujubas demais.

— Está pegando o jeito? — perguntou Gabe.

Ele estava muito perto de mim. Senti o calor de seu hálito com um toque de uísque na têmpora.

— Acho que sim. — Minha voz estava rouca.

— Ótimo! — disse ele.

Minha vontade era me largar nele, e foi só quando a gravidade começou a me puxar para baixo que percebi que já tinha começado a fazer exatamente isso. Claro que eu não tinha confirmado quão perto ele realmente estava e, por um segundo assustador, tive certeza de que ia cair de bunda no chão.

Gabe, no entanto, segurou-me pelas axilas e me colocou de pé de novo antes que eu terminasse minha imitação da ponte de Londres.

— Tudo bem aí? — perguntou Adrienne.

— Tudo ótimo — respondi, envergonhada e ranzinza.

— Vai tentar na próxima rodada? — perguntou Gabe.

O tom de desafio em sua voz inflamou minha natureza competitiva meio adormecida.

— Vou. — Ergui o queixo.

— Essa é minha garota! — disse ele.

Corei. Que nem um pimentão.

Mesmo tendo certeza de que Gabe já tinha visto, virei meu rosto de lado, tentando parecer que estava concentrada na porta.

Adrienne estava se alongando de novo. Suas estocadas eram tão baixas que os joelhos tocavam o chão.

— Tá pronta? — perguntou-me ela, fazendo o sinal de V com os dedos e apontando primeiro para os próprios olhos, depois para mim.

— Claro que estou.

Eu não estava.

O Time Dois perdeu mais três rodadas.

— Isso é uma palhaçada — disse Tamancos Vermelhos, cujo nome, eu tinha descoberto, era Natasha. — Quem foi que escolheu os times?

Todos apontaram para Gabe. Ele encolheu os ombros e tomou mais um gole do que quer que estivesse em seu copo vermelho. Pelo aroma, era uma mistura delicada de uísque e uísque.

— Pelo menos estou fazendo um esforço — disse ele.

Todos olharam para mim.

— Jujubas — eu disse.

— Certo. — Gabe largou o copo e ergueu os braços sobre a cabeça antes de baixá-los de novo e esticar os cotovelos para fora. Sua camiseta tinha subido, expondo a barriga lisa e reta. Encarei. Nem tentei disfarçar. Ele se alongou ainda mais, ocupando o espaço ao redor.

— Sou o próximo — ele falou.

Contudo, antes de sair, ele colocou as mãos nos meus ombros e aproximou o rosto do meu.

— Você consegue.

Merda de festa.

Ele correu para fora do quarto e o ouvi soltar um grito de alegria. Em seguida, ele estava de volta à porta, uma mão no batente, a outra apontada para mim.

— Ele é um merda — disse ele.

— Woody Allen?

— É! — confirmou.

Senti um arroubo de satisfação. Eu tinha acertado. Claro, também tinha esquecido totalmente do que vinha a seguir.

Uns cinco pares de mãos me empurraram para a frente e eu tropecei em direção à porta, conseguindo por pouco me manter em pé.

— Vai! Vai! Vai! — entoava meu time.

Certo. Eu precisava correr para o outro cômodo e pegar a próxima palavra.

Quando passei por Gabe, ele me deu um tapinha amigável e esportivo na bunda. Dei um murro no braço dele.

— Ai — disse ele.

— Chorão — falei por cima do ombro.

De alguma forma, mexer-me ajudou a clarear minha cabeça. Corri até Ollie, que estava parado na sala de estar com um pedaço de papel na mão. Parecia que ele era o juiz. Ou algo do tipo. Eu ainda não tinha entendido completamente como o jogo funcionava. Ele me mostrou o próximo tópico.

Cary Grant.

Corri de volta para o quarto, e antes mesmo de ter passado pela porta já estava gritando:

— C. K. Dexter Haven!

— Cary Grant!

Gabe passou correndo por mim.

Quando voltou, seus olhos estavam fixos nos meus.

— Encantado, não sincero[6].

— *Into the Woods*!

O resto da rodada continuou nessa toada, comigo e Gabe adivinhando rapidamente o papelzinho um do outro, até que corri em direção a Ollie e ele balançou o papel na minha direção.

— Vocês ganharam — disse ele.

Gritei como nunca tinha gritado. Tão alto que assustou a cachorrinha, que estava dormindo em sua cama perto da TV.

— Ganhamos! — falei para o meu time, que explodiu em comemoração, como se tivéssemos acabado de ganhar o Super Bowl ou algum outro evento grande e importante de esportes.

---

6   Referência à fala do Príncipe Encantado no musical "Into the Woods": "fui criado pra ser encantado, não sincero".

Gabe me puxou para um abraço, erguendo-me do chão ao me girar pelo quarto.

— Uau! — disse Adrienne, depois de ele me colocar de volta. — Vocês dois são o time dos sonhos.

O_LANCE_PONTO_COM.BLOGSPOT.COM

"O DIA PERFEITO"

O Romancista e eu tínhamos um jogo chamado Dia Perfeito. Costumávamos jogá-lo nas poucas noites em que podíamos bancar um jantar legal fora.

    O Romancista tinha um Dia Perfeito bem detalhado e bem específico que exigia mais sorte do que dinheiro. Ele amava ir à praia, especialmente aquelas com passarelas de madeira à moda antiga. Seu Dia Perfeito aconteceria em uma dessas passarelas na Costa Leste. Seria verão, quente, mas não insuportável. Nós compraríamos um cachorro-quente e uma limonada gelada e então, por um maravilhoso acaso, no momento em que quiséssemos sair do sol, passaríamos por uma livraria. Daríamos uma olhada e descobriríamos que ela estava prestes a receber um dos escritores favoritos do Romancista. Um dos Jonathans da literatura, o Safran Foer ou o Franzen[7]. Seria um evento pequeno e intimista que sequer tinha sido divulgado. Na verdade, nós seríamos os únicos ali. E Jonathan olharia para seu público de duas pessoas e diria: "Que se dane, vamos jantar juntos logo". E nós iríamos. Em

---

[7]   Jonathan Safran Foer, Jonathan Franzen e Jonathan Lethem são novelistas norte-americanos que fizeram grande sucesso no mercado literário entre o fim dos anos 90 e início dos anos 2000.

um restaurante requintado que serviria frutos do mar, em que comeríamos lagosta naqueles pratinhos de plástico. O Romancista tiraria uma foto engraçada dos dois. Eles falariam sobre livros e Jonathan diria algo do tipo: "Que ideia incrível! Aqui está meu e-mail pessoal. Envie quando tiver terminado. Vamos fazê-lo ser publicado".

O meu Dia Perfeito era diferente em praticamente todos os aspectos, exceto que também envolvia andar por aí e encontrar uma livraria. Suponho que fosse apropriado, já que o Romancista e eu nos conhecemos em uma livraria.

Meu Dia Perfeito não aconteceria em um local específico. Só sabia que seria em algum lugar em que fizesse frio. Eu queria estar usando uma blusa aconchegante e uma jaqueta quentinha. Não precisava estar congelando, mas eu imaginava que estaria frio o suficiente para deixar meu rosto vermelho. Eu estaria em uma cidadezinha pequena. O tipo de cidade em que os moradores se conhecem. Onde você passa em frente a uma loja e o dono coloca a cabeça para fora e tenta te atrair para ver as mais novas joias no estoque ou provar uma receita nova que estão testando. Em algum momento, eu compraria um chocolate quente com muitos marshmallows e com o calor do copo aqueceria minhas mãos. Eu caminharia por uma rua contornada de luzes cintilantes e guirlandas penduradas entre os postes. Todos por quem eu passasse me cumprimentariam. Quando estivesse frio na medida exata, aí é que eu passaria em frente à livraria. Um aroma de sidra viria do interior e, sem dúvidas, teria um carrinho de bebidas perto da porta com copos e uma plaquinha alegre dizendo "Sirva-se". Eu trocaria meu chocolate quente por uma sidra e perambularia pela loja. Seria um lugar grande, mas cheio de livros, poltronas de couro e talvez até um gato descansando nas prateleiras. Todos os livros que eu quisesse comprar estariam em estoque, e encontraria mais alguns que nem sabia que queria. Mas o que faria daquele o Dia

Perfeito seria que, no momento em que eu fosse até o caixa, o vendedor me reconheceria. É você, ele diria, e apontaria para uma estante onde meu livro estaria em destaque.

"Você se importaria de autografar uns exemplares?", perguntaria ele. *"Somos muito fãs do seu trabalho."*

Esse, eu acho, seria o verdadeiro Dia Perfeito.

bjsdaChani

CAPÍTULO 21

MINHA CABEÇA DOÍA E MINHA LÍNGUA ESTAVA COM UMA TEXTURA estranha. Eu me sentia enjoada e sabia que, se tentasse voltar a dormir, tudo que conseguiria seriam algumas horas de sono esquisito e inquieto, além de possíveis pesadelos jogados ali no meio. Eu me sentiria nojenta e cansada, e passaria o resto do dia na cama.

Foi, então, que percebi que não estava em casa. E que não era dia.

Estava escuro, mas uma luz brilhava através das cortinas que iam até o chão — o suficiente para eu conseguir ter uma visão decente de onde estava. Um quarto. Um quarto grande. A cama era ridiculamente grande. Nunca tinha deitado em uma cama *king size*, mas aquela parecia ser ainda maior. Como se eu pudesse rolar para o outro lado e, antes de eu chegar à borda, já tivesse amanhecido. Os lençóis eram incríveis — muito macios e luxuosos. O cheiro deles também era muito bom.

Levei um momento para entender *qual* exatamente era o aroma. De perfume de cedro, caro e exclusivo.

Sentei de supetão. E minha cabeça me odiou por esse movimento repentino.

Eu estava na casa de Gabe. Na *cama* de Gabe.

Olhando ao meu redor, confirmei que estava sozinha e — exceto pelos meus sapatos — também estava completamente vestida. Deixei-me cair de volta nos incríveis travesseiros.

Merda.

Não sabia dizer o que era mais vergonhoso — que eu tinha apagado na cama de Gabe ou que estava na cama de Gabe *sozinha*.

Quase dava para ouvir minha colega de apartamento reclamando.

— Você chegou tão perto de trepar com ele e foi isso que aconteceu? — diria ela.

Eu, definitivamente, precisava de amigos novos.

Tentei organizar o restante da noite em minha mente. Eu tinha bebido um gole ou dois de uísque e depois comido um balde de jujubas. Então jogamos Corrida da Pirâmide, e eu estava jogando muito mal até que, de repente, parei de jogar mal, provavelmente quando meu nível de açúcar atingiu o ápice e, em algum ponto, comemoramos nossa vitória. A cachorrinha de Gabe pulava e latia, todos estavam rindo, e depois disso deitei-me na cama dela, ao lado da própria, que estava tão cansada e sobrecarregada da festa que tinha colocado a si mesma para dormir, e aparentemente eu tinha tentado fazer o mesmo. E, então, Gabe tentara me tirar dali rindo enquanto eu tentava afastá-lo a tapas.

Meu estômago e meu coração deram um completo solavanco quando o restante do que aconteceu veio à tona. Gabe tinha se ajoelhado ao meu lado — seu rosto estava próximo ao meu.

— Está pronta para ir pra cama? — tinha perguntado ele.

Eu devo ter concordado com a cabeça ou me aconchegado mais na cachorrinha, que deixou escapar um suspiro de satisfação, e acredito ter dito que ficaria ali com ela mesmo, mas Gabe falou que eu não podia dormir em uma cama de cachorro, e então colocou os braços ao meu redor e me ergueu contra seu peito. Eu não sou uma pessoa pequena — sou alta e meus membros, esguios —, mas mesmo assim ele me levantou como se fosse eu a cachorrinha e me carregou até aquele quarto.

Até o quarto *dele*.

Lembrava vagamente de algumas pessoas aplaudindo, assobiando e gritando. Gabe as tinha ignorado e me colocado em sua cama. E eu apaguei. Com força.

Eu me virei de cara no colchão, agarrando um travesseiro e o segurando bem perto. Lembrava vagamente dele tirando os meus sapatos — me encolhi de vergonha com a ideia de Gabe entrando em contato com pés que provavelmente estavam bem fedidos —, e então ele tinha saído do quarto, fechando a porta atrás de si.

Não tinha ideia de que horas eram. Não estava com a minha bolsa nem meu celular. Eles provavelmente estavam exatamente onde eu os tinha deixado — com o meu casaco, no quarto de hóspedes.

Por que Gabe não me colocou lá — junto dos casacos —, eu não sabia.

Percebi, então, que a casa estava em silêncio. Ou quase. Havia um barulho vindo de muito longe, mas era abafado, típico da noite, não o tipo de barulho que se esperaria de uma festa ainda em andamento. Parecia uma conversa entre pessoas. Talvez Gabe e um amigo.

Jogando meus pés para o lado da cama imensa, encontrei meus sapatos, dispostos lado a lado.

Muito embora abandonar uma cama extremamente confortável e aconchegante fosse a última coisa que meu corpo quisesse, eu não poderia deixar que Gabe abdicasse de seu quarto — e também não poderia me permitir continuar ali. Eu estava a anos luz de distância do que era considerado um comportamento apropriado, e não fazia ideia de como escreveria o perfil sem parecer uma completa maluca. Se meu intuito era combater o estereótipo da jornalista que consegue histórias por meio de artimanhas femininas, bom, eu estava fazendo um trabalho de merda. Não que minhas artimanhas femininas tivessem me conseguido alguma coisa, mas, ainda assim, era *muito* antiprofissional.

O gravador continuava na minha bolsa. Se eu quisesse falar sobre o que tinha acontecido naquela noite — e eu não sabia muito bem se queria fazer isso, levando em conta quão vergonhoso tinha sido —, precisaria recriar tudo a partir da minha memória, e nesse momento meu cérebro parecia ressecar só com a mera sugestão de precisar pensar a fundo sobre algum assunto.

Aquele era um problema para a minha mente desaçucarada e hidratada lidar. Primeiro, eu precisava sair dali. Precisava colocar os sapatos, encontrar minha bolsa e meu casaco. Precisava ligar para a empresa de táxi que tinha me levado até ali. Precisava ir para casa.

Sapatos em mãos, abri a porta do quarto.

O barulho vinha do outro lado da casa, mas ficou claro bem rápido que não era Gabe. Eram uma mulher e um homem — só que o homem era britânico. A não ser que Gabe estivesse praticando seu sotaque de Bond no meio da noite com outra convidada, era muito mais provável que ele estivesse assistindo TV.

Isso se confirmou quando fui me esgueirando em direção ao som — que também ficava na direção do quarto de hóspedes — e me deparei com a luz azulada característica de uma televisão iluminando a sala de estar.

Parte de mim esperava que Gabe tivesse dormido, que eu pudesse ir embora sem que ele me visse, mas, em vez disso, o diálogo baixo parou logo em seguida, a imagem congelando na tela.

— Oi — disse Gabe.

Ele estava sentado no sofá. Sozinho.

Ainda estava com a mesma roupa da festa — uma calça jeans e uma camiseta —, mas parecia muito mais amarrotado, como se tivesse ficado deitado no sofá.

— Oi — falei.

Minha cabeça doía e eu estava mais envergonhada do que conseguia colocar em palavras.

— Como está se sentindo? — perguntou ele.

— Sinto muito mesmo.

Ele sorriu para mim.

— Você estava bem engraçada — disse ele, o rosto contorcido em uma careta provocativa.

— Você não precisava ter me colocado no seu quarto.

— Não podia te deixar na cama da cachorra.

Ele gesticulou na direção dela, onde a cachorrinha ainda dormia profundamente.

— Podia ter me colocado no seu quarto de hóspedes — concluí.

— As pessoas iam ficar entrando e saindo de lá o tempo todo — disse ele. — A festa só acabou mais ou menos uma hora atrás.

— Que horas são? — perguntei, sentindo-me completamente indisposta.

— Ainda são três manhã — respondeu ele.

— Três da manhã?

Ainda.

— Você não devia estar dormindo no sofá — eu disse.

— Não estava — respondeu ele. — Ia dormir no quarto de hóspedes quando o cansaço batesse.

— Não devia dormir no quarto de hóspedes também.

Ele ergueu uma sobrancelha.

— Isso é um convite?

Eu não sabia o que dizer. Ele estava falando sério? E se estivesse, será que *era* mesmo um convite?

E será que eu poderia aceitar?

— Acho que você precisa de um pouco de água — disse Gabe, felizmente me salvando de precisar responder. — Senta.

Ele deu um tapinha no sofá enquanto se levantava e foi em direção à cozinha. Eu me empoleirei lá, no cantinho de uma das almofadas, e fiquei vendo a cachorrinha dormir. Ela estava muito, mas muito bonitinha, o nariz escondido sob o rabo. Foi então que, finalmente, direcionei minha atenção para o que Gabe estava assistindo na TV.

— É isso mesmo. — Ele voltou com um copo grande de água. — Sou um nerdão.

— Eu amo esse episódio — eu disse, tendo bebido quase todo o copo.

— É? — perguntou Gabe.

— Bom, acho que o Data é meu personagem preferido, depois o Worf. Mas os episódios centrados no Picard são bem incríveis.

Gabe me olhou.

— Também sou uma nerdona — falei, apesar de imaginar que era menos surpreendente para ele descobrir que eu era fã de *Star Trek: a nova geração* do que para mim descobrir que Gabe também.

— Quer assistir comigo? — perguntou ele, erguendo o controle.

— Preciso ir.

Mas não me mexi.

— Eu chamo um táxi pra você de manhã — disse ele. — Vamos lá. Assiste a um episódio comigo.

Assistimos a três. O que ele já estava assistindo, o meu episódio preferido, e depois o favorito dele. Ele tinha todos em DVD.

Gabe fez pipoca — uma tigelinha com a pipoca sem nada para a cachorrinha, e uma temperada de canela e açúcar para nós dois.

Aquilo tudo era estranhamente legal. E normal.

Mais normal e legal do que o fim de semana inteiro tinha sido até então.

— Você cresceu assistindo *Star Trek?* — perguntei.

— Cresci — disse Gabe. — Meu pai amava.

Fez-se um silêncio longo e pesado. Gabe olhou para mim. Como se estivesse me dando permissão.

— Quem era o personagem favorito dele? — perguntei, dando cuidadosamente continuidade ao assunto.

— Ele amava o Geordi. Acho que porque ele tinha alma de engenheiro. Gostava de consertar as coisas.

— Você era próximo do seu pai? — perguntei, ainda me preparando para que ele parasse de falar sobre aquilo. Para que ele se fechasse, desse-me as costas, dissesse-me para cair fora.

Mas Gabe pareceu amolecer. E sorriu.

— Era. A família toda era próxima, mas eu era o único que queria ir para as construções com ele. Podia passar o dia inteirinho lá, respirando a serragem, escutando a equipe dele martelar e xingar. Vê-los observando o meu pai. Ele era ótimo no trabalho. Todo mundo o admirava.

— Você amava o seu pai — falei.

— Sei o que você está pensando — disse Gabe.

As pessoas supunham que havia algo sombrio e sórdido no relacionamento de Gabe com o pai. Que a relutância de Gabe em falar a respeito dele estava acobertando alguma coisa.

Ele se recostou no sofá, os pés em cima da mesa de centro.

— O que você sabe? — perguntou ele. — A respeito dele?

Repeti tudo o que já tinha ouvido — apenas os fatos —, o tipo de coisa que poderia estar listada na página da Wikipédia de Gabe.

— Vocês não eram... distantes? — perguntei.

Pensei no meu gravador no outro quarto. Mas sabia que Gabe não estava me dizendo nada daquilo por causa do perfil.

— Não — respondeu. — Ele morreu quando eu tinha dez anos e era o meu herói, mesmo que isso soe bem brega, e de certa forma, ele ainda é. Perder ele foi o pior momento da minha vida.

Ele esfregou o rosto com a mão.

— Meu pai tinha trinta anos quando eu nasci. A minha idade.

Senti que devia apenas escutar.

— Você escreveu um monte de matérias sobre celebridades — disse Gabe.

Não era uma pergunta, então não me dei o trabalho de responder. Além disso, "um monte" era bem relativo.

— Já li muitas matérias do tipo. Sei como funciona quando você tem uma história como essa. Ela se torna parte da narrativa, parte do seu DNA como ator e figura pública. Meu pai... — Gabe parou de falar e passou a mão pelo rosto mais uma vez.

Cada vez que fazia isso, ele parecia um pouco mais velho, um pouco mais cansado.

— Nunca gostei de falar disso... falar dele. Quando ele morreu, as pessoas perguntavam sobre ele, perguntavam como eu estava, e isso sempre me deixou desconfortável. Como se existisse um aspecto falso na situação.

Ele sacudiu a cabeça.

— Sei que não faz muito sentido, mas isso sempre tornou difícil falar sobre ele. Isso não mudou só porque as pessoas querem saber da minha vida pessoal. Meu pai é mais do que uma linha na minha biografia — disse Gabe. — Ele é mais do que o meu passado trágico. Você entende?

Eu entendia. E sabia exatamente o que ele estava dizendo, porque meu próprio cérebro de escritora e jornalista já estava construindo aquela narrativa:

Gabe Parker: assombrado pela perda do pai amado.

Gabe Parker: tornando-se o homem que seu pai nunca pôde ver.

Gabe Parker: o que a perda me trouxe.

— Meu pai... a memória dele... é algo meu. Entendo que parte do meu trabalho é me dividir com o público. Dividir histórias e intimidades da minha vida. Mas não posso fazer isso com o meu pai.

Ele deu de ombros.

— Sei que é ridículo. Sei que me recusar a falar sobre ele o transformou em uma fonte de interesse. Mas algumas coisas não são para os meus fãs.

— Não é ridículo — falei.

Eu sabia que se incluísse isso no perfil seria uma imensa dádiva para mim. Eu teria atenção. Teria trabalhos. Porque eu teria conseguido a história que ninguém mais conseguiu.

Gabe estudou meu rosto com uma intensidade que me fez querer me enrolar como um tatuzinho assustado, mas me forcei a ficar imóvel. Esperei que ele perguntasse se eu pretendia escrever sobre aquilo.

Em vez disso, ele redirecionou a conversa para um assunto mais seguro. Quase como se não quisesse saber a resposta.

— Como você conheceu *Star Trek*? — perguntou Gabe.
— Sua família?

Sacudi a cabeça.

— Meu primeiro semestre na faculdade foi complicado. Eu me mudei para Iowa sem conhecer ninguém, tive dificuldade em fazer amigos. Eu alugava filmes na Netflix e ficava assistindo sozinha no meu quarto.

Gabe parecia pensativo.

— Não consigo imaginar — disse ele.

— Ah... — falei. — Eu era bem esquisita.

— *Isso* eu consigo imaginar.

Fiz uma falsa careta de ultraje e ele caiu na risada.

— Acho que pensei que você seria a mesma esquisitona que o resto dos alunos da faculdade — disse ele. — Todos de suéter com estofado no cotovelo, fumando cachimbo e debatendo as verdadeiras intenções do cara que escreveu *Lolita*.

— Nabokov.

Gabe me deu um sorrisinho expressivo e percebi que tinha caído direitinho na dele. De novo.

— Não tinha cachimbos — falei.

— Não?

— Tá, talvez um ou dois — admiti. — E alguns suéteres com estofado no cotovelo... Mas eu não tinha nem um nem outro.

— Então você e o Romancista não são farinha do mesmo saco? — perguntou Gabe, em um tom sarcástico.

— Jeremy. E não.

— Hum — resmungou Gabe.

Conseguia escutar o julgamento presente naquele "hum".

— Ele é um bom escritor — eu disse.

— Hum — Gabe resmungou de novo.

Melhor do que eu, pensei. Afinal, Jeremy tinha um agente e um contrato de publicação. Eu estava me desdobrando para escrever matérias puxa-saco.

A atenção de Gabe tinha retornado para a TV.

— Escuta isso — disse ele.

Ele estava observando Famke Janssen, muito jovem e extremamente bonita, explicar para Patrick Stewart que tinha sido criada e educada para satisfazer seu futuro parceiro. Que tinha prazer em ser o que outra pessoa queria que ela fosse.

"Eles se realizam por meio daquilo que ofereço aos outros", respondeu ela a Picard, que a questionava sobre seus desejos. Suas necessidades.

"E quando não existem outros? Quando você está totalmente sozinha?", perguntou ele.

"Sou incompleta", disse ela.

Olhei para Gabe. Ele manteve o foco na televisão. O brilho forte o fazia parecer mais novo e mais velho ao mesmo tempo — a luz afundava nas linhas em torno de seus olhos enquanto atenuava outros traços.

— O que que tem? — perguntei.

— É assim que me sinto. Sendo ator.

Não falei nada.

— Quando estou na frente das câmeras — disse ele —, eu sei quem sou.

— E quando a câmera não está lá?

Ele encolheu os ombros.

— Patético, não é? Eu me sentir mais confortável fazendo de conta do que sendo eu mesmo.

— Não — respondi. — Não acho que seja patético.

Gabe não respondeu.

Meus olhos vagaram pelo cômodo. Estava bem limpo, levando em conta que poucas horas antes estava cheio de gente. Alguns copos vazios estavam espalhados aqui e ali, mas, na maior parte, tudo estava organizado.

Assim como no quarto de Gabe, pilhas de livros e filmes estavam por toda parte. Um box com a coleção completa de *Star Trek: a nova geração* estava ao lado da TV, junto de alguns livros encadernados em couro. Eu teria apostado o aluguel do mês que *Lolita* estava em alguma pilha por ali.

— O que é aquilo? — perguntei, apontando para uma mesinha ao lado do sofá.

Eu sabia o que era, é claro. Eu tinha uma pilha delas na minha prateleira. Praticamente memorizara a lombada.

— Ah, isso? — perguntou Gabe, com um sorriso que indicava que ele sabia que eu sabia exatamente o que era. — Eu te falei que tinha pesquisado.

— Você leu?

Ele olhou para mim.

— Li — falou. — Tinha umas palavras grandes bem complicadas, mas eu consegui.

Eu tinha notado que ele fazia aquilo. Empregava um sotaque lento e meio caipira em qualquer momento que rodeássemos um assunto relativo à sua inteligência.

— Acho que nem meus *pais* leram — eu disse.

— Ah.

Peguei a revista literária nas mãos, acariciando a capa, como tinha feito com o primeiro exemplar que recebi no correio. Havia uma marca na lombada indicando que ela tinha sido manuseada e as páginas, folheadas. Deixei que caísse aberta no meu colo, equilibrando-a ao lado da tigela de pipoca.

"O Jardim", por Chani Horowitz.

— Sou ruim com títulos — falei.

— Eu gostei — disse ele. — Só não estava esperando os dragões.

Corei.

Ninguém na minha sala da faculdade os tinha esperado também e, levando em conta que aquela era a única ficção que consegui publicar na vida, eu tinha fortes suspeitas de que a tendência de entrelaçar elementos sobrenaturais na minha ficção naturalista não era algo que o público estava muito ansioso para ler. Aquele conto era algo pessoal — não do jeito que meu blog era pessoal, em que eu simplesmente soltava detalhes da minha vida privada —, intimista. Era sobre como minha mente funcionava — como eu pensava, como eu sentia. Foi como se eu tivesse serrado o meu crânio e deixado que os outros olhassem ali dentro.

Enquanto também escrevia sobre dragões.

Era uma metáfora.

"Acho que não entendi muito bem", tinha dito Jeremy quando o leu pela primeira vez.

— Foi um experimento — falei para Gabe. — Não escrevo mais coisas desse tipo hoje em dia.

— É uma pena — disse ele.

— Provavelmente, só vou ficar na não ficção — concluí.

— Gosto da sua não ficção. Mas também gosto bastante de dragões.

Eu também gostava, mas dragões não eram uma coisa séria. Não eram literatura de verdade. Não eram escrita de qualidade.

Em algum momento, enquanto assistíamos a *Star Trek*, tínhamos nos aproximado um pouco. Eu não tinha percebido — diferente da balada, quando estivera ciente de todos os pontos em que encostávamos um no outro. Mas, naquele momento, eu estava distraída falando sobre o conto, então, quando Gabe colocou a mão no meu joelho, eu não esperava.

Na verdade, fiquei tão surpresa que acabei dando um pulo — jogando a revista e a tigela do meu colo, espalhando pipoca para todo lado.

— Meu Deus! — Coloquei minha mão no peito, mais de vergonha do que qualquer outra coisa.

— Uau! — disse Gabe. — Acho que nunca consegui essa reação antes.

— Sinto muito. — Saí do sofá e comecei a pegar as pipocas.

— Ei. — Gabe estava de joelhos ao meu lado e segurou minha mão. — Ei. Eu é que devo pedir desculpas.

Sentamos de novo no sofá. Meu rosto estava quente e eu sabia que provavelmente tinha duas manchas vermelhas e feias nas minhas bochechas. Cobri-as com as mãos.

— Que vergonha — falei.

— Não fique assim — disse ele. — Eu devia... Bom, acho que devia ter interpretado o clima de outra forma.

Olhei para ele.

— O clima?

Agora era ele que parecia um pouco acanhado.

— Pensei que... sabe... — Ele fez um gesto entre nós dois.

— Ah... Ah!

Gabe ergueu os ombros de leve.

— Não se preocupe com isso — disse ele. — Só pensei...

Eu o beijei. Antes que ele terminasse a frase, atirei-me nele e colei minha boca na dele. De forma bem agressiva.

Foi um beijo *horrível*. Minha boca acertou os dentes dele, fazendo meus olhos lacrimejarem.

Gentilmente, Gabe colocou as mãos nos meus ombros e me afastou.

— Meu Deus — falei de novo. — Sinto muito, muito mesmo.

Fechei os olhos, desejando poder desaparecer.

— Ei — disse ele.

Senti sua mão em meu queixo. Ele acariciou com o polegar a linha de meu maxilar, fazendo arrepios percorrerem meu corpo. Abri os olhos.

Seu rosto estava bem ali. Seu rosto lindo, perfeito.

— Ei — disse ele de novo.

Eu podia sentir o uísque em seu hálito, mas não me importava. Tinha certeza de que meu próprio hálito ainda estava com cheiro de jujubas.

— Ei — sussurrei.

O tempo desacelerou enquanto seus lábios se moviam na direção dos meus. Pensei, vagamente, que se eu pudesse viver naquele momento, naquela maravilhosa expectativa, eu seria feliz pra caramba. Então a boca de Gabe tocou a minha e me dei conta de que era muito, muito melhor do que eu poderia ter imaginado.

Dessa vez, parecia que seus lábios se encaixavam perfeitamente nos meus. Eram quentes, firmes e macios, e ele continuava tocando o meu rosto; a combinação das duas sensações era o suficiente para fazer o meu interior virar gelatina. Cambaleei, suspirei e me aproximei ainda mais.

Eu estava beijando Gabe Parker. Ou melhor, ele estava *me* beijando, e eu o estava beijando de volta.

Sua mão escorregou para trás, para cima, perdendo-se no meu cabelo. Foi, então, que seus lábios se abriram e eu escorreguei a língua para dentro de sua boca. Seus dedos apertaram meu couro cabeludo e tive a sensação de sentir sua respiração falhar. Como se eu o tivesse pego de surpresa. Como se o tivesse atordoado. Eu estava gostando de quanto isso vinha acontecendo.

Se ele se surpreendeu, também se recuperou bem rápido.

Apertei as mãos em seu peito e senti o ressoar de um gemido vindo dali. Pequenas faíscas quentes se espalharam pelo meu corpo quando ele puxou meu cabelo de leve, abrindo o beijo, levando minha língua com a dele, sua outra mão escorregando até meu quadril para me puxar para mais perto.

Eu não precisava de mais incentivo para subir no colo dele, com as pernas nos dois lados de seu quadril. O meu próprio quadril se moveu para a frente, a costura da minha calça jeans entrando em contato direto com o zíper da calça dele — e com tudo que estava acontecendo por trás.

Eu suspirei. Ele sorriu. Minhas mãos agarraram seus ombros, as dele apertaram a minha bunda.

Eu sentia o gosto do uísque em sua língua, mas também o sabor de algo de menta. Parecia pasta de dente muito chique — a menta colhida na mesma floresta que o cedro de seu perfume exclusivo.

Tudo acontecia muito rápido. O calor se agitava pelo meu corpo, fazendo quaisquer pensamentos racionais que eu pudesse ter entrarem em curto-circuito. Porque se meu cérebro tivesse a oportunidade de entender o que estava acontecendo, ele poderia ter me dito que o que eu estava fazendo era uma péssima ideia. Que Gabe estava acostumado a mulheres se atirando em cima dele. Que, se eu fizesse isso, seria só mais uma fã deslumbrada que transou com sua estrela de cinema favorita. Que se eu quisesse ter qualquer tipo de relacionamento normal com uma pessoa normal, depois daquela experiência, eu estava me condenando à decepção.

Jeremy provavelmente nunca me perdoaria.

Aquilo era completa e inteiramente antiprofissional.

Mas eu não estava pensando em nada disso.

Estava pensando que a sensação das mãos, da boca e de todo o resto de Gabe era maravilhosa. Estava pensando que queria desesperadamente arrancar as roupas dele e lambê-lo como se fosse um sorvete. Estava pensando que era muito, mas muito possível que eu me desfizesse em pedacinhos.

Gabe envolvia as minhas costas com os braços e eu conseguia senti-los tremendo. Era inacreditavelmente excitante saber que ele estava tão consumido por aquela sensação quanto eu. Que me queria tanto quanto eu o queria. Se não fosse o caso, ele realmente era um ator incrível.

Ele encostou a testa na minha, nós dois respirando com dificuldade.

— Tudo bem? — perguntou ele.

— Tudo bem. Muito bem.

Ele se inclinou para trás, o suficiente para que eu visse seu sorriso meio suave, meio torto.

— Que bom! — disse ele. — Ótimo!

Então, antes que eu tivesse oportunidade de comentar sobre seu nível de sobriedade, em uma bela demonstração de equilíbrio e destreza, Gabe inverteu nossas posições e eu me vi de costas no sofá, ele em cima de mim.

— Ainda está tudo bem? — perguntou ele.

— *Está* — respondi.

Seu corpo se acomodou sobre o meu, seu quadril em movimento, uma mão escorregando para dentro da minha blusa. Ele estava indo muito rápido, mas eu não queria que parasse. Pelo contrário, enfiei as mãos por baixo de sua camisa, empurrando-a para debaixo de seus braços.

Ele se afastou um pouco em resposta aos meus movimentos, só o suficiente para eu puxá-la por sua cabeça.

E lá estava o seu peitoral. Seu peitoral de estrela de cinema — todo meu, para tocar quanto quisesse. Ele era forte. Esguio. Eu sentia uma leve textura em seu peito, como se ele tivesse se depilado recentemente e os pelos estivessem começando a crescer de volta. Era um lembrete de todo o trabalho necessário para que ele tivesse aquela aparência. E eu me sentia *muito* grata por esse esforço naquele momento.

Sua pele estava suada, o cabelo grudando na testa, que ele pressionou contra a minha quando arranhei suas costas.

— Faz isso de novo — pediu ele, esticando-se em meus braços como um urso se esfregando na árvore. — Ah, isso... — grunhiu ele baixinho, a boca quente contra o meu pescoço.

Ele esticou o braço, agarrou minha perna e a envolveu em seu quadril. Meu corpo se abriu para ele, que se pressionou contra mim. Exatamente *lá*. E, então, começou a se mover.

Minha cabeça arqueou para trás, meus olhos fechados.

Ah. Meu Deus. Isso.

Ainda estávamos quase que completamente vestidos, mas eu estava perto. Incrivelmente perto. Gabe continuava beijando o meu pescoço, o corpo apertado contra o meu, tão perdido no próprio ritmo que parecia possível que ele não soubesse que eu tinha acabado de quase gozar só pelo puro prazer de nós dois nos movendo em sincronia.

— Caralho — murmurou ele. — Eu quero...

O que quer que ele quisesse, eu estava disposta a oferecer.

— Isso é tão bom — disse ele. — É tão bom... *meu bem*.

Aquilo me arrancou da situação. A hesitação entre seu elogio doce e sensual e aquela expressão sussurrada e indevida.

Ele sabia o meu nome. Eu *sabia* que ele sabia o meu nome.

Mas alguma coisa no jeito como ele fez uma pausa, no jeito como disse "meu bem", em tom baixo e inquisitivo, fez-me pensar que havia uma possibilidade bem real de, naquele momento, Gabe ter esquecido completamente de quem eu era.

Era o banho frio metafórico de que eu precisava, mas que não queria.

De repente, todos os pensamentos que eu não tinha permitido que viessem à tona — todas as razões bem concretas por que eu *não deveria* transar com ele — voltaram com toda velocidade.

— Espera — falei.

Minha voz saiu baixa. A palavra perdeu-se no som dos lábios dele passando pelo meu pescoço, no ranger do sofá embaixo de nós e na nossa respiração pesada. Porque aquele banho frio já estava voltando a esquentar.

Eu tinha mais ou menos cinco segundos antes de me perder de novo naquele prazer.

Gabe se movia em cima de mim e eu esqueci por que queria parar. Aquilo era tão bom. *Ele* era tão bom.

Meu bem.

Essas palavras apitaram no meu cérebro.

— Espera — repeti.

Dessa vez ele me ouviu, e seus braços e seu quadril congelaram, apertados com força contra o meu corpo. Senti Gabe arrepiar-se inteiro quando enterrou o rosto no meu pescoço. Sua pele estava úmida, meu cabelo ainda preso em seu punho.

Ele deixou escapar um grunhido de decepção.

— Desculpa — falei.

— Merda — ele disse.

O que tinha de *errado* comigo?

Nenhum de nós se mexeu por um longo momento, e então, lentamente, Gabe ergueu a cabeça.

Ele não me olhou nos olhos ao desenroscar os dedos do meu cabelo e erguer-se. Meu estômago afundou enquanto ele se afastava.

Sentamos um ao lado do outro no sofá, com um silêncio estranho e pesado entre nós.

— Desculpa — repeti. — Eu...

Nossas palavras se sobrepuseram.

— Você... — começou ele. Então calou-se e tentou de novo: — Você...

Ele estava fazendo um gesto com a mão que eu não conseguia entender, mas também não estava olhando para mim. Seu cenho estava franzido, como se estivesse pensando em uma maneira de escapar da situação.

— É melhor eu ir embora — falei, rapidamente.

— Não — disse ele. — Não, não precisa ir embora. Está tudo bem.

Ele tamborilou os dedos no joelho.

— Sério, está tudo bem. Vou só pegar minhas coisas.

— Olha, ah... — ele desviou os olhos — ... só me dá um instante, o.k.?

— Hã, sim, claro.

Ele se levantou do sofá e saiu da sala de estar.

Agarrei um travesseiro e gritei com o rosto enfiado nele. O que eu tinha de errado? Por que tinha interrompido algo tão bom, que parecia tão certo, por causa de duas palavras idiotas? E também por causa da ética jornalística, mas isso estava completamente em segundo plano diante da minha libido galopante.

E daí se Gabe tivesse esquecido o meu nome no calor do momento? Eu estava enganando a mim mesma se pensava que aquela situação significava alguma coisa. Ele era uma estrela de cinema. Tinha mulheres se atirando aos seus pés, e ali estava ele, comigo. Eu realmente achava que aquilo era qualquer coisa além do que era?

Tive uma chance com ele e estraguei tudo.

Quando Gabe voltou para a sala, eu estava sentada com as mãos nos joelhos, ainda tentando encontrar um jeito de salvar o momento.

— Olha — disse ele. — Nós ainda podemos... Eu ainda posso... Se você...

— Está tarde.

— É — concordou Gabe.

Fiquei de pé.

— Vou embora.

— Não diga bobagem. — Ele colocou a mão no meu braço.

Ambos olhamos para aquele ponto de contato, e então ele a recolheu, escondendo as mãos primeiro nos bolsos de trás, depois nos da frente.

— Você pode ficar no quarto de hóspedes e eu chamo um táxi de manhã — sugeriu ele.

Concordei com a cabeça.

— Obrigada.

— Ahã — falou ele, e se virou para se afastar.

— Gabe...

Ele deu meia-volta — e provavelmente foi minha imaginação que o fez parecer aflito.

— Me desculpe — falei.

— Não é culpa sua — respondeu ele.

Eu não sabia muito bem como responder àquilo. Nós íamos mesmo só fingir que aquilo no sofá não tinha realmente acontecido?

— Podemos conversar mais de manhã — ele falou.

E me ofereceu um sorriso — parecia verdadeiro, mas também cansado.

— Está bem — falei.

Entrei no quarto de hóspedes e fechei a porta. Fiquei parada ali.

— Vamos, querida. — Ouvi Gabe dizer, e então o *tac-tac* das patas de sua cachorrinha batendo no chão de madeira.

Do outro lado da casa, ouvi a porta do seu quarto se fechar.

FÃS DE CINEMA

"ANÁLISE DE *RISICO*[8]" (TRECHO)

POR HELEN PRICE

Era o filme de que todos estavam falando. E não por bons motivos. E era o filme que todos queriam ver — mas, novamente, não por bons motivos. Todos queriam saber se o rápido declínio, o alcoolismo e o ganho de peso de Gabe Parker tinham sido capturados nas câmeras.

Se esses são os únicos motivos pelos quais você estava planejando assistir ao filme, sinto muito em dizer, vai se decepcionar.

O filme é bom. Não é ótimo — não como *A raridade de Hildebrand* —, mas também não é ruim. Não é o desastre pelo qual todos estavam esperando e (sejamos honestos) torcendo.

Se a discussão entre Parker e o diretor Ryan Ulrich não tivesse sido gravada e vazada na internet, nós, como cultura, provavelmente teríamos declarado o filme um Bond bem sólido, mas desinteressante.

Como o caso é outro, ele é um memorial de dois fatos.

O primeiro, claro, é Parker como Bond. Conseguiria ele manter a mágica que trouxe para a franquia no começo, apesar

---

[8] Conto do universo de James Bond, escrito por Ian Fleming, incluso na coletânea "For Your Eyes Only".

de as óbvias discordâncias no set terem vindo à tona? Sim e não. Assistindo com um olhar crítico, é fácil enxergar a fenda, a dissonância entre o que o ator está disposto a oferecer e o que o diretor quer.

Quanto à devastação causada pelo alcoolismo de Parker, quem quer que tenha cuidado dos figurinos e da maquiagem merece um Oscar. Ninguém nem desconfia que o Gabe Parker que vemos meses depois, estufado e barbado, caminhando nos jardins da clínica de reabilitação, é o mesmo Parker do filme.

E também temos o fato de que *Risico* é o primeiro filme lançado depois da confissão chocante de Oliver Matthias de que, ao contrário do que Ulrich e os produtores de Bond alegaram originalmente, Parker não foi a primeira opção deles. Como todos sabemos agora, o papel foi oferecido a Matthias, mas a oferta foi rescindida quando ele compartilhou com a equipe de Bond que era gay e não queria continuar no armário.

Agora, é difícil assistir à trilogia Bond de Ulrich sem pensar nisso. Sem imaginar o que ela teria sido se Matthias tivesse tido a oportunidade de interpretar Bond.

Pelo menos agora todos sabemos o contexto da saída dramática, antes enigmática, de Parker, que pudemos ver na gravação do set de filmagens que viralizou. Nela, Parker se vira para Ulrich e praticamente cospe "Você teve o ator que mereceu".

AGORA

CAPÍTULO 22

UM COPO D'ÁGUA ESTÁ NA MESA DE CABECEIRA.

A vergonha passa por todo meu corpo como uma onda quente e espinhosa quando me lembro do que aconteceu.

Gabe em pé na minha frente, a mão no meu cabelo, seus olhos focados nos meus.

— Eu poderia te fazer feliz — tinha dito ele.

Eu queria que ele me beijasse. Que me puxasse para seus braços, beijasse-me e me levasse para a cama.

No entanto, assim que inclinei a cabeça para trás, meus olhos tremulando até se fecharem, preparando-me para que seus lábios encontrassem os meus, ele afastou a mão e deu um passo para trás.

— Você bebeu hoje — disse ele.

— Está tudo bem — sussurrei.

Era, claro, a coisa errada a se dizer. Porque, apesar de não estar bêbada, eu definitivamente tinha bebido. O uísque no meu hálito provavelmente não era algo muito excitante para um alcoólatra em recuperação.

Bondosa e gentilmente, Gabe tinha me guiado até meu quarto e fechado a porta ao sair.

Eu dormira e tivera sonhos estranhos e vívidos oriundos da tensão sexual não resolvida.

Esses sentimentos continuam queimando dentro de mim agora. Estou me coçando de vontade.

Também estou com sede. Tomo toda a água que estava na mesa, mas não é o suficiente, então bebo da pia do banheiro da suíte do quarto, lavo o rosto e me visto. Minha pele parece apertada, como se meu desejo fosse um animal selvagem marchando por baixo dela.

Estou divorciada. E Gabe também.

Eu o quero. Ele me quer.

Pergunto a mim mesma o que aconteceria se eu simplesmente tirasse a roupa e engatinhasse para baixo dos cobertores, junto dele.

É, então, que ouço um assobio abafado e me dou conta de que Gabe já está de pé.

Com certeza, ele vai querer continuar de onde paramos na noite passada.

De onde paramos dez anos atrás.

Hesito — meus instintos dando uma de o médico e o monstro. Desejando Gabe, e querendo correr. Porque agora estou ciente do que tentei ignorar na noite passada. Que isso tudo não é só um fim de semana. Não é um encerramento nem uma tentativa de lidar com assuntos não resolvidos.

Não é o fim de algo. É o início.

E isso me apavora.

Quando surjo do quarto de hóspedes, encontro Gabe totalmente vestido, bebendo uma xícara de café e passando a impressão de um homem que tem coisas a fazer, não de um homem que quer passar o dia inteiro na cama.

Fico aliviada e desapontada.

— Bom dia — diz ele.

— Bom dia.

— Como está sua cabeça? — pergunta ele.

Coloco a mão nela, como se estivesse checando se ela ainda está ali.

— Tudo bem com ela — respondo.

Meu coração, por outro lado...

Ele avança na minha direção.

— Tenho planos para nós hoje.

Pelo tom de sua voz, tenho quase certeza de que não são os mesmos planos que eu estava fazendo no quarto. Na verdade, é bem possível que eu tenha estragado tudo na noite passada.

— Sinto muito — digo. — Bebi um pouco além da conta.

— Eu sei — diz ele.

Gabe segura meu cotovelo, passando o polegar pelo lado de dentro do meu braço. O calor corre por todo o meu corpo, um fogo infinito que nunca chegou a se apagar, mas que quase sempre esteve sob controle — uma brasa latente, que fiz de tudo para ignorar.

— Já fiz coisas muito mais idiotas quando estava bêbado — diz ele.

— Eu sei. Vi o vídeo.

Ele ri.

— O Ulrich mereceu — conclui ele.

Concordo com a cabeça.

— Vamos lá.

— Preciso de sapatos — digo.

— Não precisa correr — diz Gabe. — Não estou com pressa nenhuma.

Ele não está falando dos meus sapatos.

Eu expiro. Inspiro. E expiro de novo.

Sento no sofá para colocar minhas botas.

Uma pilha de revistas está ao lado do quebra-cabeça na mesa de centro. No topo dela, uma edição de *Página Dupla*. *Aquele* volume.

Estou segurando-a nas mãos quando Gabe volta para a sala, os cadarços da bota frouxos e desamarrados.

— Me deixe explicar — pede ele.

— Você odiou.

Não falo isso com raiva, mas sim com mágoa. Preciso entender. Preciso saber.

— Chani — diz ele.

— Foi um bom perfil — digo.

— Foi — concorda ele.

— Mas você não gostou.

— Não é que eu não gostei.

Ele faz uma pausa.

— Então o que é? — pergunto. — Me diga de uma vez.

Estou me preparando para a verdade. Porque Jeremy tinha sido perfeitamente claro a respeito do que *ele* tinha achado do perfil.

— Eu sou uma boa escritora — digo.

Minha voz falha.

Gabe franze o cenho.

— Você é — diz ele.

Balanço as mãos na frente do rosto como se eu fosse um gato e ele tivesse espirrado água em mim. Quero e não quero respostas.

Ele se aproxima e senta no sofá ao meu lado. Nós afundamos no couro, cada um em uma almofada e uma terceira entre nós. Coloco a revista ali.

— Eu... — Ele faz uma pausa. — Eu não esperava que você fosse escrever sobre o domingo.

Leva um minuto para que eu entenda do que ele está falando, e quando entendo sinto uma arremetida de montanha-russa que me deixa instável e sem fôlego.

— Eu não escrevi nada sobre...

Mas, ao mesmo tempo que estou falando, dou-me conta de que isso é uma evasiva, não um pedido de desculpas. E, ainda por cima, não é uma lá muito boa.

— Eu sei — diz ele. — E sou grato por você não ter contado sobre o meu pai e... — Ele faz um gesto entre nós dois. — Você sabe.

Ele deixa escapar um suspiro.

— Eu tinha esquecido que você estava escrevendo um perfil sobre mim — diz ele.

Na época, eu pensava que estava sendo muito benevolente e esperta ao não escrever sobre o pai de Gabe. Que eu tinha conseguido o melhor dos dois mundos ao escrever sobre termos assistido *Star Trek* juntos, de uma forma modesta, mas levemente me achando. Nem parei para pensar que não eram só os detalhes sobre o pai que ele esperava manter entre nós.

— Naquela noite, achei que éramos só eu e você. Não uma jornalista entrevistando *Gabe Parker*. — Ele estica as mãos, como se estivesse visualizando o próprio nome em um letreiro.

Eu olho para a revista, imaginando agora como teria sido para ele ler o perfil pela primeira vez. Descobrir que eu tinha compartilhado algo que ele nunca teve a intenção de dividir com outra pessoa.

— Minha equipe amou o perfil. Ficaram animadíssimos. E você é uma boa escritora, Chani.

Ele deixou os braços caírem sobre os joelhos.

— Quase tornou tudo ainda muito pior — diz ele. — Você escreveu sobre tudo... sobre aquela noite... de um jeito que me fez sentir que eu estava vivendo tudo aquilo de novo. Só que parecia que o mundo inteiro também estava lá com a gente.

Seus dedos se retesam até se fecharem. Não de maneira forte e assustadora, mas sólida. Ele olha para baixo.

— Me deixou com raiva. Com muita raiva.

Ele chacoalha a cabeça.

— O fato de eu estar bebendo pra caramba não ajudou, mas, porra, eu li aquilo e me senti um idiota.

Eu sei como é se sentir assim.

— Só me lembro de metade da viagem para Las Vegas — diz ele. — Lembro de sentir que precisava fazer alguma coisa. Como se tivesse que provar algo pra mim mesmo.

Estou com um nó na garganta.

— E Jacinda...? — Quase não consigo pronunciar aquela pergunta.

— Ela ficou surpresa com a sugestão, mas topou praticamente na mesma hora — diz Gabe. — Ela queria o controle da própria reputação e o casamento possibilitou isso. Nunca mentimos um para o outro sobre os nossos motivos, mas não fui tão transparente como devia. Pelo menos, não logo de cara. Mas sempre deixei as coisas nas mãos dela. Nós ficaríamos casados enquanto fosse útil para nossas carreiras. Esse sempre foi o acordo.

Ele dá uma olhada para a própria mão, agora aberta.

— Porque você tem razão. As pessoas em Hollywood fazem essas coisas o tempo todo. É mais fácil estar com alguém que entende o que você está passando, que entende os joguinhos que você precisa jogar. Que... — Sua voz some. — Não importa. O que importa é que li o perfil que você escreveu e reagi feito um bêbado idiota, um imbecil com o ego ferido.

— Eu te machuquei.

— É — ele confirma.

Estico a mão e a coloco sobre a dele. Ele apoia sua outra mão em cima da minha. Ficamos sentados ali por um tempo.

— Sinto muito — digo.

Ele ergue os olhos para mim. Sorri.

— Eu também.

CONTE PARA MIM ALGO DE BOM

CRÍTICAS

Horowitz acertou de novo! Uma joia de coletânea — assim como da primeira vez, suas famosas entrevistas se intercalam com os ensaios mais pessoais. Ela aborda todos os assuntos — desde a Hollywood homofóbica até como lidar com a depressão com a ajuda de quebra-cabeças —, tudo com o humor seco e autodepreciativo que é sua marca registrada.
— *Vanity Fair*

Uma coletânea hilária e, em alguns momentos, emocionante, de ensaios e entrevistas. Horowitz é definitivamente a rainha das entrevistas com celebridades — todos lembramos do perfil de Gabe Parker — e este livro é uma aula nesse estilo. O presente de fim de ano perfeito para todos os seus amigos.
— *O: The Oprah Magazine*

Por que Horowitz não dá aos leitores o que eles realmente querem: a verdadeira história do que aconteceu na noite em que ela apagou na casa de Gabe Parker? Ninguém liga para o que ela acha de Nova York ou para o casamento dela — queremos saber os detalhes sórdidos do perfil que a deixou famosa. Vamos, Chani, dê aos seus fãs o que eles estão implorando.
— *Goodreads*

CAPÍTULO 23

NÃO PERGUNTO AONDE ESTAMOS INDO. SÓ PEGO O CASACO emprestado que trouxe e enrolo o cachecol denso e quentinho no pescoço até o queixo. Fica tão bem colocado que provavelmente seguraria minha cabeça de pé sozinho. Amarro o cadarço das minhas botas. É um processo demorado, e quando termino estou me sentindo um pouco como um pinguim estufado, preparando-me para sair balançando pela Antártica.

Uma leveza paira entre mim e Gabe, como se estivéssemos, lentamente, livrando-nos de anos e camadas de raiva. De decepção.

Sei que preciso perguntar a ele a respeito da ligação, mas posso esperar. Não agora. Não ainda.

Gabe estala a língua e Ursinha sai aos pulinhos do quarto dele, deleitando-nos com um alongamento demorado e exuberante que se encerra com ela deitada de bruços no chão, tão elegante como qualquer praticante de ioga de duas pernas.

— Nada de descanso hoje — diz a ela. — Vamos lá.

Ela solta uma pequena bufada e se levanta, arqueando as costas para dar continuidade ao alongamento matinal.

— Sempre que me atraso é por causa dela — confessa.

Dou um tapinha na cabeça de Ursinha e ela balança o rabo peludo com lenta placidez.

— Ela é perfeita — digo.
— Ah! E ela concorda com isso — diz Gabe. — Pronta?

Tenho meu primeiro vislumbre de Cooper, Montana, à luz do dia. A cidade é encantadora de uma forma quase agressiva, com diversos sobrados delineando ruas estreitas, tudo feito de tijolo e pedra. Venezianas de madeira nas janelas dos andares de cima demarcam os apartamentos na sobreloja.

Faz frio — um frio puro e revigorante, que parece combinar com a luz do sol forte e o céu limpo. Em algum momento da noite passada nevou, e agora a iluminação faz o chão cintilar. Minhas orelhas já começaram a doer de frio, então puxo o capuz do casaco de Katie para protegê-las.

Assim que faço isso, um homem vestido com calça jeans e uma camisa de flanela passa por nós. Suas mangas estão arregaçadas.

— Bom dia — diz ele.

Eu e Gabe damos bom-dia a ele.

Embora o frio atravesse meus jeans, de repente me sinto com roupa demais e deslocada.

— Ele não está com frio? — pergunto.

Gabe, o casaco aberto sobre o suéter, dá de ombros.

— Talvez só esteja indo buscar alguma coisa — diz ele. — Não compensa vestir um monte de roupa se você só vai dar uma corrida até o mercado.

Eu me sinto um pouco melhor.

— Acho que nós não vamos só dar uma corrida até o mercado — digo.

Gabe sorri para mim.

— Não exatamente.

— Vamos encontrar o Ollie?

— Ele tem outras coisas pra fazer hoje — diz Gabe.

Até onde sei, a única razão para Ollie estar em Montana era para passar o tempo com Gabe, mas tudo bem. Se Ollie quiser Gabe pode vir pegá-lo.

Até lá, ele é meu.

— Pensei em te mostrar a cidade — diz Gabe. — Só nós dois.

— Tudo bem — digo.

Ursinha caminha entre nós, a passos lentos e relaxados que gosto de assistir, mesmo que também me deixem mais ciente da idade dela. Do tempo.

A Aconchego ainda não abriu, mas tento dar uma olhada casual quando passamos por lá. O interior está escuro, mas dá para ver que a loja faz jus ao nome. As paredes estão cobertas de estantes e consigo enxergar poltronas estofadas arrumadas de duas em duas.

— Vamos voltar aqui depois — diz Gabe.

Ele me leva até um café. Assim que chegamos à frente dele, viram a plaquinha na porta, na qual agora lê-se aberto.

— Bom dia, Violet — cumprimenta Gabe.

— Oi, querido — diz a mulher atrás do balcão. — O de sempre?

— Pode colocar um croissant a mais no meu pedido? — pergunta ele. — E o que a Chani quiser para beber.

Violet espera pacientemente que eu olhe o cardápio.

— Um chá Earl Grey, por favor — digo.

— Earl Grey, quente — diz Gabe.

Ele ainda consegue fazer o sotaque britânico.

Sorrio e olho para as minhas mãos.

Pegamos nossas bebidas e os croissants e continuamos a andar. A massa folhada é amanteigada, e deixo Ursinha lamber meus dedos quando termino. A língua dela é larga e plana como a de uma vaca.

Passamos por uma loja de materiais de construção, com luzes brilhantes de Natal decorando a porta. O chá aquece minha garganta e reveste meu peito por dentro. Tem uma loja de brinquedos ao lado de uma joalheria. Ambas estão enfeitadas para as festas de fim de ano. Bom... ou "a" festa.

— Tem judeus aqui em Cooper? — pergunto.

— Acho que, no momento, você é a única.

Todas as luzes que vejo são vermelhas e verdes, e guirlandas de poinsétia e viscos estão pendurados nas janelas. Vários bebês Jesus em sua manjedoura.

— Hum — resmungo.

— Tem uma sinagoga em Myrna — diz Gabe. — A mais ou menos meia hora daqui.

— Hum.

— Eu amo essa cidade.

Ele fala isso como se fosse o começo de algo mais, então me viro para ele.

— Amo essa cidade — repete. — Mas comprei a casa em Los Angeles porque não quero estar aqui o tempo todo. Principalmente quando esse lugar se torna pequeno demais, em mais de um sentido.

Ele está tentando me dizer algo.

Não estou com pressa nenhuma.

Tem uma imensa árvore de Natal no fim da quadra, onde a rua está fechada para carros e o asfalto dá lugar a paralelepípedos. É tudo muito bonito. Ficamos parados ali por um tempo; Ursinha fareja os galhos que se estendem para fora.

— Ela está morando aqui? — pergunto, pensando em sua casa de Laurel Canyon, que não tinha nada de cachorro.

— Não — diz Gabe.

Ele está de joelhos e coçando a pelagem imponente do pescoço dela.

— Costumo dirigir daqui até Los Angeles ou vice-versa — diz ele. — Coloco a Ursinha no carro e atravessamos a i-15. Ela adora ficar com a cabeça para fora da janela. Até no inverno.

Ursinha senta em cima do meu pé.

— O tempo que passo aqui e em Los Angeles é bem parecido — continua Gabe. — Eu realmente sinto falta de estações demarcadas.

— E parece que Montana cumpre com o prometido nesse aspecto.

— É verdade. Compensa outras coisas. — Ele faz um gesto. — A falta de sinagogas e coisas assim.

— Imagino que sua família fique feliz em te ter por perto.

— Fica, sim. Principalmente depois do acidente.

Eu me viro para ele.

— Sinto muito pelo seu cunhado.

Gabe está olhando para a árvore.

— É — diz ele. — Foi um ano difícil.

Pego a mão dele. Quando ele entrelaça os dedos nos meus, percebo que nós nunca demos as mãos antes. Não desse jeito.

É surpreendentemente íntimo, sua mão apertada contra a minha, os calos de seus dedos, o calor de sua pele.

— Não é a cidade perfeita — diz Gabe. — Cooper.

Ergo os olhos para a árvore.

— Los Angeles também não — respondo.

Penso em como me senti quando voltei de Nova York. Como eu esperava que Los Angeles fosse a minha casa de novo, mas não foi. Como parte de mim tem perseguido esse sentimento, sem saber de verdade o que está procurando.

— Acredite ou não — diz Gabe —, não era a árvore que eu queria te mostrar.

Ele me dá um puxãozinho e percebo que ainda estamos de mãos dadas. Aquele breve choque de intimidade se suavizou e se tornou uma sensação confortável. Familiar.

Damos a volta no imenso tronco da árvore e sinto o cheiro de pinheiro.

A cidade está decorada de nostalgia.

Gabe interrompe a nossa caminhada e para na frente do único prédio que não está iluminado com luzes de Natal e azevinho. É escuro, com tábuas pregadas nas janelas e a marquise rachada. Se isso fosse um filme de Hollywood, o prédio seria uma metáfora para o passado triste do herói perturbado.

Dando alguns passos para trás, vejo que é um teatro velho.
— Tcharam! — diz Gabe.

Tem uma placa de à venda na janela da bilheteria, e um adesivo que diz vendido colado por cima dela.

— *Mazel tov* — digo a Gabe.
— Quer entrar? — pergunta ele.
— É assombrado?

Ele sorri.
— Só tem um jeito de descobrir.

O interior está repleto de teias de aranha e poeira. Não é um cinema, como eu tinha esperado, mas um teatro *de verdade*. Há um palco e uma espaçozinho para uma pequena orquestra, além de pelo menos trezentos assentos e até mesmo dois balcões de tamanho modesto, mas imponentes, um de cada lado do palco.

— Espero que você não tenha gastado muito dinheiro nisso — digo.

Gabe estala a língua, e Ursinha espirra.
— Ah, mulher de pouca fé — diz ele. — Use a imaginação.
— Estou imaginando vários ratinhos usando esse espaço para encenar a própria versão de *O Quebra-Nozes*.

Mesmo enquanto digo isso, enxergo cada superfície através da camada de sujeira. Através das cortinas carcomidas por mariposas e do carpete gasto. Através do mofo nas paredes que se desfazem.

Vejo assentos entalhados intricadamente. Vejo um palco muito bonito. E quando Ursinha solta um latido curto e feliz, ouço a acústica incrível do lugar.

É um teatro pequeno, perfeito para uma cidade pequena. Com o nome de Gabe por trás, poderia trazer atenção e pessoas a Cooper. Ele poderia ter tanto — ou tão pouco — controle sobre as produções quanto quisesse.

Poderia ser um novo clássico.
— O que você acha? — pergunta Gabe.
— Acho que é perfeito — digo.

VANITY FAIR

"DERRAME ESSE MARTÍNI: GABE PARKER FALA DE SOBRIEDADE" (TRECHO)

POR BETH HUSSEY

Sentamos no restaurante e Gabe Parker pede um copo d'água grande. É a primeira entrevista desde que a ex-estrela de James Bond deixou a franquia de maneira espetacular e foi parar na clínica de reabilitação. Duas vezes. E, agora, ele está pronto para falar.

"Tento não gastar muito tempo com arrependimentos", diz ele. "Não tenho orgulho do que fiz, mas não posso me arrepender disso. Porque, no fim, foi o que me levou a buscar ajuda."

Ele está falando do vídeo do set de gravações de seu último filme como Bond — o filme que ele abandonou — e que viralizou nas redes. A produção tinha o mínimo necessário para levar o longa-metragem aos cinemas, mas a última das quatro produções estipuladas em seu contrato foi cancelada imediatamente e nenhuma outra oferta tem aparecido.

Parker está com quase quarenta anos e sua carreira, neste exato momento, está acabada.

Existem rumores, é claro, de projetos em andamento, mas quem quer que o contrate vai fazê-lo por sua conta e risco.

"Sempre vou ser um viciado", diz ele. "Mas, neste momento, sou um viciado que está no controle de seu vício."

Se os produtores vão compartilhar desse pensamento é o que veremos.

CAPÍTULO 24

PEGAMOS NOSSO ALMOÇO EM UM LUGAR NAS PROXIMIDADES que vende sanduíches e fazemos um piquenique no palco, iluminados por uma única lâmpada em um suporte. O teatro parece ainda mais imponente deste ângulo.

— Tem muito a ser feito aqui — digo.

Gabe dá de ombros.

— Eu tenho dinheiro. E um sócio que tem ainda mais do que eu.

— O Ollie.

— O Ollie — confirma Gabe.

— Então era essa a ideia da viagem — digo. — Você e o Ollie fazerem planos para o teatro.

Talvez eu devesse me sentir culpada por monopolizar o tempo de Gabe, mas não me sinto.

— Sim e não — diz ele. — Esse era o plano original: me encontrar com o Ollie em Los Angeles enquanto estivesse fazendo divulgações e voar de volta para cá para discutir os próximos passos.

— Mas?

Gabe se vira e sorri para mim.

— Então você apareceu no pub, com seus olhos enormes e sua impertinência...

— E minhas perguntas ruins?

Ainda estou um pouco irritada com isso, mesmo sabendo que ele tem razão.

Ele dá uns tapinhas na minha mão.

— Se te faz sentir melhor, suas perguntas melhoraram muito.

Reviro os olhos.

— Obrigada — digo. — Fazer perguntas é só o que faço da vida.

Gabe mastiga o sanduíche e engole.

— Quanto a isso... — diz ele.

— Quanto a como sou ruim no que faço?

Ele ignora a minha provocação.

— O que aconteceu com os dragões? — pergunta ele.

Minha mão — que estava a meio caminho do saquinho de batatas fritas até a boca — congela. Eu sei do que ele está falando. *Daquela* história. A única ficção que eu publiquei.

Algo em que estive pensando mais e mais nos últimos tempos. Um tipo de tortura criativa. Provocar-me com algo que não posso ter.

— Odeio te dizer isso, mas... — Tento uma abordagem casual. Leve. — Dragões não existem.

— Rá! — diz ele. — Você sabe do que estou falando.

Como minhas batatas, sem vontade de responder.

— Não é o que as pessoas querem de mim.

— Tem certeza disso? — pergunta ele.

— Você é meu terapeuta, agora?

Aquelas palavras afiadas ecoam no teatro.

— Só sou alguém que acha que você tem talento — diz Gabe, cortando a minha raiva pelo talo com sucesso.

Suspiro.

— Consegue imaginar o que minha agente... o que a minha editora... diriam se, em vez de escrever a terceira coletânea de ensaios que elas têm pedido, eu dissesse que quero escrever ficção? E nem sequer ficção *literária*, mas um livro sobre dragões, bruxas e contos de fadas.

Eu não preciso imaginar. Já sei a reação delas.

Acharam que eu estava fazendo uma piada. Então fingi que estava.

— Eu imagino que, se elas são a agente e a editora certas para você, iriam pelo menos querer ler algo que você escreveu.

Quero dizer a Gabe que ele não sabe do que está falando. Que não entende como é construir uma carreira com base em determinado tipo de imagem e que mudar isso poderia significar perder tudo.

Mas, na verdade, ele *entende*.

Não é uma piada para ele.

— O Jeremy não achava que era uma boa ideia — digo.

Parece patético falar isso em voz alta: reconhecer que permito que meu ex-marido me diga o que devo, ou não, fazer com a minha carreira. Mas não menos patético do que o fato de que permito que *qualquer um* me diga o que devo escrever.

— Bom, já que o *Jeremy* não acha que é uma boa ideia... — diz Gabe.

Sua voz soa seca como um deserto.

— Ele é um escritor de sucesso — digo.

— Você também.

Encaro meu sanduíche como se ele tivesse as respostas para a vida com todo aquele peito de peru, avocado e uma boa quantidade de queijo.

— Eu tenho medo.

Nunca admiti isso em voz alta. Admitir isso para mim mesma já exigiu muito esforço.

— É — diz Gabe. — Dá medo mesmo.

Ele se inclina para trás, apoiado nas mãos com as pernas esticadas à frente. Tem um teatro inteiro à sua disposição.

— Qual o pior que pode acontecer? — pergunta ele.

Percebo que Jeremy tinha razão. A respeito de tudo.

Ele estava bêbado naquela noite. E se desculpou depois, disse que não tinha sido sua intenção, mas nós sabíamos que, depois daquilo, nosso casamento não tinha mais conserto.

Era a festa de um amigo dele — em Nova York, praticamente todos que conhecíamos eram amigos dele —, uma reunião à moda antiga no Brooklyn para celebrar o lançamento de um livro. Todos os escritores que conhecíamos eram autores "sérios", que escreviam livros "sérios", como o de Jeremy.

Ele estava sofrendo para terminar seu segundo trabalho — aquele que já estava muito mais do que atrasado.

"Esses prazos matam a criatividade", sempre dizia ele. "É por causa deles que não consigo escrever."

Fazia anos que ele estava trabalhando no livro. Eu tinha publicado dezenas de artigos àquela altura, assim como a minha primeira coletânea, e estava escrevendo a segunda.

"Não é a mesma coisa", respondia ele quando eu tentava encorajá-lo a pensar nos prazos como uma forma de motivação.

Seu humor estava azedo o dia todo. Ele não queria ir à festa.

"O livro nem é bom", tinha dito ele.

O lançamento de seu amigo estava recebendo ótimas críticas e, mesmo que o livro de Jeremy tivesse conseguido o mesmo antes, ele estava com inveja. Convencido de que as pessoas estavam ganhando a atenção que ele merecia.

— Você vai entender quando o seu próximo livro sair — tinha dito eu.

— Isso nunca vai acontecer. Não consigo simplesmente despejar palavras no papel como você. Tudo que escrevo é construído com muito cuidado.

Ele sempre dizia coisas desse tipo e tinha caído na risada quando contei que estava pensando em escrever ficção.

"Ah, você está falando sério?", disse ele depois. "Desculpe, só acho que você não é boa nesse tipo de escrita."

Ele riu ainda mais quando falei dos tipos de livro que eu queria escrever.

"Só estou sendo honesto", falou ele.

Chegamos à festa e ele foi direto para o bar. Três uísques com refrigerante depois, ele começou a ficar grosseiro, e eu estava tentando levá-lo à saída quando o anfitrião nos encurralou, seguido logo atrás por uma jovem de óculos grandes e batom vermelho. Lembrava um pouco a mim mesma quando eu era mais nova. Ávida. Ousada.

— Uma fã sua — disse o anfitrião.

Jeremy, de repente, parecia muito feliz.

— Eu amo o seu trabalho! — disse ela para mim.

— Obrigada! — respondi.

— É só o que faltava — disse Jeremy.

Nós duas nos viramos na direção dele, com diferentes tipos de surpresa. Ele fez um gesto como se dissesse "prossigam". Dava para ver que estava bem bêbado.

A garota piscou e se virou de volta para mim, ajeitando o sorriso no lugar.

— Só queria dizer que gostei muito do seu livro.

— Obrigada — agradeci de novo.

Jeremy bufou, mas nós o ignoramos.

— E sua reportagem sobre o Oliver Matthias foi muito bonita — disse ela. — Você é muito boa em fazer alguém tão grandioso parecer normal e acessível.

— É realmente muito gentil da sua parte. — Meu rosto estava vermelho de orgulho.

Eu estava acostumada às pessoas se aproximarem de Jeremy em festas como aquela e escutá-las dizerem a ele quanto seu livro significava para elas. E, embora eu sentisse uma pontinha de inveja, na maioria das vezes ficava feliz por ele.

Tinha imaginado que ele sentiria o mesmo.

Mas estava muito, mas muito enganada.

— E posso só dizer... — Ela se inclinou para a frente e disse em voz baixa e tom conspiratório: — Seu perfil do Gabe

Parker provavelmente é meu perfil de celebridade preferido de *todos os tempos*.

— Obrigada — disse eu.

— É claro que é — zombou Jeremy.

— Espero que isso não seja muito invasivo — continuou ela. — Mas eu também sou escritora, e pensei se poderia só te perguntar sobre...

— Ela trepou com ele — falou Jeremy de repente. — Não deu pra ver?

Meu coração despencou como um elevador quebrado.

— O quê?

— Não. Deu. Pra. Ver. Que. Ela. Trepou. Com. Ele? — disse Jeremy, cada palavra uma arma.

A pobre garota parecia praticamente em pânico.

— Eu... Hã...

— Era isso que você ia perguntar, não era? — perguntou Jeremy. — Você queria saber se aconteceu algo entre os dois e a Chani aqui ia repetir a mesma ladainha de sempre, de que nada aconteceu, mas todo mundo sabe que é mentira. Todo mundo sabe o que você fez, Chani, e que é só por isso que você tem uma carreira, pra começar.

Eu nunca fiquei tão horrorizada.

— Sinto muito — falei para a garota, que aproveitou a oportunidade para dar no pé.

Eu me virei para Jeremy, mas ele ainda não tinha terminado de falar.

— Você não é melhor do que eu — disse ele finalmente, e foi embora, embaixo da chuva.

Dormi na casa de Katie naquela noite e Jeremy me ligou quando estava sóbrio, desculpando-se profusamente. Ele estava estressado. Bêbado. E sentia muito.

Mas nunca disse que não era verdade.

A pior parte era que eu já sabia daquilo. Sabia o que as pessoas pensavam de mim, da minha escrita, e isso acabava com qualquer orgulho que pudesse sentir do meu trabalho. Só esperava que meu próprio marido não acreditasse no que todo o resto do mundo acreditava.

Mas ele acreditava.

E eu não sabia se ele estava errado.

— Chani?

Olho para Gabe. Para a razão de eu ter uma carreira.

— Você se perdeu nos pensamentos aí?

— Desculpa — digo. — Só estava me lembrando de umas coisas.

— Algo que queira compartilhar?

— Não.

FÃS DE CINEMA

"ANÁLISE DE NÚPCIAS DE ESCÂNDALO"
(TRECHO)

POR CHLOE WATSON

Dependendo de para quem se pergunta, *Núpcias de escândalo* é a melhor comédia romântica já filmada. Ou é o mostruário de um ator com vários enredos questionáveis.

A mais nova adaptação de Oliver Matthias da clássica peça, que virou filme, que virou musical (não podemos nos esquecer de *Alta sociedade*), claramente tenta honrar a primeira linha de pensamento ao mesmo tempo em que dá atenção à segunda.

Ele chega muito perto de ser bem-sucedido.

Apesar de ter sido capaz de atualizar o relacionamento extremamente problemático do pai e da filha, além de abordar a violência doméstica casualmente salpicada no original, Matthias não chega a realmente replicar o humor peculiar deste.

Dando mérito aos aspectos que o merecem, no entanto, a escolha de elenco foi impecável.

Houve certa indignação quando foi anunciado que o ex-Bond Gabe Parker interpretaria C. K. Dexter Haven. A internet explodiu com artigos de opinião dizendo que selecionar um alcoólatra em recuperação para interpretar um alcoólatra em recuperação era uma escolha preguiçosa e abusiva.

Deveríamos saber, a essa altura, que Oliver Matthias, em sua infinita erudição, sabia o que estava fazendo quando escolheu Parker. O C. K. Dexter Haven dele é divertido, sofisticado e afinado. Enquanto o restante do elenco está esplêndido — Benjamin Walsh no papel de Mike Connor é uma verdadeira revelação —, mas é Parker que rouba o show.

CAPÍTULO 25

EU ACEITO JANTAR COM GABE E A FAMÍLIA DELE. NÃO FALAMOS mais sobre minha escrita nem sobre Jeremy. Ao fecharmos o teatro, Gabe me diz que ele e Ollie estão planejando passar os próximos meses renovando o prédio, contratando uma equipe e planejando a primeira temporada.

— Queremos abrir no próximo outono — diz ele.

— Ambicioso da parte de vocês — digo.

Ele encolhe os ombros.

— Não estou muito ocupado no momento.

É um assunto que nós dois parecemos evitar a todo custo — o futuro.

— Nenhum filme à vista? — pergunto.

— Acho que estão todos esperando para ver como o *Núpcias de escândalo* se sai antes de eu poder ser oficialmente acolhido em Hollywood de novo — diz ele. — É só envolver-se em uma discussão com seu diretor de merda, quando se está bêbado, e ela viralizar, que, de repente, ninguém mais quer trabalhar com você. A não ser, claro, que você seja uma fonte de dinheiro.

Lá está o tom de voz seco como um deserto novamente.

— Você devia ter só recorrido à velha história de fazer ofensas antissemitas e chamar umas policiais de "tetinhas de açúcar"⁹ e seria recebido de braços abertos e com prêmios — digo.

Gabe estala os dedos.

— Merda, eu sabia que tinha feito algo errado. Cadê o seu celular? Vamos gravar algo já.

E, simples assim, desviamos mais uma vez da conversa que não estou pronta para ter.

É só quando ele para, com a respiração visível no ar frio, que percebo que estávamos andando pela rua principal em silêncio.

— Chegamos — diz ele.

Estamos do lado de fora da Aconchego. Com o sol poente e as luzes brilhando do lado de dentro, ela faz jus ao nome.

Tem um sino em cima da porta — bonitinho e à moda antiga, como o de Meg Ryan em *Mensagem para você* — e ele toca quando entramos, anunciando nossa chegada. As caixas de som da loja tocam suavemente músicas natalinas.

— Já estou indo — diz alguém dos fundos.

— Sou só eu, mamã — responde Gabe.

Mamã. Ele chama a mãe de mamã.

A loja cheira a maçã e canela, o que, junto à boa calefação, aquece-me. Um pequeno carrinho está parado ao lado da porta com uma garrafa térmica, xícaras e uma plaquinha em que se lê SIRVA-SE.

— Quer um pouco? — pergunta Gabe.

Ele serve antes que eu responda — sidra — e me passa a xícara. Na prateleira mais próxima ao chão fica um cesto para xícaras usadas.

Embora eu nunca tenha ido ali, tudo parece estranhamente familiar.

---

9   Ambas referências a um incidente de 2006 em que diz-se que Mel Gibson, parado por dirigir alcoolizado, fez vários comentários contra judeus e chamou uma policial de "sugar tits".

— A loja é linda — digo.

Gabe sorri.

— É bem bonita, não é? — Ele dá uma olhada ao redor, uma mão no quadril, a outra segurando uma xícara; a imagem perfeita de um homem que gosta do que está vendo. — Acho que vamos contratar os mesmos empreiteiros para reformar o teatro.

— Você ajuda quando está por aqui?

Ele balança a cabeça.

— Gosto mais da loja à noite. Quando estou aqui, geralmente sou quem cuida dos pedidos on-line. Coloco alguma música ou um podcast e vou com tudo. Se você acha que sou bom nas telas, devia me ver montando uma caixa de encomendas em menos de um minuto.

— É você que faz os envios de pedidos on-line?

Ele me dá um sorriso sugestivo.

— Sou. Sempre sei quem está comprando com a gente.

O que significa que ele provavelmente sabe das vezes que comprei livros ali. Algo que faço com bastante frequência.

Felizmente, não tenho a oportunidade de responder, porque uma mulher de olhos verdes e com as covinhas de Gabe emerge dos fundos da loja. Sua expressão se ilumina quando nos vê.

— É ela? — pergunta a mulher.

— Mamã, essa é a Chani — diz Gabe.

Ele envolve meus ombros com o braço, como se estivesse me apresentando à sociedade. O que, de certa forma, é o que ele está fazendo. Esse momento parece significativo e isso me assusta.

Sei que Gabe está pensando no que vai acontecer depois desse fim de semana. Sei que ele quer perguntar.

Fico grata que ele ainda não tenha feito isso, porque não tenho uma resposta. Ainda não.

— Essa é minha mãe. Elizabeth.

— Muito bom te conhecer — digo, esticando a mão.

Mas ela ignora. Em vez disso, puxa-me para um abraço. Fico com a mão segurando a xícara de sidra esticada de um jeito esquisito atrás dela.

— Estamos muito felizes por você estar aqui — diz ela. — O Gabe fala de você o tempo todo.

Ele dá uma tossida constrangida atrás de mim.

— Não o tempo *todo*.

Viro a cabeça para olhar para Gabe.

— Mas é bastante — diz ele, e me dá aquele sorriso.

Olho de relance para Elizabeth e ela está com o mesmo sorriso no rosto.

— A loja é linda — digo.

Seu sorriso cresce.

— Muito obrigada — diz ela, antes de olhar para Gabe com o tipo de olhar maravilhado que só uma mãe poderia dar ao filho. — Temos muita sorte.

Gabe mexe os pés, envergonhado, mas contente.

Ursinha está bebendo água de uma tigela claramente colocada ali só para ela.

— Posso te mostrar a livraria? — pergunta Elizabeth. — A Lauren e a Lena estão a caminho. Pensamos em jantar em casa hoje.

— Eu adoraria — digo. — E muito obrigada por me incluir no jantar de família de vocês.

Elizabeth abana a mão.

— Só estamos felizes por finalmente conhecer você. Eu estava começando a pensar que o Gabe nunca ia tomar jeito.

— Elas têm tanta confiança em mim... — diz ele.

Elizabeth passa o braço pelo meu e me puxa pela loja. Ursinha e Gabe nos seguem.

— Cada estante tem um nome — diz ela, apontando para as grandes placas coloridas. — Quando as pessoas perguntam por um livro, dizemos a elas para ir até a estante

Ursula K. Le Guin, se o livro estiver na seção de ficção científica, por exemplo, em vez de só falar um número.

Estou ouvindo, mas estou mais tentando absorver tudo.

As paredes são cobertas do chão ao teto de estantes, tão altas que tem algumas escadas com rodinhas no estilo de *A Bela e a Fera* para ajudar os clientes a alcançar os livros que estão fora de alcance. Tem mais estantes espalhadas pela loja, mas nenhuma passa dos meus ombros, o que evita que o lugar pareça lotado demais. Poltronas de estofado de couro ficam em um cantinho, e posso imaginar que, se a loja estivesse aberta, cada uma delas estaria embalando o bumbum de um leitor ávido. Tem até uma mesinha ao lado de algumas delas, presumo que para os clientes apoiarem as xícaras com sidra.

O lugar inteiro traz a sensação de calor e acolhimento.

— Tcharam! — diz Elizabeth, parando em frente a uma prateleira cheia de livros e coberta com etiquetas coloridas.

No topo, lê-se recomendações da Aconchego.

E lá estão os meus livros. Exatamente no meio. O lugar de honra. Abaixo deles, uma plaquinha escrita à mão: recomendados por Gabe.

Não ficção inteligente, divertida e viciante, diz a plaquinha, no que presumo ser a caligrafia de Gabe — quadrada e um pouquinho irregular — *você vai pensar no livro muito depois de tê-lo terminado.*

— Somos grandes fãs aqui. — Elizabeth abre um enorme sorriso para mim.

Acho que digo "obrigada" ao tocar a estante — e as palavras de Gabe —, rapidamente, brevemente, como se fossem artefatos preciosos.

Sinto que perco o equilíbrio emocional.

Não consigo olhar para Gabe.

— Gostaria que eu os autografasse? — pergunto.

Elizabeth junta as mãos.

— Você faria isso? Seria maravilhoso. — Ela me dá mais um abraço rápido e impulsivo. — Vou pegar uma caneta. Pode se sentar no balcão. Ah! E será que poderíamos tirar uma foto?

— É claro — digo, encantada e muito feliz.

Elizabeth deixa escapar um pequeno suspiro de alegria e se apressa a sair de cena.

— Você não precisa fazer isso — diz Gabe.

Sua voz está baixa, mas como ele se aproximou ainda mais de mim, consigo sentir o calor de sua respiração atrás da minha orelha.

— Inteligente e divertida? — pergunto. — Viciante?

— Você discorda?

Não tenho uma resposta.

— Você os leu — digo, em vez disso.

— Achei que já tínhamos deixado claro que li tudo que você já escreveu.

É uma das coisas mais sexy que já me disseram na vida.

Lentamente, viro-me na direção dele. Ele não se afasta e meus olhos estão no mesmo nível dos lábios dele. Um sorriso torto os adorna.

Olho para cima, meus olhos se fixando nos dele.

— Você é uma ótima escritora — diz Gabe.

Reviso meu pensamento anterior. Provavelmente, *essa* é a coisa mais sexy que já me disseram na vida. Principalmente porque é Gabe que está falando. Principalmente porque consigo sentir a tensão crescendo entre nós, como plástico filme esticado. Principalmente porque, se eu der um passo ou dois para a frente e subir uns dez centímetros, minha boca vai estar na boca dele e, dez anos depois, eu ainda não terei esquecido de como essa sensação é boa.

— Aqui está! — diz Elizabeth, e Gabe dá um passo para trás para deixar a mãe passar.

Ela está com um buquê de canetas na mão e as empurra todas para mim.

— Não sabia se você tinha alguma preferência, então resolvi trazer todas que temos.

— Obrigada. — Pego uma esferográfica simples. — Esta está ótima.

Ela sorri para mim, e é um sorriso tão agradável, tão caloroso, aberto e amoroso, que me dou conta de que sou capaz de fazer praticamente qualquer coisa para mantê-lo no rosto dela.

Não é surpresa que Gabe tenha comprado essa loja para a mãe. Ela parece uma pessoa maravilhosa para se fazer feliz.

Eu me acomodo atrás da mesa e começo a autografar os livros que ela coloca na minha frente. O estoque deles é muito maior do que eu esperava — geralmente, quando dou autógrafos em livrarias independentes, tenho sorte (e fico grata) se preciso assinar meia dúzia de cópias dos dois livros combinados.

A Aconchego tem pelo menos trinta exemplares de cada.

No dia em que meu primeiro livro saiu, Jeremy insistiu para irmos no máximo de livrarias possível para que eu assinasse os exemplares. A ideia começou bem mal. Nossa livraria local não tinha o livro, nem a do bairro vizinho. Tinha sido um pensamento gentil e encorajador, mas Jeremy presumira que todo autor conseguia um lançamento de peso, como aconteceu com ele. Pensou que meu livro estaria em estoque em todo lugar.

No total, ele acabou encontrando três lugares entre Brooklyn e Manhattan. Fomos a cada um deles e ele me apresentou como "a brilhante autora estreante Chani Horowitz", o que não era qualquer coisa, já que um número significativo de vendedores o reconhecia. Mais tarde, fomos ao meu restaurante italiano favorito, um lugar pequeno que só aceitava pagamento em dinheiro, com *limoncello* caseiro e lasanha de vegetais. É uma das minhas lembranças favoritas do nosso casamento.

Mas, mesmo naquela ocasião, Jeremy nunca tinha olhado para mim do jeito que Gabe está me olhando agora. Com uma expressão de imenso orgulho. E admiração.

Isso deveria me fazer sentir bem.

Mas não faz.

Porque tudo em que consigo pensar é no que Jeremy disse naquela noite.

É só por isso que você tem uma carreira, pra começar.

"Isso", no caso, era Gabe. A suposição de que eu tinha transado com ele. A natureza sórdida do meu perfil. A obsessão do público com a vida pessoal das celebridades.

Tirei todo o proveito possível disso aos vinte e seis anos. Tinha criado desculpas para a minha atitude. Eu precisava do trabalho. Era uma boa história. Eu tinha o direito de contá-la.

Não me sentia da mesma maneira agora.

Não é só o fato de agora eu saber o que Gabe achou do perfil — que ele tinha ficado surpreso e magoado com aquilo que eu escolhera incluir. É que as palavras de Jeremy solidificaram cada incerteza que se agitava dentro de mim desde que o perfil foi publicado.

Uma coisa era ignorar quando desconhecidos on-line ou atores escrotos em ascensão me diziam que eu era uma vadia mentirosa e antiprofissional. Outra coisa era a pessoa com quem dividi a cama todas as noites por quase sete anos também acreditar nisso.

Minha carreira — meu sucesso — não se devia ao fato de eu ser uma boa escritora. Só consegui tudo isso porque grudei em Gabe como aqueles peixes que parasitam tubarões. E, se eu tentasse me soltar, morreria de fome.

É assim que me sinto agora — sentada em uma livraria da qual Gabe é dono, assinando livros que ele está divulgando.

Será que um dia eu saberia se meu trabalho era bom o suficiente por si só?

Se *eu* era boa o suficiente?

O sino acima da porta toca. Ursinha — que tinha se acomodado aos meus pés — ergue a cabeça com atenção.

— Chegamos! — diz uma voz feminina na frente da loja. Ursinha se levanta e segue o som.

— Estamos aqui atrás — diz Gabe. — Autografando livros.

— Oi, Ursinha. — Outra voz, mais jovem. — Cadê minha boa menina?

— Autografando livros? — pergunta a primeira voz conforme se aproxima. — Ah! Certo.

A melhor amiga de Gabe é a cara dele. Cabelo escuro com mechas grisalhas astutas, um maxilar forte e toda aquela aura saudável e tenaz de Montana. Ela está usando calça jeans e camisa de flanela. O cachecol em torno de seu pescoço parece ter sido feito à mão.

— Oi — diz ela. — Sou a Lauren. Irmã do Gabe.

Fico de pé e estendo a mão.

— Chani — digo.

Sinto como se devesse me descrever também, mas o que posso dizer? Sou a entrevistadora *barra* fã *barra* amiga *barra* vai-saber-o-quê de Gabe?

— Essa é a Lena — diz Lauren, colocando as mãos nos ombros da filha.

— Oi — diz Lena, olhando para o chão.

Seus cabelos escuros estão puxados para trás em uma trança que se desfaz perto das orelhas, um pouco de cabelo solto em seu pescoço, que é comprido como o de uma girafa. Dá para ver que ela vai ficar bem alta, e também que odeia esse fato naquele momento. Seus ombros estão curvados para a frente, como se tentassem escondê-la.

— Oi — respondo.

— Estou com fome — diz Lena quando a avó retorna da sala dos fundos.

— Eu também — diz Gabe, e posso sentir que ele está tentando contrabalancear a grosseria da sobrinha.

Não me incomodo. Para Lena posso ser uma anciã, mas ainda lembro de como era ter a idade dela. Era uma droga.

— É claro que está, querida — diz Elizabeth, com um casaco nas mãos. — Vamos jantar.

Vamos em dois carros até a casa em que Elizabeth mora com Lauren e Lena. É um lindo sobrado de dois andares em estilo vitoriano, com venezianas e molduras azuis nas janelas.

— Comprei para elas depois que Spencer morreu — diz Gabe. — A Lauren não queria ficar na casa antiga, e acho que tem sido bom para elas ter minha mãe por perto.

Concordo com a cabeça, como se pudesse entender como é perder um cônjuge ou um pai.

— Elas com certeza devem ficar muito gratas por sua ajuda e seu apoio — digo.

A frase soa monótona, desprovida de significado.

— Eu estava em um momento muito ruim quando ele morreu — diz Gabe. — Não era o meu pior, mas estava bem perto. Consegui ficar bem para o funeral e por mais alguns meses, mas não durou.

Suas mãos estão imóveis no volante.

— É verdade o que dizem — fala ele. — Que é impossível ficar sóbrio por outras pessoas. Porque, se fosse verdade, eu teria conseguido fazer isso por elas. Por ele.

O carro de Lauren estaciona na entrada da garagem e ficamos sentados ali, observando as três entrarem na casa. Gabe não se mexe. Está tudo quieto e escuro, e vejo as luzes se acenderem lá dentro.

— Nós crescemos juntos. Eu, a Lauren e o Spencer. Ele estava no meu ano na escola e nós três éramos praticamente inseparáveis. Até que ele e a Lauren...

Gabe solta um suspiro.

— O Spencer conheceu meu pai. E não dá pra dizer que isso não significa nada. Ele e a Lauren eram, bom, ridiculamente apaixonados um pelo outro, mas mesmo que não fossem, mesmo que nunca tivessem ficado juntos, perder ele foi um pouco como perder meu pai de novo.

Seus olhos têm um leve brilho, uma tristeza profunda e pesada. Sinto que ele manteve esses pensamentos guardados dentro de si e, agora, eles estão transbordando, talvez não intencionalmente. Não tenho ideia de como é estar na pele dele, mas, às vezes, só precisamos que alguém nos ouça. Então, eu ouço.

— Ela tinha a mesma idade que eu, sabe — diz ele. — A Lena. Quando o pai dela morreu.

Eu não sabia. Ou, pelo menos, não tinha ligado as duas coisas.

— É esquisito — fala. — Não é essa a palavra certa, mas...

Ele se dá um chacoalhão.

— A Lauren e a minha mãe têm uma à outra. Elas sabem como é ter que virar uma mãe solteira da noite para o dia. Não é exatamente a mesma situação, mas é parecido, eu acho. Elas podem falar a respeito. Elas *entendem*.

Ele passa a mão pela nuca.

— Eu pensei que pudesse ser essa pessoa para a Lena. Que existiria uma compreensão entre nós. Uma ligação. E, a princípio, foi assim. Nós conversávamos bastante. Ficamos muito próximos. Mas... — Ele ergue os ombros e depois os solta. — Eu tive uma recaída e quebrei a conexão que existia entre nós. Ela não quer mais falar comigo. Não quer mais falar com ninguém.

A culpa que ele sente é palpável, e Ursinha deixa escapar um latido suave e pesaroso do banco traseiro, empurrando o focinho contra o braço de Gabe. Ele se estica para trás e faz carinho no pescoço dela.

— Ela é uma adolescente — digo. — Acho que está nos genes delas ficar caladas e mal-humoradas por pelo menos dois anos, talvez três.

Gabe sorri um pouco.

— É — diz ele. — Eu sei. Continuo em contato, torcendo para que ela saiba que estou aqui para o que der e vier.

— Tenho certeza de que ela sabe — digo.

— Mas ainda dói. Ainda parece que tem algo a mais que eu poderia fazer.

Penso em segurar sua mão, mas o momento já está tão íntimo, tão sensível por si só, que guardo o impulso para mim.

Em vez disso, ofereço frases banais.

— Dê tempo a ela. Tudo que você pode fazer é estar lá quando ela estiver pronta.

Ele suspira.

— É — diz ele.

Como se pudesse saber que estamos falando dela, Lena aparece na varanda. Ela tirou os sapatos e o casaco, e está ali, no escuro e no frio, de meias e camiseta, o jeans rasgado no joelho e gastos em outras partes. Jogando os braços para cima, ela nos dá um olhar exasperado tão expressivo que é difícil não se impressionar.

Tendo transmitido sua mensagem com sucesso, ela se vira e entra em casa de novo.

— Acho que a comida está pronta — diz Gabe.

O jantar é todo feito em casa, desde a lasanha até o pão de alho. A conversa está meio travada, principalmente por conta de alguma discussão não mencionada que parece ter acontecido entre Lauren e a filha.

Lena está amuada em uma ponta da mesa, os braços cruzados, os olhos fixos no prato. Ela está exatamente no meio do que provavelmente serão seus anos mais esquisitos — anos de que me lembro bem. Seus traços ainda não se acomodaram por completo no rosto — tudo parece levemente fora de lugar. As sobrancelhas densas caem sobre os olhos castanho-escuros, que deve ter puxado do pai, enquanto a metade inferior do rosto claramente vem do lado da mãe. Todos na mesa — exceto por mim — têm exatamente o mesmo nariz.

Está bem claro que esse jantar é uma tortura para Lena.

Ela corta a lasanha enquanto evita todas as tentativas de ser incluída na conversa.

— A Lena é uma grande leitora — diz Lauren. — Praticamente veio ao mundo já com um livro na mão.

Lena faz uma careta, mas não diz nada.

— Nós dois sempre estivemos no mesmo nível de leitura — diz Gabe. — Quando era pequena, era ela que lia histórias para *mim* antes de dormir.

Ele está brincando, é claro, mas Lena não dá a mínima atenção.

— Que tipo de histórias você gosta? — pergunto, sem esperar uma resposta.

De fato, não ganho nem uma piscada de olhos.

— Às vezes, me mandam exemplares de livros para ler — digo. — Antes de serem lançados. Posso te mandar uns, se você quiser.

— Ah, que generosidade a sua — diz Elizabeth. — Não seria legal, Lena?

— Nós temos uma livraria — diz Lena.

Teria sido engraçado se não fosse tão constrangedor.

A única criatura viva à mesa para quem ela demonstra qualquer cordialidade é Ursinha, que se acomodou ao lado dela e lambe seu braço, como se dissesse "gosto de você". Ou talvez Lena tenha mergulhado o cotovelo em gordura de bacon antes de ir jantar.

— Gabe falou que você está trabalhando em um romance — diz Lauren para mim.

— Não exatamente — falei. — Ainda escrevo praticamente só não ficção.

— Ela é extremamente talentosa — diz Gabe. — Poderia escrever qualquer coisa que quisesse.

Sinto um rubor se espalhar do meu peito em direção ao rosto.

— Gabe — diz Elizabeth. — Está deixando a pobre garota envergonhada.

— Ah, eu sei — diz ele.

Gabe sustenta o meu olhar enquanto coloca um grande bocado de lasanha na boca, o sorriso grudado em seu rosto. Reviro os olhos, mas o calor persiste.

Percebo que Lauren e Elizabeth estão se entreolhando. Elas estão sendo gentis, muito gentis comigo. Gosto delas.

Assim como com Ollie, fico preocupada com a possibilidade de decepcioná-las.

Mais ou menos no meio do jantar, quando acabo de colocar uma porção enorme da deliciosa lasanha na boca, Lena diz algo diretamente para mim.

— Eu sei quem você é — diz ela.

É uma acusação.

— Lena — diz Gabe.

— O quê? — Ela o fulmina com seu olhar.

Um olhar que diz que, se ele caísse morto naquele exato momento, ela não daria a mínima.

Mesmo não tendo uma adolescente em casa, eu já estive de frente para pessoas — em sua maioria, homens —, que, a despeito de nunca terem escrito um livro sequer na vida, tinham certeza de que estavam destinados a se tornar o próximo grande romancista norte-americano e que não tinham exatamente perguntas, mas comentários a fazer.

Sou capaz de aguentar certo nível de desrespeito de desconhecidos — praticamente treinei para isso.

— Você é a jornalista — diz Lena.

— Sou — digo.

— Eu li seu perfil.

— O que achou dele?

Consigo sentir todos na mesa segurando a respiração.

— Lena... — alerta Lauren, mas digo que está tudo bem com um gesto.

— Não tem problema — digo. — O Gabe também não gostou.

— Não é verdade — diz Gabe quando a mãe e a irmã se viram para fuzilá-lo com os olhos.

— Pode acreditar — digo. — Já ouvi muito pior. Teve uma vez que eu estava autografando um livro para uma pessoa e ela me disse que eu era superestimada. Uma outra escreveu que eu não era bonita o suficiente para estar tão brava. Mas o meu preferido de todos foi o e-mail de dez parágrafos que recebi destrinchando tudo que havia de errado com o primeiro ensaio do meu primeiro livro, e me informou que eu deveria esperar mais críticas para cada capítulo. Ele também anexou uma fatura pelo trabalho que tinha feito e o endereço para onde eu deveria enviar o cheque.

Gabe disfarçou o riso com uma tossida.

Os olhos de Lena estavam redondos e surpresos.

— Você não vai ferir meus sentimentos — digo a ela. — E tudo bem se não gostou.

— Não achei horrível — diz ela, o rosto vermelho. — Só... Bom, eu nem ligo, tá?

Ela se afasta da mesa e sua cadeira cai no chão. Ursinha levanta, o rabo escondido entre as pernas.

Lena sai da sala antes de qualquer outra coisa poder ser dita.

Eu me sinto horrível.

— Sinto muito — digo. — Não tive a intenção...

— Não é você — diz Lauren. — Depois que o pai dela morreu, as pessoas não paravam de ligar para cá. Muitos jornalistas. Nem todos eram gentis.

— Sinto muito — digo novamente.

Lauren dá de ombros.

— Faz parte do acordo, eu acho. Gabe recebe bastante dinheiro para fazer pouca coisa e as pessoas querem saber sobre ele e a vida dele.

— Com licença — diz Gabe. — Eu não recebo bastante dinheiro para fazer pouca coisa. Recebo dinheiro *pra dedéu* para fazer pouca coisa.

Lauren se estica e coloca a mão sobre a dele.

Ela parece cansada.

Algo vibra e os dois irmãos olham para os celulares.

Observo os olhos de Lauren correrem pela tela e suas bochechas ficarem cor-de-rosa.

Gabe pega a comida enquanto ela enfia o celular no bolso.

— De novo? — pergunta ele.

— Está tudo bem — diz ela.

— Vou dizer a ele pra parar.

Mas ela sacode a cabeça.

— Eu não... me importo — diz Lauren.

Posso ver que isso surpreende Gabe, mas ele não diz nada — só se inclina para trás, os braços cruzados.

— Gabe — diz ela. — Eu consigo lidar com isso. Sou mais velha que você, lembra?

— E ele é mais novo que você — diz Gabe. — Mais novo que eu. Provavelmente mais novo que a Chani.

Agora estou muito, mas muito curiosa.

— Quem é *ele*? — ouso perguntar.

Os dois trocam um olhar antes de Gabe fazer um gesto de "fala pra ela".

Lauren abaixa a cabeça e os olhos.

— Ben Walsh — diz ela.

Ergo as sobrancelhas.

— Ben Walsh — digo. — *Benjamin* Walsh?

As bochechas de Lauren estão completamente vermelhas.

— Ele é... — Tropeço para encontrar as palavras.

— Um bom ator — sugere Gabe.

— Muito bonito — digo. — Tipo, bonito que dói. O tipo de bonito que não dá nem pra se olhar diretamente sem ficar um pouco tonto.

Lauren deixa escapar uma risadinha.

— Eu estou *bem aqui* — diz Gabe.

Dessa vez é Elizabeth que dá tapinhas na mão dele.

— Você também é muito bonito.

— Então, Ben Walsh...? — provoco, incapaz de me segurar.

Também gosto um pouquinho de ver Gabe fingindo ser ciumento.

— Ele está rondando a Lauren desde que ela foi visitar o set de *Núpcias de escândalo* — diz ele.

— Rondando? Sou uma pessoa, não um bife. Não dê uma de machão imbecil.

Gabe se mostra apropriadamente intimidado.

— Desculpe. É só que...

— Você não gosta dele, eu sei — diz ela. — Já deixou isso bem claro.

Todo o bom humor foi pulverizado da sala. Lauren se levanta da mesa.

— Com licença. Vou ver como a Lena está.

Quando ela se vai, Elizabeth fulmina Gabe com o olhar.

— O quê? — pergunta ele. — Ela falou que não estava interessada.

Elizabeth balança a cabeça e se dirige para a cozinha.

— Benjamin Walsh? — pergunto, agora sussurrando por algum motivo. — É sério?

Gabe suspira.

— É sério. — Ele passa a mão no cabelo. — Deixe-me adivinhar, você amou ele em *Poderoso Kennedy*?

— Não... Quer dizer, sim, amei. Digo, quem não ama o Benjamin Walsh em *Poderoso Kennedy*?

Benjamin Walsh era a versão irlandesa-havaiana de Gabe. Pelo menos, do Gabe de dez anos atrás — com toda a bebedeira e as farras inclusas. Muito bonito, talentoso, um surfista dos dias atuais. Ter sido escolhido para interpretar Mike Connor em *Núpcias de escândalo* fora completamente contra o seu estilo, exatamente como aconteceu com Gabe e James Bond.

E também ele tem, se muito, trinta e dois anos.

A irmã de Gabe já passou dos quarenta.

Ela tem os famosos traços da família Parker, mas não de uma forma que disfarça sua idade. Parece a maravilhosa mãe de uma adolescente e não uma jovenzinha de trinta e poucos anos. Ela claramente é inteligente, interessante e divertida, mas não é assim que as coisas funcionam em Hollywood.

De repente, sinto meu respeito por Benjamin Walsh crescer.

— É claro — diz Gabe, parecendo desconfiado.

— Ele tem mandado mensagens para sua irmã?

Gabe faz que sim com a cabeça.

— Acha ela incrível, o que é verdade, mas conheço o tipo dele.

— Ah, é? — pergunto.

— Modelos — diz Gabe. — Atrizes jovens. Ficou flertando com a Lauren quando ela ia visitar, mas ficava se pegando com Jeanine no resto do tempo.

Jeanine Watterson era a atriz que interpretara Liz. Tinha, provavelmente, vinte e cinco anos.

— Eu sei — diz Gabe. — Não é da minha conta.

— Acredito que você saiba melhor do que ninguém que nós, meros mortais, precisamos ser protegidos de estrelas de cinema malvadas — digo.

— Se alguém nesta sala precisa de proteção — diz Gabe —, acho que não é você.

Lanço um olhar para ele. Ele me encara de volta.

Ficamos sentados ali, na sala de jantar silenciosa, escutando o som abafado de uma conversa vinda do andar de cima, ou do outro lado da casa. É difícil dizer. Avó. Mãe. Filha.

— Bom — diz Gabe. — Você tem talento para esvaziar uma sala.

— Obrigada — digo.
— Acho que o jantar acabou — diz ele.
— Acho que você tem razão.

O LANCE (NEWSLETTER)

"EXPATRIADA"

Relacionamentos são como países. Amizades, famílias, casamentos. Toda relação profunda e significativa tende a gerar costumes próprios. Um idioma próprio.

    Estive casada por mais tempo do que deveria. O país que fundei com meu marido era repleto de piadas internas, de pequenas intimidades secretas, de hábitos compartilhados. Tínhamos a nossa rotina matinal e a seguíamos à risca.

    Ele sempre acordava primeiro. Gostava de escrever de manhã, e eu, de dormir até mais tarde. Ele levantava antes de o sol nascer, andava até o escritório, fazendo ranger as tábuas do piso, e trabalhava por horas na máquina de escrever. Aqueles sons — os passos, o bater metálico das teclas — adentravam meus sonhos das primeiras horas da manhã com bastante frequência. Às vezes, eram ratinhos minúsculos martelando em uma mina de metais minúscula. Às vezes, era o meu avô em uma cadeira de balanço que ele nunca teve, em uma varanda onde nunca se sentou.

    Tomávamos café da manhã juntos. Ele me contava o que tinha escrito, eu contava a ele o sonho que seu trabalho tinha inspirado. De vez em quando, meus sonhos apareciam nas histórias dele. Em um conto, uma personagem esguia, jovem e inocente (a ficção dele é cheia de coisinhas esguias, jovens e inocentes) usou cogumelos com o professor encantador que tanto admirava e teve alucinações com uma fileira de ouriços sapateando descoordenadamente.

Eu gostava de encontrar meus sonhos no trabalho dele. Achava estranhamente emocionante vê-los em revistas literárias, da mesma forma que é quase mais emocionante ver meu nome nos agradecimentos do que segurar meu próprio livro nas mãos.

Meu marido me agradeceu em seu primeiro livro. Ele me chamou de "sua musa".

Duvido que serei mencionada no segundo. Aquele que será dedicado à sua futura segunda esposa.

Não falo isso para culpar a ele nem a ela. Ela não foi o motivo por que nosso país se despedaçou.

Todos os casamentos, assim como todos os países, têm conflitos. Às vezes, o patriotismo é forte o suficiente para superá-lo — pesar o que é compartilhado e o que poderia se perder —, mas, às vezes, o conflito realça o fato de que o país em si foi construído em terreno instável.

bjsdaChani

CAPÍTULO 26

DEPOIS DE ALGUM TEMPO, LAUREN E ELIZABETH VOLTAM A SE juntar a nós, e Elizabeth oferece sobremesa, mas está claro que essa parte da noite já se encerrou.

Eu me sinto nervosa enquanto dirigimos — a caminhonete grande de Gabe parece encolher a cada quilômetro. Tinham me oferecido vinho durante o jantar, mas recusei.

Nem Gabe nem eu dizemos uma palavra no trajeto de volta para o apartamento dele.

Estou com a mão apoiada no peito, meus dedos contra a garganta, onde consigo sentir meus batimentos cardíacos. Tanto Gabe como eu sabemos o que vai acontecer a seguir. Parece inevitável e impossível.

E eu quero. Quero *muito*.

Mas no momento em que ele está prestes a desligar o motor, eu me estico e o interrompo.

— Gabe — digo.

— Opa — diz ele. — O que foi?

— Eu só falei o seu nome.

— Eu sei. Mas falou de um jeito sério.

Ele está brincando, mas não por completo. Tem uma expressão de preocupação em seu rosto. Não posso culpá-lo. Estamos tão perto, e ainda assim...

— Precisamos falar sobre a ligação — digo.

Ele franze a testa.

— A ligação.

Ele parece tão confuso que, por um instante, penso na possibilidade de eu simplesmente ter imaginado aquilo tudo.

— Você me ligou — digo. — Na noite antes de se internar na clínica.

— Em qual das vezes? — pergunta Gabe. Seu tom é seco, mas consigo ouvir a vergonha por baixo dele.

— Da primeira vez.

Eu não sabia disso na época, é claro. As coisas entre mim e Jeremy estavam o.k., mas não ótimas. Estávamos fazendo terapia de casal. Àquela altura, eu só conseguia sentir seu ressentimento borbulhando sob a superfície, mas não sabia qual era a origem dele.

Era outono.

Eu tinha ido assistir a um filme sozinha. Tinha acabado de sair do metrô e estava caminhando para casa quando ele ligou. Ver *Gabe Parker* (*Time Los Angeles*) aparecer no meu celular foi um choque. Depois da entrevista, eu tinha esperado uma ligação, uma mensagem. Às vezes, até voltava e relia as poucas mensagens que tínhamos trocado, mas depois do incidente na Broadway, tinha certeza de que ele nunca mais entraria em contato comigo.

E, ainda assim, nunca consegui me obrigar a deletar seu número.

— Gabe?

— Chani — disse ele.

Mas algo não estava certo. Ele estava falando corretamente, mas de forma arrastada e confusa, e eu já sabia, só por aquelas duas sílabas, que ele estava extremamente bêbado.

— Gabe, está tudo bem?

— Chani, Chani, Chani — disse ele. — Ooo-lá.

— Olá — eu disse.

— Ainda está em Nova York, certo? *New Yoooork, New Yoooork. Hell of a town!*

Era surreal escutar Gabe Parker cantando embriagado para mim, de onde quer que ele estivesse.

— Acho que um copo d'água te faria bem — sugeri.

— É, estou mesmo com sede — falou ele.

Ouvi gelo tilintando em um copo, mas sabia que não era água o que Gabe estava bebendo. Ele tossiu de leve, e meu coração parecia um pano úmido sendo torcido. Pesado e apertado.

— Chani.

— Oi — sussurrei. — Pode falar, Gabe.

— Meu Deus. Seu nome. Seus olhos. Que nem o gato, lembra? Tique-taque, tique-taque. — Ele riu. — Aposto que você nem se lembra. Mas eu lembro. Lembra do Woody Allen? Eu conheci ele, sabia? Bom, mais ou menos. Eu vi ele em algum lugar. Não conheci ele. Não quis conhecer. Otário. Otááááário.

Ele tomou um longo gole.

— Ooooops — disse ele. — Hora de reabastecer.

— Não — falei. — Não é uma boa ideia.

— Sabe o que não é uma boa ideia? — perguntou Gabe.

Fez-se um longo silêncio.

— Gabe?

— Hã?

Era tão fácil imaginá-lo naquele momento — os belos olhos pesados, as pálpebras caídas.

— Você assistiu? — perguntou ele.

— Assisti o quê?

— Você sabe. — Sua voz parecia irritada. — Você sabe.

— A peça? — Aquela fora a última vez que tínhamos nos visto.

— Nãããão. — A palavra saiu longa e arrastada. — O Bond. Aposto que não viu. Você não gosta do Bond. Eu sei. Eu li sobre isso.

— Gabe...

— Você foi gentil. Estava enganada, mas foi gentil. Eu não devia ter sido o Bond. Você sabe disso. O mundo inteiro sabe. Eles deveriam ter escolhido o Ollie. Eu sou errado. Sou todo errado. Mereço isso. Mereço tudo.

Naquele momento, eu não sabia mesmo do que ele estava falando. Foi só mais tarde, quando entrei no Twitter e "Gabe Parker" estava nos *trending topics*, que vi o vídeo com Ryan Ulrich.

— Você precisa beber um pouco de água — falei. — Que tal só um copo?

— Mas formamos um belo time — disse ele. — Corrida da Pirâmide. Você era boa. Você entendeu. Me entendeu. O time dos sonhos, não é? Faz tanto tempo que jogamos. Taaaaaaaaanto tempo. Sabe? Você sabe.

Ele fez uma pausa e, por um momento, pensei que tinha desligado.

— Gabe?

— O Data era o seu preferido, né? É. É. Isso mesmo. Eu gosto do Data. Mas todos os sentimentos humanos que ele queria? Achava superestimados. Superestimados. Quem, na verdade, precisa deles?

Eu tinha me sentado na varanda. Fazia frio, mas não entrei em casa. A última coisa que queria era que Jeremy me perguntasse com quem eu estava conversando.

Depois de certo tempo parecia que Gabe tinha se esquecido que eu estava na linha com ele.

— Eu li tudo — balbuciou ele. — Tuuuuuuuuudo. Todas as palavras. Não sou inteligente que nem ele. Não que nem ele, mas eu *sei* ler. Não só roteiros. Mas também livros. Eu leio livros. Um monte deles. Você tinha que ver os livros. Posso mandar eles pra você. Todos. Posso encher a sua casa de livros. Comprar todos os livros pra você. Você seria tipo aquela princesa da biblioteca e dos livros.

Meus dedos estavam dormentes de frio e eu ficava trocando o celular de orelha para poder colocar a mão livre dentro do bolso.

— Chani... — sussurrou ele. — Chani, Chani, Chani.

— Gabe.

— Você vai me ligar de volta, certo? Você tem que me ligar de volta. Eu só... Você precisa me ligar, está bem?

— Eu vou ligar — respondi, não sabendo bem se ele tinha me ouvido.

Houve um longo silêncio e foi então que percebi que ele tinha desligado.

— Uau! — diz Gabe, depois de eu terminar de contar a ele.

A expressão em seu rosto agora — a surpresa e o choque — deixa claro que ele não se lembra da mesma forma daquela ligação. Ele parece ter ficado mais velho depois que contei o que aconteceu. Mais triste.

— Você não parava de implorar que eu ligasse de volta.

— Pensei que tinha sonhado com isso — diz ele. — Estava bêbado. Bêbado pra caralho naquela noite e queria te ligar... Eu sempre queria te ligar quando estava naquele estado, mas nunca ligava.

— Exceto aquela vez.

— Exceto aquela vez. — Ele me olha de relance. — Eu devia estar um desastre.

Aperto os lábios.

— Um pouco — digo.

Ele esfrega a barba com a mão.

— Meu Deus — diz ele. — Falei algo que fazia sentido?

— Em alguns momentos — digo.

— Sinto muito.

— Foi bom ouvir a sua voz.

Isso o faz sorrir.

— O que aconteceu na manhã seguinte? — pergunta ele. — Você me ligou de volta?

— A Jacinda atendeu — digo.

— Ah... — diz Gabe. — Merda.

— É. Merda.

Minhas mãos tremiam quando telefonei no dia seguinte. Eu tinha esperado até que Jeremy saísse do apartamento e andasse até o fim da quadra e contado até dez depois de ele sumir de vista.

O celular tocou três vezes e, então, uma voz feminina atendeu. Uma voz feminina com sotaque britânico.

— O Gabe está? — consegui perguntar.

— Não — disse Jacinda Lockwood, com a voz ácida. — Ele está internado em uma clínica de reabilitação. Celulares são proibidos.

— Ah... — eu disse.

Parte de mim ficou aliviada, porque Gabe estava tão bêbado na noite anterior que eu tinha me preocupado. A outra parte, mais egoísta, estava decepcionada por não poder falar com ele.

— Só tenho uma pergunta — digo, no presente.

— Manda ver — diz Gabe, ainda envergonhado.

— Quem é Tracy?

— Tracy?

— Antes de Jacinda desligar, ela me chamou de Tracy — digo.

"Não ligue mais para esse número, Tracy", tinha dito ela.

Gabe fica parado por um momento e, então, cai na gargalhada, batendo a mão no volante. Seu riso quebra a tensão — pesada e sombria — que paira sobre nós.

— Você é a Tracy — diz Gabe, apoiando-se no quadril e pescando o celular do bolso.

Ele destrava o celular, procura algo nele e então o vira na minha direção. É um contato que diz "Tracy Lord". A personagem principal de *Núpcias de escândalo*.

— Aperta pra chamar — diz ele.

Eu obedeço e meu celular vibra no bolso.

Estou ligando para mim mesma.

Eu encaro a tela e deixo escapar um riso surpreso.

— Você salvou o meu contato como Tracy Lord no seu celular? — pergunto.

Gabe sorri.

— Parecia inteligente na época.

Nós dois explodimos em risadas. Rio até meus pulmões doerem, até chorar, pensando em quão ridícula é aquela situação toda. Gabe apoia a cabeça no encosto do banco e se vira para olhar para mim.

Minha respiração falha.

Porque é isso. Não existem mais segredos, mais nenhum momento esquecido. Estou vulnerável e exposta. Nova em folha. Pronta.

Ele está me observando. Esperando.

— Vamos entrar — digo.

PUBLISHERS WEEKLY

"ENTREVISTA COM CHANI HOROWITZ"
(TRECHO)

Embora os estudos de Horowitz tenham se focado em ficção durante a graduação em Iowa, ela é conhecida principalmente por sua não ficção. Sua estreia, *Conte para mim algo que eu não saiba*, é uma coletânea de seus últimos trabalhos e será lançada na próxima terça-feira.

Mesmo contando com vários ensaios pessoais, a reivindicação à fama de Horowitz são seus perfis de celebridades. O exemplo mais notável é o perfil de Gabe Parker, que ela escreveu há alguns anos e acabou fazendo sucesso.

"Nunca esperei essa reação toda", diz ela. "Nunca se espera algo assim."

Não consigo evitar de cutucar um pouco esse pensamento. Ela realmente achou que seu relato da ocasião em que compareceu a uma première acompanhada de uma estrela de cinema e, então, desmaiou na casa do galã na noite seguinte não seria exatamente o tipo de história em que nossa cultura, faminta pela vida de celebridades, se refestelaria?

"Eu não pensei dessa forma", insiste ela. "Claro, tem momentos em que achamos que algo pode fazer sucesso, mas nunca dá para ter certeza."

Pergunto se ela pretende escrever uma continuação do perfil em algum momento.

"Quando se trata desse tipo de entrevista, estou à disposição do entrevistado", diz ela. "Não vou atrás dele."

Está claro que Horowitz não quer falar sobre Parker, mas não consigo resistir à pergunta que todo mundo tem feito desde que o perfil foi publicado.

"Não aconteceu nada", diz ela, com um sorriso. "Mas bem que eu gostaria, não é?"

CAPÍTULO 27

URSINHA SALTA DO CARRO QUANDO CHEGAMOS, FAREJANDO os fundos do prédio até encontrar um lugar na neve para se acocorar e fazer xixi. Estou embrulhada em meu casaco, mas Gabe leva o dele pendurado no braço. Mal parece notar o frio.

São apenas 19h, mas já está bem escuro como se fosse meia-noite. Escurece cedo em Montana, foi o que me disseram.

Ainda assim, consigo ver as montanhas — os cumes brancos e tremulando como uma onda espumosa à distância.

Quando Gabe apoia a mão na minha lombar, relaxo o corpo em sua direção.

— Tudo bem? — pergunta ele.

— Tudo bem.

Uma vez dentro, tiramos a neve das botas, e Gabe limpa o gelo que se formou entre os dedos da pata de Ursinha.

Seguro meu casaco em frente ao peito enquanto Gabe acende a lareira. Ainda estou parada na entrada quando ele termina. Ele vem até mim, pega meu casaco e o pendura.

— Chani — diz ele.

— Estou bem — falo, porque não sei o que mais dizer.

— Nós não precisamos...

— Eu...

A sala fica mais quente. Gabe coloca as mãos nos meus braços e acaricia meus bíceps com os polegares, como se eu fosse um animal assustado que precisa ser acalmado.

Ele não está totalmente errado.

— Não estou com pressa nenhuma — diz ele.

Gabe não está falando dessa noite. Está, mas, ao mesmo tempo, não.

Eu me afasto. Coloco uma distância entre nós. Poucos centímetros.

Aquele susto, aquele pavor, aperta as minhas costelas. Minha confiança falha.

— Da última vez que fizemos isso... — Faço um gesto indicando eu e ele.

— É — diz ele. — Quanto a isso...

Algo em sua voz me faz parar. Ele soa constrangido, e não sei o motivo.

— Quanto a quê?

— Quanto ao que aconteceu entre nós no sofá — diz ele. — Sinto muito.

— Sente muito?

Estamos adentrando um território muito íntimo. Conversamos por cima sobre aquele fim de semana, mas nunca falamos sobre o que, de fato, aconteceu. Ou não aconteceu.

— Eu não devia ter... — Ele passa a mão na nuca. — É só que... eu me senti tão idiota.

Ao que parece, aquela ligação não era a única coisa que ainda precisávamos discutir, mas, dessa vez, sou eu que estou sem entender.

— Por quê?

— Porque sim — diz ele, como se eu soubesse do que ele está falando.

— Porque sim *o quê*?

E então, para o meu completo espanto, vejo um rubor se espalhar pelas bochechas *dele*.

— Você sabe — diz ele.

— Não sei — respondo.

Ele desvia os olhos para o teto. Por um momento, o único som que ouço é o fogo estalando. A sala está agradável, quentinha e confortável.

— Naquela noite... — diz ele. — Quando estávamos... Quando as coisas ficaram...

Estou encarando-o, e ele, as vigas do teto.

— A gente estava se beijando e você estava, bom, embaixo de mim, e estava muito bom, e então... — Sua voz vai sumindo. — Você *sabe*.

Não. Eu não sei. Está bem claro que qualquer que seja a lembrança que tenho daquela noite, não é a mesma que ele tem.

Ele abaixa os olhos e depois olha para mim.

— Caramba! — diz ele. — Você vai mesmo me fazer dizer isso em voz alta?

— Não sei do que você está falando — digo.

— Não sabe que fiquei tão excitado que gozei antes de a gente fazer qualquer coisa? — pergunta ele.

Meu queixo cai. É literalmente a última coisa que eu esperava que ele dissesse.

— Você *o quê*?

Ele esconde o rosto nas mãos. O fogo estala.

— Ah, meu Deus... — diz ele. — Meu Deus.

Meus olhos estão arregalados.

— Meu Deus! — digo.

— Jesus Cristo — murmura ele entre os dedos. — Achei que você soubesse.

— Eu não sabia — falei. — Pensei que... quando te pedi para parar... que você tinha ficado irritado, mas que, depois, tinha entendido.

— Eu *fiquei* irritado — diz ele. — Comigo mesmo. Por estar bêbado demais e fora de controle. Por agir como um adolescente com tesão. Por ter gozado e não ter feito o mesmo com você.

De repente, aquela nossa interação esquisita depois do ocorrido assume todo um significado diferente.

— Você queria...?

— Muito — diz ele.

— Bom — falo. — Eu não sabia.

Seu rosto ainda está vermelho, o que é muito bonitinho. Sinto como se meu coração estivesse se contraindo e expandindo ao mesmo tempo.

— Não sei se devo ficar aliviado por ter aberto o jogo ou horrorizado por ter te dito isso — diz Gabe.

— É até fofo da sua parte — digo. — Que você quis, mas não pôde.

— Espera aí. — Ele ergue a mão. — Eu podia.

A indignação em sua voz me faz suprimir uma risada.

— Mas você acabou de dizer...

Ele avança na minha direção. Meu riso morre rapidamente, minha boca seca diante do olhar dele. Não estamos mais brincando com algo que aconteceu há dez anos. Não estamos brincando e ponto-final.

— Eu ia precisar de mais um tempo, mas não teria sido um problema. Não vai ser um problema. — Sua voz se torna um rosnado baixo. — Não é um problema.

Engulo em seco. Com força.

Não somos mais nós falando sobre algo que aconteceu na época. Mas sobre o que está acontecendo agora. Entre nós dois.

O que parecia bastante inevitável que acontecesse desde que aceitei esse trabalho.

— Não é um problema? — pergunto, mesmo sabendo que estou cutucando um vespeiro.

Estou trêmula, nervosa e não totalmente segura de que isso tudo não é um erro enorme capaz de mudar uma vida inteira, mas também sei que é o que eu *quero*.

Gabe pode não estar com pressa, mas, de repente, eu estou.

Afinal, são *dez* anos.

Ele olha para mim.

— Não é um problema — diz ele. — Com você, eu...

— Você...?

— Eu quero você — diz Gabe. — Sempre quis você. Desde o primeiro momento.

É simples e direto assim.

— Certo — digo. — Está bem.

Ele pisca.

— Está bem?

Aceno com a cabeça.

— *Está bem.*

Nós nos encaramos por um momento, a tensão crepitando entre nós dois. Então, como se não fosse nada, como se fosse algo que fazemos o tempo todo, Gabe coloca a mão no meu braço. É o suficiente para me fazer desabrochar e ele envolver as minhas costas com os braços, segurando-me contra seu corpo, meu peito encostado no dele.

Então ele abaixa a cabeça e me beija.

É macio, macio do jeito que um primeiro beijo é. Novo. Tenro.

Não é nosso primeiro beijo, mas talvez exista uma regra sobre novos começos e fichas limpas que se aplique a pessoas que você não beija há uma década.

Inclino a cabeça para trás, porque ele é alto demais. A mão dele está firme nas minhas costas, segurando-me, e penso em nossos corpos na pista de dança, em como confiei nele naquele momento e em como preciso confiar agora.

Confiar que ele não vai me deixar cair.

Uma mão se desenrosca de trás de mim e começa a traçar o meu braço, curvando-se em meu ombro antes de afastar meu cabelo para chegar ao meu maxilar. E *uau*! Nenhuma sensação no mundo já foi tão boa como o roçar dos dedos de Gabe na pele sensível da lateral do meu pescoço.

Seus lábios ainda estão nos meus, repousando ali, não beijando, mas também não *não* beijando. Como se estivessem reservando o espaço. Como uma promessa.

Ele passa o polegar na curva sob o meu queixo e eu suspiro. E tudo muda.

Colidimos um no outro, como se estivéssemos de lados opostos da sala, correndo para os braços um do outro, e não enroscados como um par de polvos tarados. O correto é *pólvos* ou *pôlvos*?

Aquela mão em meu rosto move a minha cabeça, inclinando-a em direção à palma de Gabe até que nossos lábios se encontram como peças de um quebra-cabeça. Minha língua está na boca dele enquanto minhas mãos correm sob sua camisa, e nada parece suficiente.

Isso não é o mesmo que aconteceu há dez anos. Não estamos desajeitados agora. Não há hesitação. Não vamos parar. Vamos *até o fim*.

Ainda segurando minha cabeça, Gabe desliza a outra mão pelas minhas costas, para dentro do meu jeans, ignorando tudo que está por baixo e agarrando a minha bunda com uma possessividade incrivelmente sexy. Ele me puxa para cima e eu o escalo, enroscando as pernas ao redor de sua cintura.

Somos mais velhos agora e está claro que nós sabemos exatamente o que queremos, e tem algo muito sensual nisso. Nessa sabedoria. Nessa história. Nessa experiência.

Ele é sólido e forte, e consigo sentir seus músculos tensionarem e se ajustarem ao meu peso quando ele atravessa a sala de estar e entra no quarto me carregando. Quase parece um filme, até que ele tropeça e praticamente me atira na cama, caindo sobre mim logo em seguida. Bato a testa em sua clavícula e ele grunhe ao se erguer, os braços trêmulos, e então ri quando o puxo para baixo.

Nós nos beijamos, nossas mãos se movimentam de cima para baixo, encontrando tecido e pele, movendo, movendo, movendo, como se estivéssemos tentando fazer fogo. Minhas pernas tremem.

Gabe está tendo problemas com a minha camisa.

— Eu só... essas merdas... droga de botões — murmura ele, com os dedos atrapalhados, as costas das mãos roçando meus peitos, fazendo com que eu me contorça, o que, por sua vez, só torna mais difícil a tarefa de abrir a blusa. — Posso só... por favor... posso...?

Não sei exatamente o que ele está pedindo, mas também não me importo muito.

— Pode. Pode, sim.

Ele abre um sorriso obsceno e inocente na mesma medida, e antes que eu entenda o que está acontecendo, agarra os dois lados da minha camisa e puxa. Os botões saltam, o tecido se rasga. E minha camisa já era.

— Sempre quis fazer isso — diz ele.

Isso me deixa sem fôlego. Gabe, por sua vez, está me olhando como se eu tivesse acabado de oferecer tudo que ele sempre quis.

— São só peitos — digo, por literalmente motivo nenhum.

Ele olha para cima e sacode a cabeça, longa e lentamente, os cabelos caindo pela testa.

— Não tem nada de *só* em você — diz ele.

Se eu já não estivesse ficando louca debaixo dele, essa teria sido a gota d'água. Todo o meu corpo está formigando, e desesperado, soltando faíscas. Estou pronta para mais. *Muito* pronta.

Continuamos a tirar nossa roupa. Meus jeans. A camisa de Gabe. A minha camisa.

É como estar no ensino médio, mas melhor — aquela antecipação quente e doce de um beijo, de beijar como se você fosse a primeira pessoa no mundo a descobrir tal ato, como se fosse impossível que outras pessoas estivessem fazendo o mesmo, porque, se elas estavam, como é que alguém conseguiria parar e fazer qualquer outra coisa?

Deixo minhas mãos passearem. Tive uma chance com o peitoral de Gabe dez anos atrás, no sofá da casa, em Laurel Canyon, na época em que ele estava completamente em forma — fazendo a dieta do Bond de Hollywood, magro, mas musculoso, o torso mais liso que o chão da minha cozinha.

Os músculos ainda estão ali, mas ele não é nem de perto tão esculpido quanto costumava. O tanquinho não é mais tão proeminente e ele até tem sutis pneuzinhos nas laterais. E seu peito. Seu peito tem pelos salpicados aqui e ali, e seus ombros são bastante largos.

Eu amo cada parte dele.

Amo como os pelos em seu peito fazem cócegas nas minhas mãos, da mesma forma que sua barba é áspera e macia raspando em meu queixo. Amo sentir, por meio de seu corpo, que o tempo passou, que nós dois mudamos. Este Gabe me parece mais real do que aquele com quem eu basicamente transei vestida no sofá há dez anos.

E o Gabe que eu quero é este.

— Tira essa calça — murmuro, enquanto suas mãos deslizam pelos lados do meu corpo, traçando meu quadril.

Solto uma gargalhada quando Gabe se coloca de joelhos de um salto, mexendo nos botões de seu jeans gasto como se estivessem pegando fogo. Ele joga a calça do outro lado do quarto e se deita de novo sobre mim, fazendo desaparecer o restante de riso dos meus lábios com um beijo.

Aquele desejo — o desejo *dele* — é o suficiente para me fazer tremer.

Porque este é Gabe. Não apenas Gabe Parker, a estrela de cinema, apesar de esse fato também merecer ser reconhecido, mas *Gabe*. Estou sentindo coisas demais ao mesmo tempo e, por um momento, sinto-me à flor da pele, saindo de meu próprio corpo, observando nossas silhuetas enroscadas na cama e me perguntando: *porra, como é que eu vim parar aqui?*

Eu sei que, se fizermos isso, nunca mais vou conseguir superá-lo.

Ele para e se afasta para olhar para mim, examinando meu rosto.

Estou apaixonada por ele.

Mas não posso falar isso. Não posso.

Em vez disso, tomo seu rosto nas mãos e o beijo. Com doçura e, depois, com menos delicadeza. Ele aprende rápido e não é bobo, então não demora muito para que nós dois estejamos novamente nos aproximando daquele ponto ardente e tenso de desejo.

Arrastando as mãos pela sua coluna, engancho os dedos no elástico de sua cueca boxer e começo a empurrá-la para baixo. Ele se mexe para me ajudar, inclinando-se o suficiente para poder fazer o mesmo por mim, despindo meu sutiã e minha calcinha. E então ele volta para cima de mim, beijando-me com força.

Penso naquela piada idiota de tantos anos atrás. *Qual seria o meu peso ideal? O meu e o de Gabe Parker em cima de mim.*

Mas é a mais pura e maldita verdade.

A boca de Gabe encontra a minha orelha. Cada toque dele é como se descobrisse algo novo.

— Por favor — imploro. — Por favor, por favor, por favor.

Nem sequer sei pelo que estou implorando, mas, felizmente, ele sabe. Sua boca quente e perfeita se arrasta para baixo, mordiscando minha clavícula, a barba áspera roçando minha barriga.

Então, seu peso, seu calor, desaparecem. Ele envolve meus tornozelos com as mãos, grandes e lindas, e me puxa em sua direção, meus pés balançando para fora da borda da cama, as palmas quentes nas minhas pernas.

— Posso? — pergunta ele.

Balanço a cabeça, os batimentos de meu coração como um tambor pelo meu corpo inteiro.

A visão dele ali, ajoelhado na minha frente, é a coisa mais sexy que já vi.

Mas, então, ele me toca — circula com o polegar o lado de dentro de meu joelho, roça com a barba por fazer o interior da minha coxa — e eu sei que qualquer experiência sexual que tive na vida empalidece em comparação com a sensação de quando Gabe encosta a boca em mim.

Sua língua é quente, molhada e ávida quando ele coloca minha perna no ombro dele. E entendo que algo está acontecendo lá embaixo. Uma compensação pelo que aconteceu dez anos atrás.

É o tremor, no entanto, que faz meu coração parecer vibrar. O leve tremor de suas mãos quando ele me toca, o grunhido que ele deixou escapar no momento em que ajoelhou no chão, o jeito que ele aperta meu quadril, segurando-me como se tivesse medo de que eu fosse desaparecer.

Pressiono a cabeça contra o colchão, cobrindo meus olhos com o braço. Seguro o cabelo dele com a mão, e o toque dele é tão macio. Quero capturar tudo, guardar aquilo em minha memória para sempre.

A língua de Gabe faz surgir um incêndio florestal dentro de mim, queimando mais e mais. Pressiono meu tornozelo contra seu ombro, apertando os dedos dos meus pés.

— Isso... Por favor... Gabe... Por favor... — Pareço um disco arranhado, incapaz de verbalizar qualquer coisa além dessas palavras. — Isso. Isso. *Isso.*

Aperto os olhos como se estivesse de pé em um trampolim de seis metros de altura, prestes a me atirar.

Eu me dou conta de que estou gozando meio segundo antes de acontecer — aquele momento depois de saltar, em que o coração está na garganta e não há nada além de ar ao redor.

Talvez eu esteja gritando o nome dele. Ou talvez isso só esteja acontecendo na minha cabeça.

Quando retorno para a realidade, Gabe está ali, inclinado por cima de mim, o cabelo apontando em todas as direções e uma gota de suor deslizando pela testa. Ele está rindo, mas seu braço, apoiado ao meu lado, treme.

Eu o encaro do colchão, tão chocada quanto extenuada.

— Bom? — pergunta ele, e tenho vontade de arrancar aquele sorriso presunçoso de seu rosto com um beijo.

Mas não dá para dizer que ele não mereceu.

— Bom — respondo, rouca.

Sua mão sobe até o meu rosto e eu me entrego a ela, entrego-me ao beijo que ele me dá, a princípio gentil, seu sorriso se tornando um espelho do meu. Meu desejo é como uma onda, calmo e estável em um instante e, no seguinte, engole tudo.

O beijo passa de suave para desesperado e, dessa vez, são os dedos de Gabe que estão no meu cabelo, como se ele estivesse se segurando.

— Gabe — murmuro, seus lábios ainda apertados nos meus.

— Hum — diz ele, o som tenso e distante, como se estivesse recitando estatísticas de beisebol, equações matemáticas, ou o que quer que homens façam quando estão excitados demais para funcionar.

— Agora — peço a ele. — Agora, *por favor*.

Sinto sua testa úmida contra a minha quando ele concorda com a cabeça e procura algo com a mão. Ela retorna com uma camisinha e lubrificante. Sua cabeça pende para trás enquanto ele coloca a camisinha e aplica o lubrificante, tocando a si mesmo, e por um momento consigo admirar a extensão maravilhosa de seu pescoço, o movimento que passa por ele quando Gabe engole em seco e eu estico a mão para senti-lo.

— Não — fala ele, sufocado, segurando a minha mão. — Eu... você... não consigo...

Eu me ajeito embaixo dele, abrindo espaço para seu corpo, meu quadril abraçando o dele, sentindo seu comprimento pressionado contra mim.

— Porra — grunhe ele. — Posso... Podemos... Por favor...?
Agarro seus ombros.

— Sim — digo. — Sim, por favor, *sim*.

Com um silvo de prazer, ele se encaixa em mim e empurra o quadril para frente.

Sua voz está áspera, ofendendo e elogiando à medida que avança, grosso, profundo e lento dentro de mim. Eu teria respondido, mas meu fôlego e minha voz desapareceram, todo o meu ser está focado no local em que nossos corpos estão unidos.

Seus braços estão apoiados ao lado dos meus ombros. Não sei de onde ele está tirando forças para isso, porque, no momento, tenho dificuldade até de me lembrar como se respira. Espero Gabe começar a se mover. *Preciso* que ele comece a se mover.

Mas ele continua imóvel, expirando longa e violentamente.

— Gabe... — finalmente consigo dizer. — Não pare... Por favor... não...

Antes que eu possa repetir, ele responde, movendo-se lentamente para trás e, então, para a frente, de forma ainda mais profunda.

— Isso... — Minha cabeça pende para trás. — Eu preciso... isso...

As palavras ressoam por entre meus dentes quando ele inclina o quadril e se impulsiona para frente de novo. Forte. Perfeito.

Nesse ponto, minhas palavras se perderam na cacofonia de gemidos e arquejos vindos de algum lugar profundo dentro de mim. Sons que Gabe repete, sua própria cabeça indo para a frente e para trás conforme nossos corpos se encontram, como se não conseguisse acreditar no que está acontecendo.

Arranho suas costas e ele grunhe, encaixando a cabeça na curva do meu pescoço, mordendo e beijando, seu quadril começando a se mover mais rápido. Estamos ambos perseguindo a mesma coisa, correndo juntos em direção a ela.

— Isso. — Ele toma o lóbulo da minha orelha entre os dentes. — Isso.

É um pedido. Uma ordem.

De alguma forma, ele apoia o peso do corpo em um braço só, e a outra mão serpenteia entre nossos corpos. Seus dedos estão escorregadios. Ele se inclina para trás levemente, o suficiente para mudar o ângulo todo, o suficiente para me penetrar ainda mais profundamente, o suficiente para que ele arraste o polegar, forte e firme, contra mim.

O suficiente.

— Chani. — Sua respiração queima na lateral do meu pescoço. — *Chani*.

Meu nome em seus lábios é *perfeito*.

— Porra, eu...

As palavras parecem fugir de seu corpo. Ele coloca a mão na minha, pressionando meu braço contra a cama, nossos dedos entrelaçados. Gabe se agarra em mim como se estivéssemos fugindo de uma tempestade. Não tenho noção de nada além do ponto em que nossos corpos se conectam. Mãos. Quadris. Lábios. Sinto um arrepio violento e, a princípio, não sei dizer se vem dele ou de mim, mas, então, perco-me. Explodo como uma estrela.

Leva um bom tempo para ele parar de tremer. Para o quarto parar de girar. E quando as duas coisas acontecem, ele se inclina e afasta o cabelo do meu rosto, seu polegar afetuoso na minha bochecha.

Fecho os olhos e ele me beija.

Sinto como se todo o meu coração tivesse se alojado na base da minha garganta. Pesado. Apertado.

— É você — diz ele.

FÁBRICA DA FOFOCA
"DE VOLTA AO BONDE"

Gabe Parker está planejando seu retorno. O ex-James Bond já está conquistando a atenção da Academia por seu próximo papel como C. K. Dexter Haven no remake de Oliver Matthias de *Núpcias de escândalo*.

Parker foi flagrado passeando em Los Angeles nesta semana e fotografado em um almoço com a escritora Chani Horowitz, que ficou popular com um perfil profundo e pessoal que escreveu de Parker há quase uma década.

Horowitz escreveu sobre o fim de semana que passou com Parker, comparecendo a premières e festas. O mais memorável episódio relatado por ela foi ter apagado na casa do ator depois de uma festa que aconteceu lá. Apesar de no passado terem sido fotografados juntos na festa de estreia de *Corações compartilhados*, ambos negaram que qualquer tipo de ato antiprofissional tenha ocorrido.

Os agentes dos dois confirmaram que Horowitz está, de fato, escrevendo uma sequência do perfil de Gabe, mas os cliques aprazíveis dos dois almoçando juntos insinuam aquilo que todos suspeitavam — que, apesar do perfil suculento que escreveu, Horowitz ainda deixou muita coisa de fora.

Os fãs estão doidos para saber — o que realmente aconteceu naquela noite?

SEGUNDA-FEIRA

"GABE PARKER: MEXIDO, NÃO BATIDO (PARTE IV)"

POR CHANI HOROWITZ

Gabe Parker tem um quarto de hóspedes muito bonito.

Uma cama grande, lençóis cheirosos e limpos, e muitos travesseiros. Sei que todos vocês estão se perguntando como é dormir lá, mas vou ter que desapontá-los, porque não foi isso o que fiz.

Eu estava muito à vontade para fazer isso, é claro. Gabe Parker, em todos os momentos, foi um anfitrião perfeito, enquanto eu fui um desastre vergonhoso e incauto, que abusou dos limites do profissionalismo diversas vezes.

Só posso torcer para que ele não fique muito chateado comigo.

Mas, naquele momento, eu estava constrangida demais para encará-lo.

E foi por esse motivo que, quando as primeiras luzes do dia começavam a aparecer, eu me esgueirei da casa de Gabe, chamei um táxi e fui embora.

Agora, tem algo que eu deveria ter mencionado no início deste perfil.

Nunca assisti a um filme de James Bond. Nunca li nenhum dos livros. Sei que Sean Connery interpretou Bond, assim como Pierce Brosnan e um punhado de outros atores, mas é até aí que vai o meu conhecimento sobre o cânone.

Alguns diriam que por causa disso não sou qualificada para escrever a respeito do próximo — e mais controverso — Bond. Talvez eles estejam certos, mas é tarde demais. O perfil já está escrito e, se chegou até aqui, você já leu tudo.

Mesmo que eu esteja fora da cultura Bond, ainda tenho conhecimento o suficiente sobre o que ele representa como personagem. Ele é a personificação da masculinidade — suave, cortês, sofisticado. Ele sempre conquista a garota — e o martíni. Ele é um ícone, e isso vai muito além do homem que o interpreta.

Sabendo disso, posso dizer com toda confiança que Gabe Parker é o Bond de que precisamos. Talvez até mesmo o Bond que merecemos.

NA ÉPOCA

CAPÍTULO 28

CONTEI ATÉ CEM.

Quando tive certeza de que Gabe estava em seu quarto, provavelmente dormindo, e que a porta da frente estava longe o suficiente para que ele não a ouvisse abrir, juntei minhas coisas. Meus sapatos, minha bolsa, meu casaco.

Não coloquei nenhum deles no corpo. Encolhi quando a porta do quarto de hóspedes rangeu ao ser aberta. Prendi a respiração, mas nenhum som veio do outro lado da casa.

Não conseguia evitar o arroubo de vergonha que me atingia toda vez que pensava no rosto de Gabe — em sua expressão quando voltou para a sala depois de eu tê-lo rejeitado. Era como se qualquer emoção — qualquer sentimento — tivesse desaparecido dali. Como se aquele momento nunca tivesse sequer acontecido.

Como se eu tivesse levado um tapa na cara, mas um tapa necessário. Precisava ser lembrada de quem eu era. De quem *ele* era. Transar com ele teria sido o maior erro da minha vida.

Meus pés descalços tocavam o chão de madeira em silêncio e a porta da frente se abriu sem fazer som algum. Puxei-a lentamente atrás de mim até ouvir o clique macio e abafado da tranca. Foi como colocar um ponto-final. Mesmo que eu quisesse entrar de novo, não poderia.

Levei os sapatos na mão até sair do quintal. Sentei na sarjeta e os calcei. Enquanto caminhava até o sopé da colina, o sol começava a iluminar o céu — um tom de âmbar nebuloso que fazia as casas ao meu redor brilharem.

Chamei um táxi e fui para casa.

AGORA

CAPÍTULO 29

SOU ACORDADA PELA LUZ DO SOL EM MEU ROSTO E PELO MEU celular vibrando.

Estico os braços largamente e não encontro nada. Os lençóis estão amassados, a roupa de cama dobrada para um lado como uma orelha na página de um livro. Posso ouvir Gabe em outro cômodo. Ele gosta de assobiar para si mesmo de manhã.

É meio estranho que eu saiba disso e, ao mesmo tempo, também não é.

O ar fora do cobertor está gelado e fresco. Tenho vontade de ficar na cama o dia inteiro. Eu me viro e afundo o nariz no travesseiro de Gabe. O cheiro ali é caloroso e idêntico ao que emana de trás de suas orelhas.

Tenho praticamente certeza de que o aperto que estou sentindo no peito é felicidade.

Encontro meu celular e olho para a tela.

Minha agente me mandou o link para um post do *Fábrica da Fofoca*.

Todo mundo *vai ler o seu perfil*, escreveu ela.

Olho para as fotos — claramente tiradas do celular de alguém que estava sentado a uma ou duas mesas de distância. Espero que tenham conseguido um bom dinheiro por elas.

As fotos, em si, são bastante inofensivas. Nada no nível daquelas imagens de Gabe e Jacinda em Paris que tinham circulado havia tantos anos. Gabe e eu estamos sentados em lados opostos da mesa. Não estamos nos tocando. Retratam praticamente o rosto de Gabe e metade do meu, e foram tiradas por cima do meu ombro. Parecemos, em essência, duas pessoas conversando.

Um dos cliques mostra Gabe me cumprimentando, mas até mesmo essa foto é inocente, a mão dele apoiada no meu cotovelo.

O fato que torna todas essas imagens dignas de um post e de atenção é o olhar de Gabe.

O olhar de um homem apaixonado.

Coloco o celular de volta na cama, a tela virada para baixo.

Gabe entra no quarto. Ele está sem camisa e traz chá. Congela na porta e eu não o culpo, porque consigo *sentir* a expressão que está em meu rosto. Pesada. Turbulenta.

Seu olhar se volta para o meu celular.

— Más notícias? — pergunta ele.

Troco meu celular pelo chá. Ele se senta na beira da cama, o polegar correndo pelas fotos.

— Certo — diz ele.

Há uma nota de confusão em sua voz. Vejo que ele não entendeu bem o que está vendo e por que estou com aquela expressão da máscara de teatro triste.

— Certo — repete ele. — Não é a situação ideal, mas pode dar certo.

— Dar certo — repito.

Gabe faz que sim com a cabeça, mas ele não está ouvindo. Está pensando. Fazendo gestão de crise. E consigo ver que não é a primeira vez que algo do tipo acontece.

É claro que não.

— Vamos ligar para a minha equipe. Podemos soltar uma declaração.

A xícara nas minhas mãos está quente, queimando as digitais sensíveis da ponta dos meus dedos.

— Uma declaração — digo.

Estou só repetindo o que ele diz, mas ele parece não notar. O aperto no meu peito não parece mais felicidade.

É aquele sentimento de areia movediça de novo. Como se eu estivesse sendo puxada para baixo sabendo que, não importa quanto me debata, ainda vou afundar, e a realidade vai me apertar de todos os lados.

Coloco o chá na mesa de cabeceira.

— Preciso de mais tempo — digo.

Não estou com pressa nenhuma, tinha dito Gabe.

— Nós tivemos dez anos — diz ele agora, e dessa vez a ironia em suas palavras não tem graça nenhuma.

— Não é *disso* que estou falando — digo.

— Eu sei. — Ele parece murchar um pouco. — Mas nós não podemos nos dar a esse luxo. É melhor soltar uma declaração agora do que não dizer nada e ter paparazzi nos perseguindo quando voltarmos para Los Angeles.

Dizem que nunca se deve ler os comentários.

Cometi esse erro depois do primeiro artigo do Go Fug Yourself. Não havia nada de mais nos comentários ali, mas, uma vez que o conteúdo viralizou e apareceu em sites onde os posts não eram monitorados, as garras tinham aparecido. As pessoas estavam enfurecidas por eu ter acompanhado Gabe à première. Era quase uma afronta pessoal que tivessem permitido que eu estivesse lá, ao lado dele, no tapete vermelho. Depois que meu perfil foi publicado e surgiram os boatos de que Gabe tinha trepado comigo em troca de uma publicidade favorável, o coro de críticas se intensificou. Muitas pessoas estavam furiosas por eu ousar ser tão pouco atraente e ainda ganhar a atenção de Gabe.

Aparentemente, a minha presença ao lado dele, por si só, criou uma fenda no tecido do universo. Tudo virou de cabeça para baixo, o certo estava errado, gatos e cachorros viviam em paz, uma anarquia total.

E as pessoas se sentiram no direito de me dizer tudo isso. Em comentários. Em análises. Em e-mails.

Para eles, eu não era nada além de uma escritora ruim que tinha alcançado os holofotes por meio de sexo. Eu era o estereótipo vivo da jornalista. E a pior parte é que existia um fundo de verdade nisso tudo. Como eu tinha sido antiprofissional. Irresponsável. Egoísta.

E agora? Aquelas reações não seriam nada em comparação à repercussão que seria desencadeada se o mundo descobrisse a verdade. Se o que existia entre mim e Gabe viesse a público.

Seria a prova de que eles estavam certos e a minha revelação como uma mentirosa.

Estou afundando.

— Não — digo.

— Não? — Gabe olha para mim e de novo para o celular. Ele franze o cenho. — Tem mais algo que você queira dizer?

— Não quero dizer nada.

— Certo — diz ele, de forma lenta e arrastada.

Ele está confuso.

— Não posso fazer isso — digo.

— O quê?

— Não. Posso. Fazer. Isso! — digo, enfatizando cada palavra, como uma otária.

É como se eu tivesse dado um tapa nele.

— Você... Porra, você está falando sério?

Ele fala baixo, mas duro.

— Gabe — digo. — Sinto muito se você estava pensando outra coisa, mas...

— Pare — diz ele.

Eu não consigo.

— Talvez algo pudesse ter acontecido naquela época. Mas não aconteceu. Você fez sua escolha, fugiu e se casou com a

Jacinda enquanto o mundo inteiro especulava se eu tinha ou não transado com você...

— Chega! — diz ele.

Essa palavra é como uma chicotada, então me calo.

Ele está furioso.

— Segurei minha língua até agora, mas isso já está ridículo. Eu não deveria ter ido para Las Vegas com a Jacinda. Sim, eu deveria ter ligado. Sim, eu poderia ter feito as coisas de outro jeito, mas o que você está se esquecendo, Chani, é que você foi embora.

— O quê?

Ele aponta um dedo para mim.

— Você. Foi. Embora.

Estou agarrando o lençol.

— Quando acordei de manhã você tinha ido embora — diz Gabe. — Caralho, você foi embora no meio da noite. Nenhum bilhete. Nenhuma mensagem. Nada. Sabe o que eu pensei? Pensei: bom, é bem provável que ela conseguiu exatamente o que queria — um punhado de frases de efeito para usar no perfil e uma bela história para contar aos amigos da vez que pegou uma celebridade.

Os nós dos meus dedos estão brancos.

— Bom, talvez você tivesse razão — digo. — Talvez seja só isso.

— Eu sei que não é — diz ele.

— Nós mal nos conhecemos.

— Chani — diz ele, mas não paro de falar.

— No total, nós passamos, talvez, seis dias juntos — digo. — Isso não é nada. Não dá pra conhecer alguém em seis dias.

— Não?

Chacoalho a cabeça.

— Eu te conheço — diz ele.

— Não, não conhece — respondo. — E eu poderia escrever sobre tudo isso. Sobre a noite passada. Sobre a sua família.

Seu relacionamento com a sua sobrinha. Sobre sua irmã e o Benjamin Walsh. Essa poderia ser a minha história.

Fico enjoada só de dizer isso em voz alta.

Gabe fica em silêncio por um bom tempo.

— Então faça isso — diz ele.

— O quê?

— Vá ligar pra sua editora. — Ele aponta na direção na sala de estar. — Escreva o que você quiser.

Encaramos um ao outro, competindo para ver quem cede primeiro. A competição mais estranha do mundo.

— Não vai fazer isso? Bem que achei.

Franzo o cenho para ele.

— Não seja arrogante só porque acha que sou uma pessoa decente.

Gabe sacode a cabeça.

— Não entendo por que você está agindo assim.

— Porque isso foi um erro — digo.

— Não — diz ele. — Não foi um erro, porra. Não é um erro. Dez anos atrás, talvez, mas aquele foi um erro que cometemos juntos. Se alguém está cometendo um erro neste momento é você. Só você.

Saio da cama e começo a me vestir.

— Chani — diz Gabe.

Ele segura meu cotovelo, mas me desvencilho dele.

— Você não entende — digo. — Você não entende nada.

— Então me explique — pede ele.

Coloco a calça sem olhar para ele.

— Você sabe o que acontece nas minhas sessões de autógrafo? — pergunto. — As pessoas não aparecem lá para aprender minhas técnicas de escrita ou para conhecer meu processo de entrevista. Não querem saber da minha profissão nem do mercado editorial. Elas compram o livro, entram na fila e me perguntam o que aconteceu de verdade entre nós dois.

— E daí? — pergunta Gabe. — Você acha que não recebo perguntas sobre aquele meu acesso de fúria no filme do Bond, sobre meu problema com bebida, e uma dúzia de outros assuntos pessoais que todo mundo acha que tem o direito de saber? Você sabe como é! É parte do nosso trabalho.

— Não é a mesma coisa — digo. — Você pode se reerguer. Não importa o que aconteça... não importa o escândalo, no fim das contas você ainda pode ser o Gabe Parker. Olhe o que está acontecendo agora: você já foi perdoado. Sua carreira está em ascensão de novo. Você ainda consegue ser julgado pelo seu trabalho. Pelo seu talento.

— Chani...

Chacoalho a cabeça.

— Eu sempre vou ser conhecida por ter escrito aquele perfil. E isso aqui só vai comprovar tudo que foi dito. Que eu sou uma fraude. Sempre vou ser a garota que trepou com Gabe Parker e mentiu a respeito. Que pensou que era boa o suficiente. E ninguém *nunca* vai me perdoar por isso.

— Isso é besteira — diz ele. — *Você* escreveu aquele perfil. *Você* decidiu o que incluir. Assuma a responsabilidade. Pare de se vitimizar.

A raiva borbulha dentro de mim. Ergue-se como um tsunami, engolindo todas as outras emoções.

— Vá se foder, Gabe — digo.

Visto o suéter com tanta força que meu queixo arde por causa do atrito.

— Eu queria nunca ter escrito aquela merda — digo.

— Sabe de uma coisa? — diz Gabe. — Eu também.

CAPÍTULO 30

NÃO ME DOU AO TRABALHO DE AMARRAR O CADARÇO DAS BOTAS.

Ursinha pula da cama quando passo por ela, o rabo balançando. Agarro meu casaco, os cadarços fazendo barulho no chão. Escuto Gabe sair do quarto.

— Chani. — Sua voz sai abafada sob a camiseta que ele está vestindo. — Chani, espera.

Deixo meu cachecol para trás.

Deixo minha bolsa para trás. Todas as minhas coisas.

Tudo que tenho é meu casaco, minhas botas desamarradas e meu celular.

Sei que Gabe provavelmente vai me procurar, então me escondo em um beco. É ridículo e patético, mas não sei o que fazer.

Fico ali, agachada ao lado de uma lixeira, até minhas orelhas ficarem dormentes de tanto frio.

Então, amarro os cadarços. Lentamente. Cuidadosamente. Penso em ligar para Katie, mas acabo não ligando para ela.

— Oi, meu bem — diz Ollie.

Ele está bem mais acordado e bem menos surpreso do que eu esperava que fosse estar ao atender aquele tipo de ligação àquela hora do dia. Não são nem sete horas da manhã.

— Já cansou do Gabe? — pergunta ele.
— Algo assim — respondo.
— Hum — diz ele. — Devo ir te buscar?
— Por favor — digo.

Preciso sair de trás da lixeira para explicar o caminho a ele. Espero na calçada, com frio e me sentindo uma idiota. Parte de mim espera ver Gabe virar a esquina. Quando Ollie aparece, é em um carro muito bonito com cheiro de novo. Cooper está silenciosa, começando a despertar enquanto saímos da rua principal.

Tenho certeza de que esse lugar é mágico quando está nevando.

Experimento aquele mesmo sentimento de não pertencer ao lugar. Como era em Nova York. Como tem sido em Los Angeles.

Começo a me perguntar se simplesmente não me sinto mais em casa dentro de mim mesma.

Ollie me leva a um café no outro lado da cidade e não diz nada até fazermos nosso pedido e termos xícaras de chá à nossa frente.

— Acho que deveria dar outra chance a ele — diz Ollie.
— Você nem sabe o que ele fez — digo.
— Não?

Ele olha de relance para o celular embaixo da mesa. Metade de sua atenção em mim.

Pigarreio. Ele sorri e coloca o celular na mesa com a tela para baixo.

— Desculpe. Continue — diz ele, com um aceno benevolente da mão.

— Não quero falar sobre isso — digo.

Eu minto muito mal.

— Presumo que seja por causa das fotos — diz ele.
— Você viu?

Ele faz que sim com a cabeça.

— Não é seu melhor ângulo, mas não é nada mau. Seu cabelo está bonito.

Eu o fulmino com o olhar. Ele toma um gole do chá.

— Então você sabe o que é que dá a entender — digo.

— Que o Gabe está apaixonado por você? — pergunta ele. — Sim, mas não precisava de fotos de paparazzi para saber disso.

A despeito de tudo que aconteceu, fico vermelha.

— Ele é uma estrela de cinema — digo, como se isso explicasse tudo.

— Hum — diz Ollie. — Será que é mesmo? — Ele estica os braços para além do banco. — *Eu* sou uma estrela de cinema. O Gabe é... bom, o Gabe é uma estrela em recuperação. E um amigo. E parceiro de negócios.

— Ollie, você sabe do que estou falando.

— Ser uma estrela de cinema não impede alguém de ter sentimentos como todo o resto do mundo — diz ele. — Nós *temos* sentimentos. Podemos ser amigos de alguém. Podemos amar.

Eu o ignoro.

— Não pedi nada disso — digo.

— E será que o Gabe pediu? — pergunta ele.

— Não é a mesma coisa.

— Não. Mas acho que você não está dando crédito o suficiente a ele.

Encosto a cabeça na mesa. Estou tão cansada.

— Ele tem prestado atenção — diz Ollie. — Em você. Na sua carreira.

— Então ele sabe como as pessoas me enxergam. — As palavras saem abafadas sob o meu cabelo.

— Sabe. — Ollie deixa escapar um suspiro dramático. — É o preço da fama.

— Não vale a pena.

Mas não sei dizer se o que acabei de falar é verdade.

Parece diferente de como era há dez anos. Eu me *sinto* diferente.

— Talvez não valha — diz Ollie. — Mas não posso negar que gosto do jatinho.

— Pelo menos você ganhou um jatinho — digo. — Eu só ganhei uma reputação. *Escrevo em troca de favores sexuais.*

Ficamos em silêncio por um longo tempo.

— Você acreditou mesmo que o Gabe forçou a demissão do Dan Mitchell por ter inveja da juventude e da vitalidade do cara? — pergunta Ollie.

Ergo a cabeça. Ele arqueia uma sobrancelha.

— O imbecil voltou daquela entrevista *se gabando* a seu respeito — diz Ollie.

Meu estômago dá o mesmo solavanco repugnante de quando Dan tinha generosamente me oferecido o imenso privilégio de chupar o pau dele.

— Ah — digo.

Odeio que, mesmo sabendo — mesmo tendo *certeza* — que não movi um fio de cabelo para merecer aquela proposta grotesca, ainda sinto uma pontinha de culpa. De vergonha.

Nunca me abri sobre isso com ninguém, mas não estava surpresa de que Dan tivesse contado. Só não tinha pensado que ele diria algo a Gabe.

O café está começando a ficar movimentado e a porta tilinta atrás de mim trazendo com ela uma lufada de ar frio que atinge a minha nuca e me faz arrepiar.

— Ele sabia o que o Dan estava falando por aí — diz Ollie. — Sabia que era mentira. Que você não faria...

— Eu não faria isso? — pergunto.

Eu não tinha feito o que fiz com Gabe pela história, mas a situação toda nunca tinha sido um passo em falso inocente e juvenil de minha parte. Gabe tinha razão: eu não era a vítima. Eu sabia o que estava fazendo e sabia que era uma escolha ruim.

Eu estava lá para fazer um *trabalho*. Não para pegar Gabe.
— Chani.
Gabe.
Ele está de pé ao lado do banco e parece nervoso. Olho de volta para Ollie, que dá de ombros e bebe um gole de chá.
— Parceiro de negócios — diz Ollie. — Amigo.
— Podemos conversar? — pergunta Gabe.
A maior parte da minha raiva já se dissipou, expondo a emoção que eu tentava evitar: o medo.
— O.k. — digo.
Além da vergonha.
— Eu tomo seu café da manhã por você — diz Ollie.
Quando saímos do café, Gabe me entrega meu cachecol.
— Você esqueceu isso — diz ele.
— E umas outras coisas também — digo.
Ele balança a cabeça.
O aquecedor da caminhonete está ligado, então nem mesmo preciso do cachecol. Eu o mantenho enrolado nas mãos.
Dirigimos de volta para o apartamento e estacionamos do lado de fora. Dessa perspectiva, consigo enxergar todo o caminho até a rua principal. Onde tenho uma visão das montanhas, mas também da torre da igreja, de uma caixa d'água e do que parece ser um hotel antigo à distância. Cooper está silenciosa e fria, uma fina camada de neve cobre todas as superfícies como glacê.
Desvio os olhos da paisagem, de Gabe, e me vejo olhando para a lixeira atrás da qual eu tinha me escondido como uma covarde.
— Eu estava vendo você — diz Gabe.
Volto os olhos para ele.
— O quê?
Ele aponta — primeiro para a lixeira, depois para cima.
— Da minha sala — diz ele.

Tem uma janela em cima do beco. A janela *dele*. O que significa que Gabe tinha me visto escondida atrás da lata de lixo para evitá-lo. Ele tinha me visto agachada ali, como uma ladra de um filme antigo, tudo porque eu não sou capaz de estabelecer um diálogo adulto, ou tomar uma decisão adulta, sem que meu impulso de fugir entre em ação.

Ursinha não está na caminhonete, então eu a imagino no apartamento, olhando pela janela.

Meu rosto e meu pescoço estão tão quentes que preciso abrir o casaco. Essa situação toda não para de ficar cada vez mais vergonhosa e idiota.

— O Ollie te avisou por mensagem.

— Eu mandei uma mensagem para ele — diz Gabe. — Quando você saiu.

Aceno com a cabeça.

— Déjà-vu — diz ele.

— Não é a mesma coisa — digo.

— Eu sei.

Não paro de mexer com meu cachecol, enrolando-o até que caiba na minha mão, depois soltando-o para expandir-se de novo no meu colo.

— Não queria que fosse assim — diz ele. — Quando falei que nós teríamos tempo, pensei que era verdade. Pensei que conseguiria fazer o que fiz com meu pai... que conseguiria manter você, manter *isso*, longe dos olhos da imprensa. Que poderia ser algo que eu não precisava dividir. Pelo menos não logo de cara.

Eu sei que não é culpa dele.

— Nunca achei que merecia o papel de Bond — diz ele. — Mesmo antes de descobrir a questão do Ollie.

Fora do carro, a neve começava a cair — flocos densos e macios, carregados e impulsionados pelo ar gelado.

— Cada matéria, cada opinião sobre como eu era inadequado para o papel, como eu era *errado*... Eu poderia ter escrito todos eles. Mesmo nos ensaios, eu estava sempre a dois segundos de desistir.

Eu o escuto se mexer, o ranger do banco quando ele se vira na minha direção.

— *Posso dizer com toda confiança que Gabe Parker é o Bond de que precisamos. Talvez até mesmo o Bond que merecemos.*

Começo a chorar.

— Achei que você tivesse odiado o perfil.

— Não todas as partes — diz ele. — E eu nunca o odiei.

Minhas mãos estão abertas. Minhas lágrimas se acumulam na curva das minhas palmas.

— Você foi muito bem — digo.

— Você tinha razão — diz Gabe.

— Você fez com que o Dan Mitchell fosse demitido? — pergunto.

Seu maxilar se tensiona.

— Gosto de pensar que eu teria feito o mesmo qualquer que fosse a situação. Que, se eu tivesse ouvido ele dizer coisas daquele tipo sobre qualquer mulher que fosse, eu teria feito o mesmo... teria feito de tudo para que ele fosse demitido. — Ele ergue um ombro. — Mas era de você que ele estava falando.

— Por quê? — pergunto.

— Por quê, o quê?

— Por que eu?

Ele fica quieto por um momento.

— Acho que foi o conto — responde Gabe.

— O conto?

— Acho que foi quando começou — diz ele. — Quando li o seu conto.

— Não é um conto tão bom assim — digo.

— Acho que gosto bastante de dragões, então. Porque quando você apareceu na minha porta, falando sozinha, acho que eu já estava quase apaixonado por você. Não foi só a história, acho que não, mesmo que ela seja boa. Foi o *jeito* que você escreveu. O seu jeito de pensar. E eu gostei. Muito mesmo.

Essa confissão me deixa sem fôlego.

— Isso que você está sentindo — diz ele. — Essa dúvida? Ela nunca desaparece. Não completamente. Nunca vou saber se as pessoas vão assistir aos meus filmes porque gostam de mim ou porque veem a minha vida pessoal como um acidente de carro constante que esperam que apareça na tela.

Ele olha para mim.

— Eu deveria ter perguntado. O que você queria. Dessa viagem. De mim. De nós.

Nós.

— O engraçado é que... — continua ele. — Acho que nós teríamos sido um desastre há dez anos. Se você não tivesse ido embora. Se eu tivesse te ligado. Mas agora...

O vento está tomando força. O interior da caminhonete está quente e parece um pouco que nós dois estamos dentro de um globo de neve.

— Não tenho como mudar a forma que as pessoas te enxergam. Não posso mudar o fato de que você tem razão sobre o que vão dizer de nós. De você. O mundo é injusto. Eles vão me perdoar, mas vão te punir. As pessoas vão ser cruéis, implacáveis, e vai ter dias em que não vou poder fazer nada a respeito. Não tenho como fazer com que todos os Dan Mitchell do mundo sejam demitidos. Eu não posso prometer que vou valer a pena.

Está tudo tão silencioso ali dentro.

— Chani. — A voz dele está áspera.

Levanto os olhos na direção dele.

— Eu quero valer a pena para você — diz ele.

Começo a chorar de novo.

— Mas você precisa decidir o que *você* quer.

Simples assim.

Gabe continua:

— Você pode pegar o carro e ir para o aeroporto. O jatinho do Ollie vai te levar de volta para Los Angeles.

Ouço um tinido estridente, e ele coloca as chaves no painel do carro.

— Ou você pode ir para casa comigo — diz ele. — A escolha é sua.

Ele abre a porta, deixando entrar o frio e a neve, que se acomoda no banco que ele acabou de desocupar. Ele fecha a porta e o mundo parece abafado, e eu o observo se afastar, a silhueta borrada pela neve.

Minha escolha.

Meu coração está retumbando alto no peito, como se estivesse tentando escapar de mim. Dez anos atrás contei até cem. Esperei até tudo estar silencioso.

Está silencioso agora. Muito silencioso.

Estou sozinha com meus pensamentos e sentimentos, e eles estão em guerra. Quero correr de novo. Quero pegar o carro de Gabe, ir até o aeroporto, voar de volta para Los Angeles no jatinho particular de Ollie, escrever o perfil e mentir para o mundo inteiro sobre o que aconteceu neste fim de semana.

Passo para o outro banco e coloco as mãos no volante. Está quente. Ainda consigo sentir o que Gabe deixou para trás. O calor de suas mãos. O cheiro de seu cabelo.

Seria tão fácil ir embora.

Penso em tudo que vai ser dito se eu ficar. Nas matérias, nos comentários, na confirmação presunçosa de que sou pouco profissional e de que não sou merecedora, como as pessoas pensavam.

Mas me dou conta — pela primeira vez em muito tempo — de que não me importo.

Não me importo com o que vão dizer.

Eu sei o que quero.

Pego as chaves de cima do painel.

O vento luta comigo quando empurro a porta do carro, meu cachecol mais uma vez deixado para trás.

Corro pelo vendaval branco até trombar com alguma coisa. Com *alguém*.

Os braços de Gabe me envolvem. Eles me firmam por um instante antes de me soltarem.

Ouço um latido e percebo que Ursinha também está com a gente, andando em círculos ao nosso redor.

— Eu estava indo te encontrar — digo.

— Eu também — diz Gabe. — Esqueci de uma coisa.

Ele pega minha mão.

Meu coração sobe ainda mais na garganta. Tenho medo de que ele caia na calçada se eu tentar falar qualquer coisa.

— Com todo meu gesto cinematográfico, bem dramático e completamente desnecessário, esqueci de dizer justamente o que devia ter falado primeiro. — Gabe olha para mim.

Minha respiração se condensa no ar entre nós dois.

— Eu te amo — diz ele.

Nossos dedos estão entrelaçados; as mãos, apertadas. Acho que consigo sentir os batimentos do coração de Gabe, mas suspeito que seja só o meu coração, batendo mais forte e mais rápido do que nunca.

— Amo a sua sagacidade. Amo o seu cabelo e a sua bunda. Amo como você é inteligente pra caralho, como você é corajosa e ousada. Amo que a Ursinha ama você. E tenho certeza de que minha família também já te ama. Amo as suas ideias, as suas histórias. E, acima de tudo, amo seus olhos enormes e sua impertinência.

Engulo meu coração de volta.

— E minhas perguntas idiotas?

Ele sorri. Sua mão está no meu cotovelo.

— Tudo — diz ele. — Amo tudo em você.

Deixo o meu coração se acomodar no peito. Onde ele pertence.

— Eu também te amo — digo. — Tudo em você.

Então encaixo meu rosto entre seu pescoço e seu ombro. Deixo aquele ponto bem molhado. Ele me permite chorar, nós dois parados ali, na neve e no frio.

— Fique — diz Gabe, quando me dou por satisfeita.

— Aqui?

— Em qualquer lugar. Comigo.

— Está bem — digo.

Limpo o nariz na manga da blusa.

— Como nós vamos fazer isso dar certo? — pergunto, pensando na logística de nossas vidas.

— Vamos dar um jeito — diz ele. — Devemos isso a ela.

Olho para Ursinha. Sua boca se abre e a língua se desenrola no mais perfeito sorriso de cachorro. Ela late e esfrega o rosto na minha mão.

— Isso é verdade — digo.

Gabe acaricia os rastros de lágrimas que estão secando no meu rosto, limpando o sal dali. Ele os beija suavemente. Então, com a mão no meu queixo, ele me dá um beijo. Envolvo seu pescoço com os braços e já não sinto mais tanto frio.

— Chani — diz ele.

Amo como ele fala meu nome. E dessa vez há uma pergunta ali. Uma pergunta para a qual eu finalmente tenho a resposta.

— Sim — digo. — *Sim*.

"TRAZENDO OS GRANDES SHOWS PARA COOPER" (TRECHO)

POR GABE PARKER-HOROWITZ

Foi-me concedido este artigo, este espaço em uma página, para divulgar o teatro que estou inaugurando na minha cidade natal. Sei que deveria falar sobre a temporada que planejamos para o outono, começando com as apresentações de *Angels in America*. Deveria escrever sobre retornar para um ponto de partida, sobre segundas chances, novos começos e coisas assim. Talvez encaixar em algum lugar uma metáfora inteligente, uma lição de vida ou algo do tipo.

Mas, convenhamos, não sou lá um grande escritor. E sim, sei que há quem diga que não sou lá um grande ator também.

Também não vou falar sobre meu alcoolismo, nem meu processo de recuperação, nem mesmo sobre meu último filme e quão bem recebido ele foi. Tudo bem, talvez eu fale um pouquinho sobre essa parte.

Acima de tudo, no entanto, quero escrever sobre uma pergunta.

Uma pergunta que minha esposa me fez logo que nos conhecemos. Sobre sucesso. E como eu o definiria.

Eu não tinha uma resposta para ela na época, mas acho que agora tenho.

Era fácil, quando eu era mais jovem, pensar no sucesso em termos de papéis que eu conseguia, do dinheiro que me pagavam, das regalias que me ofereciam. Eu era bem-sucedido porque era famoso. Porque era *conhecido*.

É engraçado quando o mundo pensa que te conhece. Ou quando você pensa que aquilo que o mundo sabe é o que você realmente é.

Atuar, para mim, era uma fuga. Quando eu pisava no palco ou ficava em frente à uma câmera, eu sabia quem era. Ficava mais à vontade fazendo de conta do que sendo a pessoa que existia quando as luzes se apagavam.

Eu me sentia mais seguro na fantasia.

Com certeza, não vai ser surpresa para ninguém saber que o álcool ajudava a conservar essa situação. Quando eu estava trabalhando ou bêbado, conseguia ignorar as vozes da minha cabeça — e da mídia — que me diziam que, não importava quais papéis eu conseguisse, quanto dinheiro eu recebesse, quais regalias me oferecessem, *eu* nunca seria o suficiente.

Foi necessário que eu estragasse tudo em escala global, as clínicas de reabilitação, o divórcio, perder a régua pela qual eu definia a mim mesmo, para me dar conta de que não queria mais aquilo. Parafraseando a indomável Tracy Lord, percebi que não queria ter sucesso. Queria ser amado.

Mas quando você está focado em alimentar algo que nunca vai ser saciado, esquece do que, de fato, está faminto.

Dez anos atrás não consegui responder aquela pergunta. Não estava pronto.

Agora, estou.

Sucesso é inaugurar um teatro onde não devo nada a ninguém, exceto ao cofundador e à minha equipe. Sucesso é estar presente para minha família — física e emocionalmente. Sucesso é ter sido James Bond e, então, não sê-lo mais.

É descer do palco e sentir que *eu* ainda estou aqui. Que mereço estar aqui.

Mas, acima de tudo, é ela. Nós.

São as histórias que ela lê para mim tarde da noite, quando passou o dia inteiro escrevendo e não sabe se escreveu algo bom (ela sempre escreve algo bom). São as manhãs esperando a água ferver para fazermos chá e café e falarmos sobre o que está por vir. É sentir como se todo dia fosse o dia perfeito, mesmo que ele não seja inteiramente perfeito, mas em alguns momentos é. É sentir tanto orgulho dela que eu poderia explodir.

É saber que isso não é uma fantasia. É a vida real.

AGRADECIMENTOS

ESCREVER É ALGO ÍNTIMO, DESESPERADOR E UM POUCO EMBARAçoso. Obrigada, queridos leitores, pela oportunidade de ser vulnerável com vocês.

Infinitos agradecimentos para Elizabeth Bewley, que, além de um ser humano maravilhoso e também uma agente boa pra caramba (a *melhor de todas*, ouso dizer), viu algo neste livro antes de ele sequer estar finalizado. Elizabeth, tenho muita sorte de você estar no meu time.

Sou muitíssimo grata à minha editora, Shauna Summers. É incrivelmente raro encontrar alguém com quem você dá certo logo de cara em questões criativas. Shauna, é um presente trabalhar com você. Não há nada melhor do que colaborar com alguém tão afiada e perspicaz. Mal posso esperar para repetirmos a dose.

Agradeço a todo o time da Penguin Random House. Obrigada a Lexi Batsides e Mae Martinez. Obrigada a Kara Welsh, Kim Hovey, Jennifer Hershey, Cara DuBois, Belina Huey, Ella Laytham, Barbara Bachman e Colleen Nuccio. Obrigada às deusas do marketing e da publicidade Morgan Hoit, Melissa Folds e Courtney Mocklow, todas adeptas do meu amor por uma boa planilha. E a todo mundo que tocou este livro com seu próprio talento.

Muitas pessoas ajudaram este livro a nascer: amigos e colegas cujo apoio estimo muito. Obrigada, Tal Bar Zemer, Katie Cotugno, Zan Romanoff, Maurene Goo, Robin Benway, Sarah Enni, Brandy Colbert, Margot Wood, Jessica Morgan, Alisha Rai, Rachel Lynn Solomon e Kate Spencer. Todas vocês são tão talentosas quanto lindas (e são todas muito lindas).

Obrigada aos meus pais por me levarem a livrarias quando eu precisava reabastecer minhas pilhas de romances. Mamãe e papai, vocês nunca restringiram o que eu tinha permissão para ler, portanto, a culpa pelas cenas de sexo é cem por cento de vocês. Obrigada.

Adam e Abra, eu não trocaria vocês por quaisquer outros irmãos no mundo. E com certeza nunca tentei fazer isso.

John. Você é melhor do que qualquer herói de qualquer romance que já li (ou escrevi). Porque você é real. E espetacular. Eu te amo.

Primeira edição (maio/2023)
Papel de miolo Pólen natural 70g
Tipografia Arnhem e Futura
Gráfica LIS